Third Edition

Diario de actividades

DE PASEO

Donna Reseigh Long
Ohio State University

Janice Lynn Macián
Ohio State University

THOMSON

HEINLE

Australia Canada Mexico Singapore Spain United Kingdom United States

De paseo
Third Edition
Diario de actividades
Long / Macían

Publisher: Janet Dracksdorf
Acquisitions Editor: Helen Alejandra Richardson
Senior Production Project Manager: Esther Marshall
Editorial Assistant: Ignacio Ortiz-Monasterio
Marketing Director: Lisa Kimball
Associate Marketing Manager: Elizabeth Dunn
Manufacturing Manager: Marcia Locke

Compositor: Pre-Press Company, Inc.
Project Manager: Y. E. Ben-Dror
Photo Manager: Sheri Blaney
Photo Researcher: Lauretta Surprenant
Text/Realia Permissions: Veronica Oliva
Cover/Text Designer: Ha Nguyen
Printer: West Publishing

Cover photo: © Jim Schwabel/Index Stock Imagery

Printed in the United States of America
1 2 3 4 5 6 7 8 9 10 07 06 05 04 03

For more information contact Heinle, 25 Thomson Place, Boston, Massachusetts 02210 USA, or you can visit our Internet site at http://www.heinle.com

ISBN: 0-8384-5880-7

Contenido

The *Diario de actividades* is your out-of-class textbook. It consists of ten chapters with exercises that expand upon the material presented in the corresponding chapter of the student text and introduce word study, listening, and writing skills. The **Estudio de palabras** section suggests ways to recognize, relate, and expand the use of vocabulary and phrases in contexts that are related to the chapter topics. The **Comprensión auditiva** presents three listening segments using a variety of formats (conversations, interviews, announcements) that are related to the chapter themes and recorded by native speakers from a variety of regions in the Spanish-speaking world. The **Redacción** section introduces you to extended writing in Spanish and will help you polish and refine your writing skills by systematically presenting the most common writing formats with prewriting, writing, and postwriting activities. **Redacción** begins with an introduction to a specific type of writing (narration, description, etc.), followed by a model on which to base your composition and suggestions for outlining and completing a draft, peer editing, and final revision. **Sugerencias para usar la computadora** offer simple explanations for using the computer to complete your writing assignments. **Mi diario** provides you with the opportunity to synthesize the ideas you have studied in each chapter. Finally, the **Práctica de estructuras** provides individual practice with the grammar structures presented in the **Repaso de gramática** sections of the textbook.

Capítulo 1

Nuestra música

El ritmo de Perú

Primera etapa: Preparación

Estudio de palabras

Cómo utilizar un diccionario bilingüe A bilingual dictionary can be of great help in your study of the Spanish language. If you do not already own a bilingual dictionary, now is a good time to buy one. Remember that the smaller the size of the dictionary, the smaller the quantity of information it can provide. Although they are convenient to carry around, the minidictionaries that fit into the palm of your hand are generally not very useful. When you go shopping for a dictionary, look through several in your price range and check to see whether they include the following:

- modern word usage (check date of publication).
- entries that give parts of speech, gender of nouns, and idiomatic expressions.
- extensive equivalents for words and phrases.
- verb charts and other grammatical information.
- list of abbreviations.
- pronunciation guide.

If you cannot buy your own Spanish-English dictionary right now, the reference room of your library should have several on hand. There are also online dictionaries as well as CD-ROM and disk-based dictionaries. To access the online dictionaries, all you have to do is type **diccionario bilingüe** in your search engine.

In order to be able to use Spanish words and phrases correctly, it is important that you understand the information contained in typical dictionary entries. Many dictionaries have a section that explains how the entries are organized. If your dictionary does, study the information carefully. Now, let's decode the sample entry below for the verb **tocar.**

> **tocar** 73 *v. tr.* to touch; to touch on, to feel; to ring, to toll; to strike; to come to know, to suffer, to feel; *(el cabello)* to do; *(un tambor)* to beat; *(música)* to play; *(pintura)* to touch up ‖ *intr* to touch; **tocar a** to knock at; to pertain to, to concern; to fall to the lot of; to be the turn of; *(el fin)* to approach; **tocar en** *(un puerto)* to call at; *(tierra)* to touch; to touch on; to approach; to border on.

To understand this extensive entry, it is necessary to study its various parts.

- After the word **tocar,** the number 73 refers you to a model verb chart located in another part of the dictionary (usually in the middle), so that you will know how to conjugate the verb correctly. When you turn to the model verb 73 in the verb chart, you learn that **tocar** is slightly irregular, because there is a spelling change (**c → qu** before **e**) in both the preterite (**yo toqué**) and the present subjunctive (**toque, toques, toque, toquemos, toquéis, toquen**).
- The abbreviation *tr* refers to the transitive English equivalents of **tocar.** Transitive means that a direct object can follow the verb, as in **tocar la campana** *(to ring the bell).*

- Next, there are several specialized expressions such as "styling one's hair" (**tocar el cabello**), "playing the drum" (**tocar el tambor**), "playing music" (**tocar música**), and "touching up a paint job" (**tocar la pintura**).

- The *intr* notation following the double slash //, indicating a change in grammar category, refers us to the intransitive equivalents of **tocar**. Intransitive means that a direct object cannot follow the verb. We find two common phrases using the intransitive **tocar** (**tocar a, tocar en**) and their English equivalents *(to knock at the door, to call at a port)*.

Abbreviations like those used in this sample dictionary entry can be found in a list in your dictionary. Find the list and use it when decoding a dictionary entry.

D1-1 Un diccionario bilingüe Marca con una "x" las secciones de la lista que aparecen en tu diccionario bilingüe. Si tiene algunas categorias diferentes, anótalas al final.

- ❑ preface/prologue
- ❑ list of abbreviations
- ❑ Spanish pronunciation
- ❑ alphabetical listings of Spanish words (older dictionaries contain four letters not found in the English alphabet: **ch, ll, ñ, rr**)
- ❑ model verb chart
- ❑ review of grammar principles
- ❑ English pronunciation
- ❑ alphabetical listings of English words
- ❑ geographical names
- ❑ weights and measures
- ❑ additional sections _____
  _____

D1-2 Palabras y significados En inglés piensa en algunos sustantivos, adjetivos y verbos que están relacionados con la música. Después, escoje cinco de estas palabras y búscalas en tu diccionario, completando la tabla según el ejemplo.

Ejemplo: to play

    tocar
    Victoria de los Ángeles toca la guitarra.

Palabra/Frase	Equivalente	Oración original

Notice that throughout this section, the word *equivalent,* rather than *translation,* has been used. This is to remind you that there are seldom one-to-one correspondences between languages. When you use a bilingual dictionary to look up a meaning, you are looking for the best representation of that word or phrase. For example, suppose you want to know how to say the word *surf,* as in *to surf the Internet.* If you look up *surf* in your dictionary, you will probably find words related to the sea, not to the idea that you had in mind. What you need to do in a case like this is think of a synonym for the phrase. *Surfing the Internet* would be synonymous with searching for something or perusing. Look up those verbs and you find **buscar** *(to search for)* and **repasar** *(to review).* The idea of surfing the *Internet* could then be expressed as **buscar algo en la Red** or **repasar algo en Internet.**

D1-3 El equivalente exacto Ahora, usa esta estrategia y encuentra las expresiones en letra cursiva en tu diccionario y escríbelas en la tabla.

Inglés	Español
1. That's *cool.*	
2. I don't want *to go there.*	
3. She's always *talking trash.*	
4. This is the *bottom line.*	
5. We can't *carry a tune.*	

One last challenge in using a bilingual dictionary is multiple equivalents, as you saw with the sample entry **tocar.** When you are confronted with several possible equivalents and are unsure of which one to use, first think of a context for the word or phrase you want.

D1-4 Equivalentes multiples Ahora, busca las frases escritas en letra cursiva en tu diccionario bilingüe.

Word/Phrase	Context
note	I cannot read musical notes.

After making up a context for the word or phrase, identify the part of speech from context. In the example above, *can* and *read* are verbs (verbs name actions or states of being). Now, read through the complete entry looking for the noun equivalents for *note.* You will find words like **anotar, apuntar, observar,** and **nota.** Although it may be tempting to choose the first item, it is important to look up all three of these words in the Spanish–English side of the dictionary to find the correct one: **nota.** Now, you can use the correct equivalent in your new sentence.

Word/Phrase	Context
nota	No puedo leer notas musicales.

Using the strategy just outlined, find the Spanish equivalents for the italicized words in the following sentences.

1. That music *drives* my neighbors *crazy.* _____

2. Their new record is a *big hit.* _____

3. He gives the rhythm *a special twist.* _____

4. A new music genre is *launched.* _____

5. The musicians *don't have a clue.* _____

6. The students always *blow* a trumpet during the football game.

_____

Segunda etapa: Comprensión auditiva

Orientación: The **Comprensión auditiva** section presents a variety of listening formats (conversations, interviews, announcements) that are related to the chapter theme and are recorded by native speakers from a variety of regions in the Spanish-speaking world. Each listening segment has pre-listening and listening activities to focus and guide your comprehension. The listening segments are recorded on the CD that accompany your *Diario de actividades.* The post-listening activities recombine previously learned material with the new themes. In addition, the written activities will reinforce and recycle grammar concepts presented in previous chapters and combine them with newly presented material.

¡Alto! Before working on **Audio 1-1,** review the **Repaso de gramática** on pages 20–22 in your textbook, complete the accompanying exercises in the **Práctica de estructuras** of the *Diario de actividades,* pages PE-1–PE-40, and work on the in-class activities for **Función 1-1.**

Track 1-2

Sugerencias para escuchar mejor

Cómo usar el contexto visual As you listen to the radio or watch television, the media assumes the listening audience has familiarity with topics such as relevant local issues or political events. You can learn to compensate for this lack of background knowledge by learning to rely on visual or auditory cues. By paying attention to maps, charts, photographs, illustrations, or the background noises, you will be able to interpret the verbal messages more successfully and draw logical conclusions. Before you listen to passages about the different types of music from Argentina, Mexico, and Spain, study the titles and visuals that accompany the activities.

Audio 1-1: Los mariachis y las rancheras

Canciones de México Cuando miras los folletos de turismo o entras a un restaurante típico mexicano en Estados Unidos, lo primero que llama la atención son los sombreros grandes decorados con filigranas de lentejuelas e hilos de oro y plata. También se oyen las canciones rancheras, melodías muy reconocidas como, por ejemplo, «Guadalajara» y «Cielito lindo». Ahora, vas a escuchar una narración sobre la música de los mariachis y vas a leer unos versos de dos canciones famosas.

Una mujer mariachi canta en la feria del Condado Orange, California.

Antes de escuchar

D1-5 Música y regiones En realidad la música ranchera y la música de los mariachis representa sólo una pequeña parte de todos los tipos de canciones y grupos musicales que hay en México. Piensa en algunas regiones de Estados Unidos que sean conocidas por su propio estilo musical. ¿Puedes nombrar tres regiones diferentes? ¿Qué tipo de música ofrecen? ¿Cómo es?

Región	Tipo/Estilo de música	Descripción

D1-6 ¿Cómo se visten los mariachis? El origen del traje del mariachi viene de España y a través de unos trescientos años ha evolucionado hasta lo que hoy se conoce como «el traje típico». Antiguamente los grupos de mariachis estaban formados sólo por hombres, pero hoy en día también hay grupos de mujeres. Mira las fotos y escribe una descripción de este tipo de traje.

Un mariachi del siglo XVI

Un grupo mariachi moderno, Austin, Texas

_____

_____

_____

_____

_____

Nombre _____ Fecha _____

Orientación: The **Pequeño diccionario** contains unfamiliar words and phrases from the listening selection. In order to help you increase your vocabulary, the definitions are given in Spanish using visuals, cognates, and words that you learned in your elementary Spanish courses. Study these expressions before listening.

Pequeño diccionario

Antes de escuchar una descripción de la tradición de los mariachis y antes de hacer las actividades, estudia el **Pequeño diccionario** y usa dos o tres palabras en oraciones originales en una hoja aparte.

boda Casamiento y fiesta con que se solemniza.
guitarrón *m.* Guitarra grande de seis cuerdas.

guitarrón

quinceañera Fiesta para una chica que cumple quince años.
ranchera Música y canto originario de México.
vihuela Guitarra pequeña.

As you play each segment on your CD, remember to use the questions and prompts as cues to guide you. Don't hesitate to stop and replay certain segments until you are able to understand the main idea.

A escuchar

D1-7 ¿Verdadera o falsa? Primero, lee las siguientes oraciones sobre la narración. Después, mientras escuches tu disco compacto (CD), indica si cada oración es verdadera (V) o falsa (F). Si es falsa, corrígela.

_____ 1. Normalmente el grupo está compuesto de tres a seis músicos.

_____

_____ 2. Las guitarras más pequeñas se llaman vihuelas.

_____

_____ 3. Durante las fiestas nacionales grupos de mariachis bailan danzas folklóricas.

_____

_____ 4. Este tipo de música empezó a ganar popularidad en los años cuarenta y cincuenta.

_____

_____ 5. Generalmente, los grupos de mariachis se componen de hombres.

_____

_____ 6. Plácido Domingo tiene discos compactos acompañados por grupos de mariachis.

_____

D1-8 La música del amor, la patria y la fiesta Lee las siguientes preguntas sobre la historia de los mariachis. Después, escucha tu CD y contesta las preguntas.

1. ¿Cuándo tienen sus comienzos los grupos de mariachis?

_____

_____

2. ¿Cuáles son dos clases de instrumentos que utilizan?

_____

_____

3. ¿Qué es un guitarrón?

_____

_____

4. ¿Cuáles son algunos de los festivales nacionales más importantes de México?

_____

_____

5. ¿En qué ocasiones se contratan mariachis para cantar?

_____

_____

6. ¿Quién es la santa patrona de México?

_____

_____

7. ¿Qué hacen los mariachis el 12 de diciembre?

_____

_____

8. ¿Qué nombre tiene la música que cantan los grupos de mariachis?

_____

_____

9. ¿Cómo se llaman dos de los cantantes clásicos?

_____

_____

10. ¿Cómo se llaman dos de los cantantes modernos que cantan rancheras?

_____

_____

Después de escuchar

D1-9 Unos versos Algunos temas típicos de las rancheras son la patria, la ciudad o el pueblo natal. Lee los primeros versos de las canciónes «Guadalajara» y «Jalisco no te rajes» y escribe unas palabras o frases descriptivas. Después, indica el tema de ambas canciones. Si quieres escuchar unos minutos de esta canción, usa las palabras claves **canción** y **Guadalajara** y **Jalisco, no te rajes** en Internet.

> **Guadalajara**
> Guadalajara, Guadalajara,
> Tienes el alma de provinciana
> hueles a linda rosa temprana
> ave de jara, fresca del río
> son mis palomas tu caserío
> sabes a pura tierra mojada

_____

_____

_____

Jalisco, no te rajes

Ay, Jalisco, Jalisco, Jalisco

Tú tienes tu novia que es Guadalajara

Muchacha bonita, la perla más rara

De todo Jalisco es mi Guadalajara.

Y me gusta escuchar a los mariachis

Cantar con el alma, sus lindas canciones

Oír cómo suenan, esos guitarrones

Y echarme un tequila con los valentones.

_____

_____

_____

_____

D1-10 Canciones populares Ahora, piensa en alguna canción popular del tipo *Country and Western* y escribe un resumen sobre la «historia» que cuente de un amor que se busca, un trabajo perdido o un matrimonio fracasado.

Ejemplo: Good-bye Earl *cuenta la historia de Wanda y su esposo Earl. Wanda y su amiga Mary Anne hacen desaparecer a Earl por abusar de Wanda.*

_____

_____

_____

_____

_____

_____

_____

_____

_____

_____

Track
1-3

¡Alto! Before working on **Audio 1-2,** review the **Repaso de gramática** on pages 22–26 in your textbook, complete the accompanying exercises in the **Práctica de estructuras** of the *Diario de actividades,* pages PE-4–PE-6, and work on the in-class activities for **Función 1-2.**

Audio 1-2: Todos a bailar

Los bailes más divertidos En fiestas, reuniones informales, o clubes de baile, a muchos les gusta pasar un buen rato «moviendo el esqueleto». El baile es una de las actividades humanas más naturales y un pasatiempo que cuenta con muchas ventajas. Además de ser una forma de ejercicio suave aunque muy completa, es una manera fácil de hacer amigos. Ahora vas a leer sobre algunos bailes muy populares y también a escuchar unos comentarios sobre los diferentes tipos de música y baile.

«Mover el esqueleto»

Antes de escuchar

D1-11 Bailes populares Cada región tiene sus bailes tradicionales. Escribe una lista de estos bailes y su lugar de origen.

Bailes	Lugar de origen
Ejemplo: *vals*	*Austria*

D1-12 ¿Qué sabes? ¿Cuál es el origen del merengue? ¿del tango? ¿de la salsa? Estudia las descripciones de estos bailes e intenta adivinar si su país de origen es Cuba, Argentina, República Dominicana o España. Escribe las respuestas en el espacio dado.

1. **Tango** Nació en el siglo XIX en los barrios pobres de Buenos Aires y durante más de cien años se consideró demasiado escandaloso para las salas de baile. Después, perfeccionado, se puso en moda a principios del XX.

   _____

2. **Salsa** Se trata de un baile que nació en este país caribeño donde se escucha la música por todas partes. Hoy no existe pista de baile donde no suenen ritmos salseros. Fue exportado a Miami y Nueva York por los refugiados del regimen castrista.

   _____

3. **Merengue** Igual que la salsa, el merengue es un baile caribeño muy conocido. Procedente de una de las islas y olvidado durante años, el cantante Juan Luis Guerra volvió a colocarlo en un puesto importante.

   _____

4. **Flamenco** En la península ibérica, la voz humana se convierte en el instrumento principal para acompañar a los bailadores. El flamenco no es solamente un baile, sino también un sonido que entristece con algunas canciones y alegra con otras.

   _____

tango

merengue

Pequeño diccionario

Antes de escuchar la entrevista y antes de hacer las actividades, estudia el **Pequeño diccionario** y usa dos o tres palabras en oraciones originales en una hoja aparte.

atreverse *v. refl.* Determinarse a hacer algo arriesgado.
bailador/bailadora Bailarín o bailarina profesional que ejecuta bailes populares de España.
bandoneón *m.* Instrumento músico parecido al acordeón, pero de mayor tamaño. *bandoneón*
castañuelas Instrumento músico de percusión, compuesto de dos piezas cóncavas de madera o de marfil, a modo de conchas. *castañuelas*
güiro Instrumento músico popular, llamado también güícharo o calabazo, hecho con este fruto. *güiro*

moribundo/moribunda Que está muriendo o muy cercano a morir.
paso Movimiento que se hace en los bailes.
son *m.* Sonido que afecta agradablemente al oído, especialmente el hecho con arte.
timbal *m.* Tambor consistente en una caja metálica hemisférica, cubierta por una piel tirante.
tambor *m.* Instrumento músico de percusión, formado por una caja cilíndrica hueca, con ambas bases cubiertas con piel atirantada y que se toca con dos palillos. *tambor*
tumba Tambor africano.

A escuchar

D1-13 Características y sonidos Escucha tu CD y completa el cuadro con la información apropiada.

Nombre	País	Tipo de música	Instrumentos
Paco Rodríguez			
Sergio Pardo			
Concha Vargas			
Carlos Sanz			

D1-14 ¿Verdadera o falsa? Primero, estudia las oraciones siguientes sobre la narración. Después, mientras escuches tu CD, indica si cada oración es verdadera (V) o falsa (F). Si es falsa, corrígela.

_____ **1.** Paco es guitarrista.

_____

_____ **2.** La música salsa tiene muchos instrumentos de percusión.

_____

_____ **3.** Sergio es cantante y músico.

_____

_____ **4.** Los instrumentos más importantes en la música merengue son el violín y la guitarra.

_____

_____ **5.** Concha es cantante de flamenco.

_____

_____ **6.** Ella también baila y da clases en otros países.

_____

_____ **7.** Carlos prefiere el tango tradicional.

_____

_____ **8.** Él toca en un club en Buenos Aires.

_____

_____ **9.** El instrumento principal del tango es el bandoneón.

_____

_____**10.** Astor Piazzolla toca la música clásica que canta Carlos Gardel.

_____

Después de escuchar

D1-15 Identificación Para recibir o dar instrucciones de cómo bailar, es necesario mencionar algunas partes del cuerpo. Escoge la palabra que corresponda a cada parte del cuerpo.

brazo   palma   pelvis
cadera   pecho   pierna
hombro

**Preguntas de
orientación**

1. ¿Se baila el merengue
   solo o en parejas?
2. ¿Cuál es el
   movimiento más
   importante?
3. ¿Cómo hay que
   moverse los hombros?
4. ¿Cuál es el ritmo
   del chachachá?
5. ¿Cómo se llevan
   los brazos?
6. ¿Cómo se mueven las
   piernas y las caderas?

D1-16 Cómo se baila No importa que no seas experto/experta. Lo más importante es tener unas nociones de los pasos básicos de unos bailes. Ahora estudia las descripciones usando las **Preguntas de orientación** como guía y... ¡a mover el esqueleto! La música es fácil de conseguir en cualquier tienda, en la biblioteca o en Internet.

Merengue Puede bailarse solo o en pareja, sus pasos son sencillos y se ejecutan prácticamente quietos en el sitio. Lo más importante es el movimiento de la pelvis, que debe ondearse de manera pronunciada sin agitarse demasiado y manteniendo el pecho erguido. Por el contrario, los hombros se mueven coordinándolos con el ritmo de la pelvis y las caderas. Empieza con las piernas abiertas, llevando el peso del cuerpo a una de las caderas. Las manos juntas se desplazan, a la altura de la pelvis, de una cadera a otra. Este movimiento base se acompaña de giros, en el sentido de las agujas del reloj, que siguen el movimiento de brazos y caderas.

Chachachá Es una música pegadiza y fácil de bailar que puede seguirse contando el ritmo «un, dos, tres, cuatro, y un, dos, tres cuatro, y un...». Los brazos van siempre abiertos y las palmas de las manos hacia abajo, postura que facilita el vaivén de las caderas. Piernas y caderas se mueven suavemente, y mientras se adelanta o atrasa una pierna se contonea la cadera contraria.

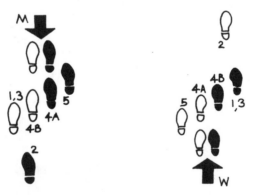

D1-17 Escuela de baile Usando los ejemplos como modelos, brevemente escribe una descripción de unos pasos de baile.

_____

_____

_____

_____

Track 1-4

¡**Alto!** Before working on **Audio 1-4,** review the **Repaso de gramática** on pages 26–28 in your textbook, complete the accompanying exercises in the **Práctica de estructuras** of the *Diario de actividades,* pages PE-6–PE-7, and work on the in-class activities for **Función 1-3.**

Audio 1-3: Al concierto

Nos encanta la música Conciertos, festivales, programaciones de pequeñas y grandes salas, creaciones y nuevas bandas, música clásica, folklórica, independiente y pop. Todos los días cientos de miles de personas se sitúan frente a los escenarios de todo el mundo para disfrutar la música que les gusta o bailan al son de su música favorita. Ahora vas a escuchar información sobre unos conciertos y programas que se ofrecen para las personas que les encanta pasar un rato con sus cantantes o músicos preferidos.

Antes de escuchar

D1-18 Gustos y preferencias Contesta las siguientes preguntas sobre tus preferencias musicales.

1. ¿Qué tipo de música escuchas cuando estás contento/contenta?

   _____

   _____

2. ¿Cuándo te gusta salir a bailar? ¿Cuántas veces por mes sales?

   _____

   _____

3. ¿Qué discos compactos compras? ¿Qué discos compactos le regalas a un amigo/una amiga? ¿a tu novio/novia o a tu esposo/esposa?

   _____

   _____

4. ¿Cuáles son algunas de tus canciones favoritas?

   _____

   _____

5. ¿A qué cantante te encanta ver en concierto?

   _____

   _____

6. ¿Eres miembro de un club de aficionados de un/una cantante popular? ¿Quién es?

   _____

   _____

D1-19 A los conciertos Ahora, escribe una lista de los conciertos o programas de música en la televisión que has visto en el último año. Menciona el nombre del grupo, el tipo de música que ofrece y una crítica breve sobre la actuación.

Cantante/Grupo	Tipo/Estilo de música	Crítica
Los Tres Tenores	*música clásica*	*canciones interpretadas por los tres cantantes de ópera más famosos que hay*

Pequeño diccionario

Antes de escuchar los anuncios de los eventos musicales en Madrid y antes de hacer las actividades, estudia el **Pequeño diccionario** y usa dos o tres palabras en oraciones originales en una hoja aparte.

butaca En los teatros, asientos de patio o los más económicos.
disponible De que se puede tener libremente.
entrada Billete que da derecho a entrar a un evento.
Euro Moneda que se usa en algunos países europeos.

jubilado/jubilada Que se ha retirado del trabajo y forma parte de la clase pasiva.
papel *m.* Personaje representado por el actor/la actriz.
recrear *v. tr.* Crear o producir de nuevo (alguna cosa).
taquilla Casillero o lugar para comprar los billetes de teatro, ferrocarril, etc.

A escuchar

D1-20 Conciertos para todos los gustos Escucha tu CD y completa el cuadro con la información apropiada.

Espectáculo	Lugar	Fechas	Tipo de espectáculo	Entrada
——	Café internacional	——	Música con cena	26–36 euros
Estación Tango		3 de julio– 20 de octubre		
			Obra de teatro/ musical	15–50 euros
Pedro Guerra			Concierto dedi-cado a mujeres	
Ute Lemper	Palacio de congresos y exposiciones			

D1-21 Comprensión Lee las siguientes preguntas sobre los espectáculos que se ofrecen en Madrid. Después, escucha tu CD y contesta las preguntas.

1. ¿Qué instrumentos musicales se tocan durante la cena?

   _____

2. ¿Cuántas personas necesitas para conseguir un precio especial en el Café internacional?

   _____

3. ¿A qué hora es el concierto, Estación Tango, los fines de semana?

   _____

4. ¿Qué tipo de ambiente se quiere recrear con la música?

   _____

5. ¿Quiénes reciben descuentos para la obra de «My Fair Lady»?

   _____

6. Según Pedro Guerra, ¿de qué sufren las mujeres?

   _____

7. Si quieres asistir al concierto de Ute Lemper, ¿quedan entradas en el anfiteatro o en butacas?

   _____

Después de escuchar

D1-22 La pandilla de Carlitos Parece que a la pandilla de Carlitos no le gusta ir a los conciertos. Para cada personaje de la tira cómica, escribe una oración en la que declare lo que le gusta o no le gusta sobre este concierto.

Ejemplo: Sally

A Sally le encanta la música moderna pero no la música clásica.

Carlitos

| Sally | Carlitos | Lucy | Linus | Patty | Marcie | Snoopy |

Sally _____

Carlitos _____

Lucy _____

Linus _____

Patty _____

Marcie _____

Snoopy _____

Preguntas de orientación

1. ¿En qué idiomas canta Patricia?
2. ¿Qué ritmos emplea?
3. ¿Qué tipo de música es?
4. Según el comentario, ¿es un CD que va a tener éxito?

D1-23 Que el ritmo no pare ¿Te gustan las canciones de Patricia Manterola? El siguiente anuncio informa sobre uno de sus éxitos. Estudia el anuncio, usando las **Preguntas de orientación** como guía. Después, usando este anuncio como modelo, escribe otros anuncios para unos de tus cantantes o músicos preferidos.

Que el ritmo no pare / Patricia Manterola

Si hay algo que se destaca de la carrera artística de Patricia Manterola es su enorme constancia para conquistar el mercado estadounidense y su regreso musical parece estar marcado por la misma intención. *Que el ritmo no pare* es un álbum netamente bicultural en el que predomina la mezcla de inglés y español, ritmos tropicales, tecno y pop. Un popurrí de música ligera, bailable, "discotequera", sin dramas o aspiraciones trascendentales en el que divertir es la consigna y se logra a la perfección en temas como "Salsa", "Necesito tu amor" y "Libre". *(BMG)*

VEREDICTO Una producción tan atractiva y simple como su intérprete.

_____
_____
_____
_____
_____
_____
_____
_____
_____
_____
_____
_____

Tercera etapa: Redacción

¡Alto! Before beginning the **Tercera etapa,** study the **Repaso de gramática** on pages 28–30 of your textbook and complete the accompanying exercises.

Orientación: Redacción is devoted to learning different types of writing techniques and strategies. The activities will take you through the writing process from generating the basic idea through outlining, drafting, and polishing the composition. In class, you will have an opportunity to work with a partner and edit your composition.

Introducción a la escritura

La descripción En esta lección vas a escribir una descripción. Los elementos más importantes de una descripción son los adjetivos, los verbos y los sustantivos. Al escribir una descripción, tienes que «pintar» imágenes visuales con palabras. Estudia la siguiente descripción:

El tercer Festival Razteca se ha convertido en un barco, su tripulación la forman músicos...

Nota los sustantivos usados en esta descripción: **festival, barco, tripulación, músicos.** Estas palabras evocan una imagen visual de la mar y un barco lleno de músicos.

Ahora, los verbos: **se ha convertido** y **forman.** El autor no utilizó **es** y **son** porque esos verbos no tienen ningún impacto visual. **Convertirse**, por otra parte, transmite un aire de magia a la oración, y **formar** connota un sentido de la unión entre los músicos. Estudia los adjetivos en la siguiente frase:

Además de la música jamaiquina y otros ritmos cadenciosos...

Un adjetivo de nacionalidad, **jamaiquina,** se refiere a la isla de Jamaica y especifica el tipo de música que se describe. **Cadenciosos** significa **rítmicos.** El autor enfatiza la importancia del ritmo en la música jamaiquina por usar tanto el sustantivo **ritmos** como el adjetivo **cadenciosos.**

Mientras planees tu composición, piensa en los adjetivos, los sustantivos y los verbos que causan impacto visual sobre el lector. Además de eso, piensa en tu lector ideal y planea cómo vas a captar su atención en el primer párrafo.

Pequeño diccionario

Estudia las siguientes palabras y frases para comprender mejor el texto. Busca las palabras en el texto y usa dos o tres para escribir oraciones originales en una hoja aparte.

abrevar *v. tr.* Beber.	**sonar (ue)** *v. intr.* Hacer ruido.
cadencioso/cadenciosa Que tiene ritmo.	**tripulación** Conjunto de personas dedicadas al servicio de una embarcación.
integrante *m./f.* Miembro.	**zanquero** Actor.
SIDA *m.* Síndrome de inmunodeficiencia adquirida.	

D1-24 «El tercer Festival Razteca» El siguiente artículo de Internet describe un festival del movimiento social Razteca —el cual usa el reggae como medio de expresión— que tuvo lugar en la ciudad de México. Mientras leas la descripción, subraya los adjetivos, sustantivos y verbos que aportan una imagen visual y contesta las **Preguntas de orientación.**

Preguntas de orientación

As you study «**El tercer Festival Razteca**», use the following questions as a guide.

1. ¿Qué es la música que tocan en el tercer Festival Razteca?

2. ¿Qué esperan crear como objetivo del tercer Festival Razteca?

3. ¿Cuáles son algunos temas de que tratan los músicos?

4. ¿Cuáles son las raíces del reggae mexicano?

5. ¿De qué países vienen los grupos?

6. ¿Qué tipo de información piensan compartir?

7. ¿Qué tipos de arte hay en el festival?

8. ¿Para qué van a usar las ganancias del Festival?

9. ¿Dónde tiene lugar el Festival?

El tercer Festival Razteca

Ricardo Castro

El tercer Festival Razteca se ha convertido en un barco, su tripulación la forman músicos que abrevan de las culturas africana y mexicana, y este domingo 9 de noviembre esperan llegar a puerto seguro para crear un Taller Musical para los niños de la calle.

El movimiento Razteca se ha caracterizado por tomar el reggae como medio de expresión. Con los cantos de respeto a su cultura original, piden el cese a la violencia y al desorden mundial, y así las bandas expresan su esperanza por una mejor mañana.

El reggae mexicano busca su identidad en las raíces prehispánicas y en las demandas de libertad e igualdad que hicieron sonar en sus cantos los descendientes de esclavos africanos.

Para el domingo 9 de noviembre se reunirán los Yerberos, Rastrillos, Antidoping, Ganja, La Yaga, Terremoto del Distrito Federal; Caracol de Fuego, de Pozos Guanajuato; el Mito, de Guadalajara; Bosquimano, de Playa del Carmen; Desorden Público, de Venezuela y Aikeke and de Jahzz Vibes, de San Vicente.

Además de la música jamaiquina y otros ritmos cadenciosos, en el concierto se difundirá información relacionada con el SIDA, protección al medio ambiente, respeto a los derechos humanos y el trabajo realizado con los jóvenes marginados; también habrá fotografía, pintura, poesía, instalación, zanqueros del Teatro Andante, danzantes, artesanías y gastronomía mexicana.

Los recursos obtenidos serán destinados a la creación de un Taller de Música para niños de la calle, el cual será impartido por los integrantes de las bandas participantes, en coordinación con EDNICA, Institución de Asistencia Privada.

La cita es el domingo 9 de noviembre, de las 11 a las 22 horas, en El Rayo, Centro de Espectáculos, Tláhuac 125 casi esquina Ermita Iztapalapa, Minerva. Informes 670-8089 y 549-9920. Venta previa $40, el día del Festival $50.

D1-25 Organización Ahora, revisa el artículo y analiza su organización, según las indicaciones.

Parte del artículo   Contenido

Título _____

Escritor _____

Introducción _____

_____

Segundo párrafo _____

_____

Tercer párrafo _____

_____

Cuarto párrafo _____

_____

Quinto párrafo _____

_____

Sexto párrafo _____

_____

Conclusión _____

_____

Antes de redactar

D1-26 Fijar el tema Es mejor que escojas un tema musical que conozcas bien: músico, cantante, grupo, disco, vídeo musical, instrumento, etc. Después de escoger el tema, piensa en un título descriptivo pero sencillo, por ejemplo: «La reina del pop» o «El profeta de la trompeta». Este tipo de título atrae al lector desde el principio de la composición. Escribe tu título.

_____

D1-27 Generar ideas Genera los datos para apoyar el tema principal de tu composición.

- los sustantivos
- los adjetivos
- los verbos

¡Adelante! After completing your composition, review it carefully for organization, content, spelling, and grammar. Then take your composition to class, where you will work with a partner to edit it.

D1-28 Bosquejo Usando el esquema que aparece a continuación, organiza tu descripción y las palabras descriptivas que pienses incluir.

Título

Parte	Adjetivos	Sustantivos	Verbos
Introducción			
Texto			
Conclusión			

ATAJO

Grammar
- Adjective: agreement, position
- Comparison: equality, inequality, irregular

Functions
- Describing objects
- Writing an introduction

A redactar

En una hoja aparte, escribe una descripción basada en el tema que escogiste. No te olvides de incorporar una organización lógica en tu descripción. Intenta incorporar también algunas de las estructuras que estudiaste en el **Repaso de gramática** en las páginas 20–30 de tu libro de texto.

Orientación: Sugerencias para usar la computadora provides word-processing suggestions that will help you polish your compositions.

Sugerencias para usar la computadora

Cómo organizar tu trabajo Usa la computadora para organizar tu trabajo. Con las funciones «cut» y «paste», puedes arreglar las oraciones con facilidad. Imprime las diferentes versiones de tu composición y decide cuál es la más interesante. Es posible que quieras combinar elementos de cada una para crear un efecto especial. ¡No es necesario estar satisfecho/satisfecha con la primera versión que escribas!

Orientación: Mi diario provides an opportunity for you to synthesize the ideas that you have studied in each chapter. After writing your impressions, you will discuss them in class.

Mi diario Sobre las siguientes líneas, escribe tus impresiones de lo que aprendiste de la música hispana. Prepárate para hablar de tus impresiones en clase.

Mi diario

Capítulo 2

Yucatán: Un lugar inolvidable

Un artifacto maya

Primera etapa: Preparación

Estudio de palabras

Cómo utilizar un diccionario de español Now that you are becoming a more proficient language learner, you have noticed that, just as in English, Spanish words may have more than one meaning. For example, a **título** is defined as the title of a book, a designation of nobility, the cause or motive for an action, or a document that grants certain legal rights. Is there one best choice? How do you decide? One way is to look up words in a Spanish-Spanish dictionary. Even words that are familiar to you will take on a new meaning. Not only will you learn new definitions and expand your vocabulary, but also you will be able to make appropriate word choices.

D2-1 En el diccionario Estudia las siguientes oraciones sobre los descubrimientos arqueologicos recientes. Encuentra en tu diccionario las palabras que mejor definen el texto en letra cursiva y subráyala.

> Hoy en día, los arqueólogos están obteniendo un panorama más *claro* acerca de los antiguos mayas, gracias a la información obtenida de *fuentes* que han sobrevivido a los *estragos* del tiempo y, que han surgido de las excavaciones *llevadas a cabo* en innumerables sitios arqueológicos diseminados en toda el área.

If you cannot find the word in your dictionary as it is written in the text, you may have to look for a related verb, noun or adjective form. For example, **anteriormente** will be found under **anterior,** and **realizados** will be found under **realizar.**

---

claro, ra *adj.* Bañado de luz. ‖ **2.** Que se distingue bien. ‖ **3.** Limpio, puro. ‖ **4.** Transparente y terso; como el agua, el cristal, etc. ‖ **5.** Inteligible, fácil de comprender. *Lenguaje* CLARO, *explicación* CLARA. ‖ **6.** Evidente, cierto, manifiesto. *Verdad* CLARA, *hecho* CLARO.

estrago *m.* Daño hecho en guerra, como matanza de gente, destrucción del país o del ejército. ‖ **2.** Ruina, daño, asolamiento.

fuente *f.* Manantial de agua que brota de la tierra. ‖ **2.** Aparato con que se hace salir el agua en los jardines y en las casas, calles o plazas. ‖ **3.** Plato grande, circular u oblongo, más o menos hondo, que se usa para servir los alimentos. ‖ **4.** *fig.* Principio, fundamento u origen de una cosa. ‖ **5.** *fig.* Documento, obra o materiales que sirven de información o de inspiración a un autor.

llevar *v. tr.* Transportar, conducir unas cosas desde un lugar a otro. ‖ **2.** Cobrar, exigir, percibir el precio o los derechos de una cosa. ‖ **3.** Tolerar, sufrir. ‖ **4.** Traer puesto el vestido, la ropa, etc. ‖ **5.** Con el participio de ciertos verbos transitivos, haber realizado o haber experimentado lo que el participio denota, generalmente con la idea implícita de que la acción del verbo continúa o puede continuar. LLEVO *leídas veinte páginas del libro;* LLEVO *sufridos muchos desengaños.* ‖ **6.** Estar de moda. ‖ **llevar adelante** una cosa. *fr.* Proseguir lo que se ha emprendido. **llevar encima.** *fr.* llevar consigo dinero o cosas de valor. **llevar a cabo** *fr.* terminar una cosa.

D2-2 Usar el diccionario Estudia la descripción de Edzná y complete la tabla de la página 26.

- Subraya la oración que contiene cada palabra que aparece en la tabla.
- Escribe la mejor definicion por cada palabra según el contexto.
- Escribe una oración original por cada palabra.

Preguntas de orientación

1. ¿Qué significa Edzná?
2. ¿Hace cuántos años que existe este sitio?
3. ¿Cuál es el otro nombre por el sistema de la Plaza central?
4. ¿Qué hay al oeste de este conjunto?
5. ¿Cuáles son dos estructuras importantes que se encuentran allí?

EDZNÁ

MÉXICO

Península de Yucatán

Mayapán

Uxmal

Chichén Itzá

Belice

GUATEMALA

Edzná, antigua urbe maya que significa «casa de los itzáes» o «casa del eco», se convirtió en un próspero centro comercial entre los años 900 y 1200 d.C. Este centro arqueológico está localizado a 50 kilómetros, al sureste de la ciudad de Campeche. Aquí se encuentran

pirámides dispersas por todo el monte, cubriendo una extensión de más de dos kilómetros cuadrados. El conjunto principal es el sistema de la Plaza central o Gran acrópolis. Se compone de una gran plaza, rodeada de otros edificios en tres de sus lados. Al oeste del anterior conjunto está situada una amplia plataforma de 165

metros de largo por 6 de ancho, la cual tiene una escalera que conduce a la parte superior. También se encuentran otras estructuras importantes, como el Juego de pelota, el Templo de la vieja y el Templo de las estelas.

TRANSPORTES
TURISTICOS
ARQUEOLOGICOS
S. A. de C. V.
ZONA ARQUEOLOGICA DE TULUM, Q. ROO
CLIENTE
$ 9.00
Nº 845232

Palabra/Frase	Definición	Oración original
antigua		
dispersas		
gran		
rodeada		
está situada		

D2-3 La educación de los mayas Los siguientes párrafos están sacados de un libro de texto, *Temas de cultura musical,* usado por estudiantes de escuela secundaria en México. El libro explica la importancia de la educación para los mayas. Estudia el fragmento en español y luego escribe una lista de las frases que utilizan los autores para describir la educación, la música y la danza.

La educación de los mayas

Entre los mayas, la educación estaba influenciada profundamente por la religión, en primer lugar, y en segundo lugar por la guerra y la agricultura. Deben distinguirse dos tipos fundamentales en la educación maya: la educación espontánea, impartida en el hogar por los padres de familia y, la intencional, a cargo de instituciones públicas exclusivamente destinadas a los hijos de la nobleza y la clase media. La educación para el sacerdocio era de carácter superior y estaba dirigida a preparar a los escogidos en el dominio de la escritura sagrada, la administración de sacramentos, el conocimiento de la astronomía y de los métodos de adivinación, así como de las técnicas artísticas superiores, etc.

Tres aspectos de la educación maya eran los más importantes: el físico, el intelectual y el estético. Entre los mayas, la educación estética tenía extraordinaria importancia. La danza se practicaba en todos los actos de la vida religiosa, privada y pública. La música y el canto eran también medios de educación estética, y se impartían en instituciones especiales. Entre los principales instrumentos musicales se encontraban: el tunkel, los caracoles, las ocarinas, las flautas de caña y hueso, los tambores, las sonajas y las conchas de tortuga. Otros medios eran la pintura y las representaciones teatrales a las que eran muy aficionados.

Educación	Danza	Música

D2-4 Lo físico, lo intelectual y lo estético Usando tu diccionario de español, escribe las definiciones de tres de las siguientes palabras que están relacionadas con la educación maya.

adivinación	nobleza	hogar
escogido	aficionado	sacerdocio

1. _____

_____

_____

2. _____

_____

_____

3. _____

_____

_____

Unas ruinas mayas, Tulum, México

Segunda etapa: Comprensión auditiva

¡Alto! Before working on **Audio 2-1,** review the **Repaso de gramática** on pages 50–51 in your textbook, complete the accompanying exercises in the **Práctica de estructuras** of the *Diario de actividades,* pages PE-8–PE-9, and work on the in-class activities for **Función 2-1.**

Sugerencias para escuchar mejor

Cómo reconocer cognados oralmente On page 40 of your textbook, you learned how to recognize cognates in the A **leer** section. You can apply some of the same techniques to help you recognize oral cognates as well. Because you have already spent many hours listening to spoken Spanish, you are probably able to pick out close cognates with ease. For example, if you hear «**La serpiente empieza a descender la pirámide**» on your CD, you can probably guess that a snake or serpent is somewhere or doing something on or by a pyramid. Your next step is to listen to the sentence again and try to find the verb. In this case it is **descender,** which is a close cognate for *to descend.* Also remember to review the words and phrases in **Vocabulario en acción** at the beginning of each chapter. Listen to at least one of the segments each day to reinforce the identification of cognates and to enhance your recognition of new words and phrases in context.

Audio 2-1: Un viaje a Cancún

Track 1-5

Cancún es una ciudad con miles de habitaciones de hotel disponibles, selváticos parajes, aguas color turquesa, arena blanca y sol todo el año. Cancún siempre tiene algo nuevo que ofrecerte.

Ubicada en la península de Yucatán, Cancún ofrece un paradisíaco conjunto de bellezas naturales, de playas, de cultura, de ambivalencia arquitectónica y de diversión nocturna sin límites. Brinda además del mejor clima cálido y soleado que permite broncearte durante cualquier época del año.

Sus playas son hermosas con una arena que tiene la particularidad de ser fina y blanca por su origen de coral. Su mar de aguas transparentes posee una variedad de impresionante azules, que va del esmeralda al turquesa, te espera.

Cancún te espera.

Antes de escuchar

D2-5 Un viaje a Cancún Las playas y el mar son algunos de los principales atractivos de Cancún y, por esta razón, todos los años miles de turistas pasan sus vacaciones en esta región. ¿Te gusta ir a la playa y pasar tiempo descansando en la orilla del mar? ¿Cuáles son algunas playas que conoces? Completa la siguiente tabla con información sobre algunas de tus playas preferidas. Menciona...

- el nombre de la playa.
- el estado o país en el que se encuentra.
- una breve descripción (tamaño, color de la arena, claridad del agua).
- juegos, entretenimientos, deportes acuáticos, cafés, etc.

Playa	Estado/País	Descripción	Actividades

D2-6 Mi playa preferida Usando la información del cuadro anterior, escribe una breve descripción de tu playa preferida.

_____

_____

_____

_____

_____

_____

_____

_____

_____

_____

Pequeño diccionario

Antes de escuchar el diálogo entre dos amigas sobre un viaje a Cancún y antes de hacer las actividades, estudia el **Pequeño diccionario** y usa dos o tres palabras en oraciones originales en una hoja aparte.

arrecife *m.* Rocas, piedras o coral sumergidos en el mar.
bahía Entrada de gran extensión de mar en la costa.
bello/bella Bonito, hermoso, precioso.
bucear *v. intr.* Nadar o hacer cualquier actividad bajo la superficie del agua.

bahía

bucear

genial Magnífico, estupendo.
lujo Opulencia, riqueza.
montón Mucho.
oferta Venta de algo a un precio más barato.
valer la pena *v. tr.* Situación en la cual lo que se gana excede el esfuerzo de hacerlo.

A escuchar

D2-7 ¿Sí o no? Primero, lee las siguientes oraciones. Después, mientras escuches tu CD, indica si cada oración es verdadera (V) o falsa (F). Si es falsa, corrígela.

_____ 1. Susana llama a Silvia porque necesita ayuda con la tarea.

_____

_____ 2. Las dos chicas quieren tomar unas vacaciones en el verano.

_____

_____ 3. Susana encuentra unas ofertas especiales para viajar a Cancún.

_____

_____ 4. La tía de Silvia tiene un apartamento en Cancún.

_____

_____ 5. Para conseguir un precio especial hay que llamar antes del 20 de este mes.

_____

_____ 6. Susana y Silvia van a ir a la playa todas las tardes.

_____

_____ 7. El precio del hotel es sólo $600.

_____

_____ 8. Es un hotel de cinco estrellas.

_____

_____ 9. Todas las comidas están incluidas.

_____

_____10. Van a viajar después de terminar las clases.

_____

D2-8 Oraciones incompletas Escucha tu CD de nuevo y termina las oraciones según el diálogo.

1. Silvia tiene un examen de...

_____

_____

2. Susana llama a Silvia para decirle que...

_____

_____

3. Cancún tiene un montón de sitios arqueológicos...

_____

_____

4. Hay ruinas mayas en...

_____

_____

5. Xel-Há ofrece un paisaje de...

_____

_____

6. Hay un parque nacional submarino para proteger los arrecifes de coral que se llama Isla Mujeres y se encuentra...

_____

_____

7. Las dos comidas que están incluidas son...

_____

_____

8. La dirección en Internet es...

_____

_____

9. Las clases terminan...

_____

_____

10. Van a hacer las reservas...

_____

_____

Después de escuchar

D2-9 Ruinas mayas Durante la conversación Susana menciona Chichén Itzá, Tulum, Cobá y Xel-Há como posibles excursiones. Busca información en una guía turística o en Internet sobre estos lugares y después escribe un itinerario para una excursión a uno de ellos.

_____

_____

_____

_____

_____

_____

_____

_____

_____

D2-10 Una tarjeta postal ¿Cómo están pasando sus vacaciones Susana y Silvia? ¿Qué les van a decir a sus amigos? Termina la tarjeta postal para unos de sus amigos, en la que les cuentan lo que están haciendo en Cancún.

20 de _____ del 20_____

Queridos amigos:
Aquí estamos en Cancún. El hotel es perfecto. Ahora...

_____

_____

_____

_____   _____

_____   _____

_____   _____

_____   _____

_____

 ## Audio 2-2: Juego de pelota

Track 1-6

¡Alto! Before working on **Audio 2-2**, review the **Repaso de gramática** on pages 52–53 in your textbook, complete the accompanying exercises in the **Práctica de estructuras** of the *Diario de actividades*, page PE-9, and work on the in-class activities for **Función 2-2**.

A jugar Los antiguos mexicanos practicaban juegos guerreros y competencias que requerían destreza, preparación y fuerza. Uno de los juegos más famosos que se conoce es el juego de pelota que se practicaba por dos motivos principales: para agradar a los dioses, como función religiosa y para entretener, como un simple deporte de diversión. Ahora vas a escuchar sobre algunas reglas del juego.

Antes de escuchar

D2-11 Juegos de la niñez De más joven, ¿qué deportes jugabas? Escribe tres o cuatro deportes, mencionando...

- dónde jugabas.
- con quién jugabas.
- qué necesitabas para jugar (bate, pelota, cesta, cancha, etc.).

Deporte	¿Dónde?	¿Con quién?	Equipo
patinar	en una pista cerca de mi casa	con mi mejor amiga Magdalena	patines, casco

D2-12 Mi deporte favorito De todos los deportes que acabas de mencionar, ¿cuál era tu favorito? Escribe un párrafo que incluya la información anterior y explica...

- por qué te gustaba tanto este deporte.
- cuántas veces por semana jugabas este deporte.
- qué partido o evento fue el más memorable.

_____

_____

_____

_____

_____

_____

D2-13 Chichén Itzá Chichén Itzá es uno de los lugares cerca de Cancún donde hay muchas zonas arqueológicas muy bien conservadas con pirámides, templos, observatorios y columnas. Es aquí donde se puede encontrar el lugar donde se jugaba el juego de la pelota. Estudia el mapa y explica dónde está localizado la cancha del Juego de pelota en comparación con algunos de los otros edificios. Usa una variedad de preposiciones y frases de ubicación.

Ejemplo: _El Castillo está a la derecha del Juego de pelota._

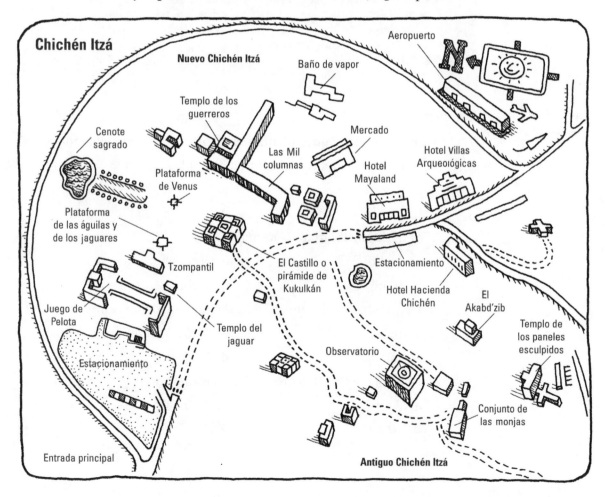

_____
_____
_____
_____
_____
_____
_____
_____
_____
_____

Pequeño diccionario

Antes de escuchar una descripción del Juego de pelota en Chichén Itzá y antes de hacer las actividades, estudia el **Pequeño diccionario** y usa dos o tres palabras en oraciones originales en una hoja aparte.

adivinar *v. tr.* Predecir el futuro, descubrir cosas ocultas.
anillo Aro circular.
apuesta Acto de arriesgar cierta cantidad de dinero en alguna cosa, como juego, con la esperanza de ganar más.
ceder *v. tr.* Dar, transferir, traspasar a otro (una cosa).

colocarse *v. refl.* Ponerse.
designio Intención, plan.
disputa Argumento.
frente a frente Cara a cara.
muro Pared o tapia; muralla.
savia Jugo o líquido que nutre las plantas.

A escuchar

D2-14 Cómo era el juego? Mientras escuches el CD, completa cada oración.

_____ 1. La cancha del juego tenía forma de doble...

    a. T.   **c.** W.

    b. O.   **d.** U.

_____ 2. El tlachtemalácatl tenía forma de...

    a. anillo.   **c.** rectángulo.

    b. triángulo.   **d.** arco.

_____ 3. Las canchas eran normalmente del tamaño de un campo de...

    a. tenis.   **c.** fútbol americano.

    b. fútbol.   **d.** béisbol.

_____ 4. La pelota tenía un diámetro de... centímetros.

    a. 8 a 10   **c.** 12 a 14

    b. 10 a 12   **d.** 14 a 16

_____ 5. Los jugadores se colocaban...

    a. a los lados.   **c.** frente a frente.

    b. en el centro de la cancha.   **d.** uno detrás del otro.

_____ 6. Para tener un triunfo definitivo, los jugadores tenían que pasar la pelota...

    a. al árbitro.   **c.** entre las piernas.

    b. por el anillo.   **d.** por un tubo.

_____ 7. En las ceremonias religiosas los dos equipos eran representantes de los...

    a. mayas.   **c.** animales.

    b. sacerdotes.   **d.** dioses.

_____ 8. Si jugaban como un simple deporte de diversión, un jugador podía perder...

    a. la ropa.   **c.** el brazo.

    b. la cabeza.   **d.** la vida.

D2-15 ¿Cómo se jugaba? Escucha el CD de nuevo y completa los espacios en blanco con un verbo adecuado.

1. En las culturas prehispánicas el juego de pelota _____ por dos motivos principales.

2. Los campos de juego siempre _____ dentro de los centros ceremoniales cerca de los templos más importantes.

3. En medio de la cancha en Chichén Itzá estaba el tlachtemalácatl, o el anillo, por donde _____ que pasar la pelota, el cual _____ también para dividir el campo.

4. Los espectadores _____ en lo alto de las murallas, y los jugadores, divididos en dos equipos, _____ frente a frente.

5. _____ de mantener la pelota en movimiento constante.

6. Si un jugador adversario _____ la pelota con otra parte del cuerpo, o la _____ hasta la pared opuesta, o por encima de la muralla, _____ un punto el otro equipo.

7. En este rito los dos equipos _____ representantes de los dioses celestiales y normalmente _____ con la decapitación de uno de los jugadores.

8. Algunos relatos indican que el perdedor _____ el que perdía la cabeza; sin embargo, hay otras versiones en las que el ganador, por ser más fuerte y valiente, _____ el que se le ofrecía a los dioses.

9. No siempre _____ con la muerte de algún jugador.

10. Este deporte _____ tan popular que _____ también para terminar disputas.

Después de escuchar

D2-16 En las noticias Estudia la foto de uno de los murales de Chichén Itzá, donde aparecen dos grupos de jugadores rivales enfrentándose y separados por un disco coronado con la cabeza de la muerte. Escribe una breve descripción de la acción que acaba de ocurrir.

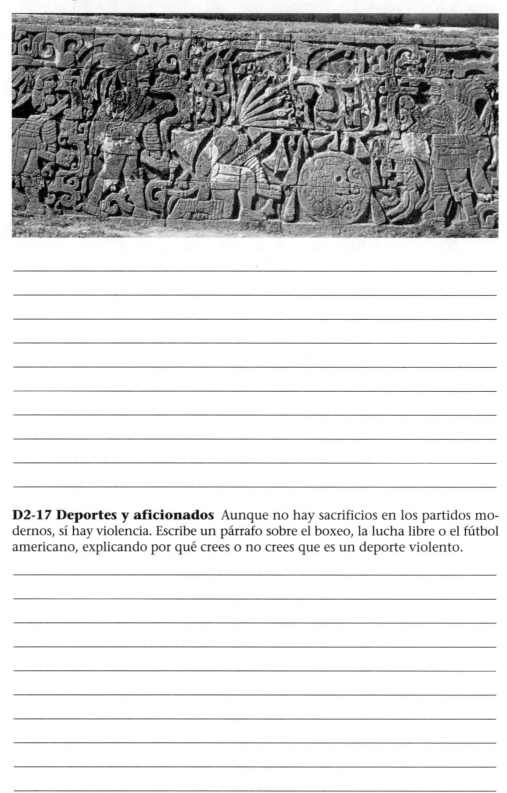

_____

_____

_____

_____

_____

_____

_____

_____

_____

_____

D2-17 Deportes y aficionados Aunque no hay sacrificios en los partidos modernos, sí hay violencia. Escribe un párrafo sobre el boxeo, la lucha libre o el fútbol americano, explicando por qué crees o no crees que es un deporte violento.

_____

_____

_____

_____

_____

_____

_____

_____

_____

_____

Audio 2-3: El hombre que vendió su alma

Track 1-7

Leyendas de los mayas Al igual que otras civilizaciones, los mayas elaboraban cuentos, leyendas y fábulas en que interpretaban y explicaban lo que pasaba en el universo y con las leyes de la vida. Ahora vas a escuchar una leyenda maya que explica por qué hay frijoles negros, blancos, amarillos y rojos.

¡Alto! Before working on **Audio 2-3,** review the **Repaso de gramática** on pages 54–56 in your textbook, complete the accompanying exercises in the **Práctica de estructuras** of the *Diario de actividades,* pages PE-10–PE-15, and work on the in-class activities for **Función 2-3.**

Antes de escuchar

D2-18 Siete deseos El deseo de cambiar la suerte es tema de muchos cuentos, películas o incluso obras de teatro. Una manera de cambiar la suerte es pedir deseos a cambio de algo. Piensa en siete cosas que te gustaría tener o cambiar de tu vida.

Ejemplo: *Quiero tener mucho dinero para no tener que trabajar nunca más.*

_____

_____

_____

_____

_____

_____

_____

D2-19 Kizín y el hombre En esta leyenda, vas a escuchar la historia sobre un hombre que le pidió siete favores a Kizín, el diablo. Estudia la ilustración y piensa en lo que el hombre le va a pedir al diablo. Escribe tus respuestas en las líneas que aparecen a continuación.

_____

_____

_____

_____

_____

_____

Pequeño diccionario

Antes de escuchar la narración sobre el origen de los frijoles multicolores y, antes de hacer las actividades, estudia el **Pequeño diccionario**. Usa dos o tres palabras en oraciones originales en una hoja aparte.

agradar *v. intr.* Complacer, gustar.
alma Sustancia espiritual al inmortal que informa al cuerpo humano, y con él constituye la esencia del hombre.
blanquear *v. tr.* Poner blanca (una cosa).
bolsillo Saquillo cosido en los vestidos para las cosas más usuales.
capricho Idea o propósito que uno forma de prisa, sin pensar y sin motivación aparente.

conceder *v. tr.* Hacer merced y gracia (de una cosa); dar.
diablo Nombre general de los ángeles rebeldes arrojados por Dios al abismo, y de cada uno de ellos.
engañar *v. tr.* Inducir (a otro) con artificio o maldad a creer y tener por cierto o bueno lo que no lo es.
reventar *v. intr.* Comer por exceso.

A escuchar

D2-20 Comprensión Lee las siguientes preguntas sobre la leyenda. Luego, escucha tu CD y contesta las preguntas.

1. ¿Qué decidió vender al diablo?

_____

2. ¿Qué le agradó a Kizín?

_____

3. ¿Qué pasó cuando pidió dinero?

_____

4. ¿Cuál fue su sexto deseo?

_____

5. ¿De qué color quería cambiar los frijoles negros?

_____

6. ¿Qué hizo Kizín para tratar de conceder el séptimo deseo?

_____

7. ¿Consiguió blanquear los frijoles?

_____

D2-21 Los siete deseos Escucha tu CD de nuevo y termina las oraciones según la narración.

1. Un hombre bueno pero infeliz _____ de apuros.

2. El primer día el hombre _____ dinero. En seguida _____ con los bolsillos llenos de oro.

3. Para el segundo deseo _____ salud y la _____ perfecta.

4. Para el tercero, _____ comida y _____ hasta reventar.

5. Para el cuarto, _____ mujeres y lo _____ las más hermosas.

6. Para el sexto, _____ viajar y, en un abrir y cerrar de ojos,

_____ en mil lugares.

7. Para el séptimo, el hombre pidió que el diablo se blanqueara los frijoles. El diablo

se enfadó y pensó: «Este hombre me _____ y _____ un alma».

Después de escuchar

D2-22 Otro deseo ¿Qué otros deseos igualmente imposibles hay? Piensa en otra alternativa para esta leyenda y escríbela en las líneas que aparecen a continuación.

_____

_____

_____

_____

_____

_____

_____

_____

_____

_____

D2-23 Alma para la venta Hay muchos cuentos e incluso películas y obras de teatro en que una persona decide vender su alma al diablo a cambio de una vida mejor. Aquí hay algunas obras que tratan de este tema. Selecciona una y brevemente escribe un resumen de la acción principal de la obra, o busca otras alternativas en Internet.

- *Bedazzled* (Brendan Fraser, Elizabeh Hurley, 2000)
- *Devil's Advocate* (Keanu Reeves, Al Pacino, 1997)
- *Dr. Faustus* por Christopher Marlowe (1604)
- *The Picture of Dorian Grey* por Oscar Wilde (1891)
- *Faust* por Johann Wolfgang von Goethe (1808)

_____

_____

_____

_____

_____

_____

_____

_____

_____

_____

Tercera etapa: Redacción

Introducción a la escritura

¡Alto! Before beginning the **Tercera etapa**, study the **Repaso de gramática** on pages 57–62 of your textbook and complete the accompanying exercises.

La biografía En esta lección, vas a escribir la biografía de una persona. Antes de comenzar a escribirla, piensa en su organización. Hay tres elementos importantes en cualquier biografía.

- **Datos importantes** Escribe las fechas, los lugares y los sucesos propios de la vida de la persona:

  Rigoberta Menchú ganó el Premio Nóbel en 1992.

- **Descripción física** Describe la persona desde arriba a abajo o vice versa. Incluye las impresiones también, como, por ejemplo:

  Aunque es de estatura baja, parece mucho más alta por su manera de comportarse.

- **Descripción de la personalidad** Describe los sentimientos, las actitudes y el comportamiento de la persona:

  Tiene un carácter muy agradable.

Estos tres elementos forman la base de la biografía y es posible comenzar con cualquiera de los tres.

One of the pitfalls of writing a biography is the fact that there is only one simple past tense in English and there are two past tenses (imperfect and preterite) in Spanish. The English simple past tense is a statement of fact, as, for example:

The leader chanted a ceremonial song.

The Spanish imperfect and preterite express different aspects or subtleties of past time. Refer to the chart on page 61 of your textbook for a comparison of the uses of the imperfect and preterite.

Una biografía puede tomar la forma de...

- una presentación formal.
- un obituario.
- un currículum vitae.
- una autobiografía.

Como en cualquier tipo de descripción, las palabras descriptivas son muy importantes. Generalmente, se escribe una descripción en el pasado, como en el siguiente ejemplo:

Chan K'in, cuya vida *era* motivo de más de 100 investigaciones antropológicas e incluso una película, *Casabel* (1979), *llevaba* el título de «halach winick» (gran señor) y *era* el vocero de su pueblo.

Pequeño diccionario

Estudia las siguientes palabras y frases para comprender mejor el texto, «Guardián del fuego». Busca las palabras en el texto y usa dos o tres para escribir oraciones originales en una hoja aparte.

caoba Árbol tropical de madera muy fina.
cazador/cazadora Persona que persigue y mata animales.
conquistador *m.* Uno que adquiere poder sobre un reino, una provincia, una ciudad, etc.
desapercibido/desapercibida Desconocido; que no se observa.

leñador/leñadora Persona que tiene por oficio cortar los árboles.
pulmonía Infección del órgano de la respiración (el pulmón).
vocero/vocera Persona que habla en nombre de otro.

Nombre _____ Fecha _____

Preguntas de orientación

As you read **«Guardián del fuego»,** use the following questions as a guide.

1. ¿Quién era Chan K'in?
2. ¿Dónde viven los indios lacandones?
3. ¿Por qué era tan importante Chan K'in?
4. ¿Cómo lucía Chan K'in?
5. ¿Por qué era conocido?
6. ¿Qué temía más?

D2-24 Ejemplo: «Guardián del fuego» Chan K'in era el último líder de los mayas, el último que conocía toda la historia de su pueblo. Mientras estudies la siguiente biografía del último lacandón, subraya los datos importantes y las frases descriptivas. Contesta las **Preguntas de orientación** también.

TRIBUTO GUARDIÁN DEL FUEGO
Muere Chan K'in, el último líder de los mayas

▶ "Era el último lacandón que conocía toda la historia de su pueblo", dogo un antropólogo sobre Chan K'in.

EN MUCHOS SENTIDOS, CHAN K'IN Viejo era la encarnación de 3.500 años de historia. El líder espiritual de los indios lancandón,—habitantes de las junglas de Chiapas, en el sur de México—que murió en diciembre a la edad de 104 años (aunque algunos dicen que tenia 120) era uno de los pocos que habia mantenido vivas las tradiciones de sus antepasados mayas. Chan K'in, que vivía en un área tan remots que pasó desapercibida por los conquistadores, vestía una túnica tradicional de algodon, llevaba el cabello largo y quemaba incienso como lo hacían sus antepasados. "Era el último lancandón que podiá recordar la historia de su pueblo y la mitología de sus dioses", dice Walter "Chip" Morris, director del Museo NaBalom, un centro de estudios de la cultura maya en San Cristóbal de las Casas, Chiapas.

Chan K'in, cuya vida fue motivo de más de 100 investigaciones antropológicas e incluso de una película, *Cascabel* (1979), llevaba el título de halach winick (gran señor) y era el vocero de su pueblo.

Su vida personal fue muy rica: tenia 24 hijos, el menor de los cuales tiene dos anos, y al morir de pulmonía tenia dos esposas. Pero Chan K'in empezó a termerles cada vez más a los leñadores y cazadores que penetraban en su territorio. "Dentro de poco se llevarán nuestra tierra", digo poco antes de su muerte. "Y el último árbol de caoba morirá". Pero no la cultura, según Morris: "La comunidad lacandona o desaperecerá. No obstante, ya no será pura".

■ **CATHERINE RYAN** en *México*

D2-25 Organización Ahora, revisa biografía de nuevo y analiza su organización. Después, completa la tabla siguiente.

Datos importantes	Características físicas	Personalidad

Antes de redactar

D2-26 Fijar el tema Escoge a una persona que conozcas bien (amigo/amiga, pariente, tú mismo/misma) o a una persona famosa (por ejemplo, Chan K'in como el tema de tu composición). Después, contesta las siguientes preguntas.

- ¿Por qué la escogiste?
- ¿Qué características te llaman la atención?

_____

_____

Ahora, escribe la razón principal por la cual elegiste a esta persona.
Razón principal: _____

_____

Ésta es la clave de tu composición. Enfatiza este tema principal en la biografía.

D2-27 Generar ideas Genera los datos para apoyar el tema principal de tu composición.

- Fija los datos importantes de la vida de esta persona.
- Piensa cómo luce esta persona, comenzando con la cabeza y terminando con los pies.
- Escribe una lista de sus características físicas.
- Después, piensa en su personalidad.
- Escribe una lista de sus características personales.

Datos importantes	Características físicas	Personalidad

D2-28 Bosquejo Ahora, organiza tu composición. Usando las líneas a continuación, escribe un bosquejo.

- Piensa en las ideas principales que formarán cada párrafo.
- Después, escribe los detalles que apoyan cada idea principal.
- Si necesitas escribir más párrafos, usa una hoja aparte.
- Al final, piensa en una conclusión interesante.

Párrafo 1 (Introducción)

idea principal

_____

_____

_____

detalles

_____

_____

_____

Párrafo 2

idea principal

_____

_____

_____

detalles

_____

_____

_____

Párrafo 3

idea principal

_____

_____

_____

detalles

_____

_____

_____

Párrafo 4

idea principal

_____

_____

_____

detalles

_____

_____

_____

Conclusión

idea principal

_____

_____

_____

detalles

_____

_____

_____

¡Adelante! After completing your composition, review it carefully for organization, content, spelling, and grammar. Then take your composition to class, where you will work with a partner to edit it.

Grammar

- Imperfect
- Preterite
- Adjectives

Functions

- Describing people
- Linking ideas
- Sequencing events
- Writing a conclusion

A redactar

En una hoja aparte, escribe una biografía sobre la persona que escogiste. Sigue la organización de **Actividad D2-28**. Intenta incorporar también algunas de las estructuras que estudiaste en el **Repaso de gramática** en las páginas 50–62 de tu libro de texto.

Sugerencias para usar la computadora

Cómo revisar la gramática Usa tu computadora para concentrarte en la gramática. Primero, usa el puntero para fijarte en el género de los adjetivos. Después, fíjate en los sufijos (el número y la persona) de los verbos. Corrige los errores.

Un monumento maya

Mi diario Sobre las siguientes líneas, escribe tus impresiones sobre Yucatán o los mayas. Prepárate para hablar de tus impresiones en clase.

Mi diario

Capítulo 3

El mundo del trabajo

Acuérdate de denterte a oler las rosas.

Primera etapa: Preparación

Estudio de palabras

Familias de palabras Learning to recognize families of words in Spanish will improve your listening and reading comprehension and also enable you sometimes to come up with words on the spot while speaking or writing. There are really two steps in recognizing and creating word families. First, you must learn to recognize common roots. Second, you must learn the most common affixes (prefixes and suffixes). For example, the root word in **repintar** is **pintar** *(to paint)*. Adding the prefix **re-** *(again)* changes the meaning from *to paint* to *to repaint*. A common suffix is **-ado/-ada** *(-ed)*. Adding the suffix **-ado** to **pintar**, for example, changes the meaning from *to paint* to *painted* **(pintado)**. In the following activities, you will work with root words, suffixes, and prefixes to form related words.

Pintar y palabras relacionadas

Verbos	Sustantivos	Adjetivos
pintar *to paint*	pintor *m. painter*	pintado/pintada *painted*
pintarrajar *to daub*	pintura *paint; painting*	pinto/pinta *spotted*
despintar *to remove paint; to erase*	pintalabios *m. sing. lipstick*	pintoresco/pintoresca *picturesque*

All of the above words have the idea of **pintar** in their meaning. **Pintarrajar** means *to smear paint*, **un pintor** is *a painter*, and **una escena pintoresca** is *a pleasant scene*, one that could be the subject of a painting.

Now, let's look at some common Spanish affixes and their meanings. Most of the categories are based on a noun or verb root + suffix (**sustantivo o verbo + sufijo**). As you study the following examples, you will notice that we have transformed a verb root into a noun and a noun root into an adjective just by adding a suffix. As you work with the common suffixes and prefixes in the following activities, notice the type of transformation that has taken place in each category.

D3-1 Sufijos Aquí hay una variedad de sufijos que te ayudarán a ampliar tu vocabulario. En tu diccionario bilingüe, busca el equivalente en inglés de las siguientes palabras, según los ejemplos.

Verbo	Inglés	Raíz ____ +	Sufijo ____ =	Sustantivo	Equivalente
1. entrar	*to enter*	entr-	-ada	entrada	*entrance*
2. hablar		habl-	-ante	hablante	
3. partir		part-	-ida	partida	
4. prestar		prest-	-amo	préstamo	
5. trabajar		trabaj-	-ador	trabajador	

Sustantivo	Inglés	Raíz ___ +	Sufijo ___ =	Adjetivo	Equivalente
6. oficio	*occupation*	ofici-	-oso/-osa	oficioso/ oficiosa	*diligent*
7. comunicación		comunic-	-ativo/-ativa	comunicativo/ comunicativa	
8. empresa		empres-	-arial	empresarial	
9. frontera		fronter-	-izo/-iza	fronterizo/ fronteriza	
10. idioma		idiom-	-ático/-ática	idiomático/ idiomática	

Sustantivo	Inglés	Raíz ___ +	Sufijo ___ =	Sustantivo	Equivalente
11. viaje	*trip*	viaj-	-ero/-era	viajero/viajera	*traveler*
12. ciudad		ciudad-	-ano/-ana	ciudadano/ ciudadana	
13. comercio		comerci-	-ante	comerciante	
14. mercado		mercad-	-ero/-era	mercadero/ mercadera	
15. vecino		vecin-	-dad	vecindad	

D3-2 Prefijos El español y el inglés tienen muchos prefijos en común. En tu diccionario bilingüe, busca el equivalente de las siguientes palabras, según los ejemplos. Después, identifícalas como adjetivo o sustantivo.

Prefijo	Significado	Ejemplos	Equivalente	Categoría
1. des-	*take away*	deshacer descanso desgobernado/desgobernada	*to undo* *rest, quiet* *undisicplined*	verbo sustantivo adjetivo
2. ante-	*before*	antedatar antepenúltimo/antepenúltima antepasados/antepasadas		
3. mal-	*bad*	malgastar malogrado/malograda maldición		
4. multi-	*many*	multiplicar multicultural multicopista		
5. sub-	*below*	subrayar subdirector/subdirectora subterráneo/subterránea		
6. trans-	*across*	transplantar transoceánico/transoceánica transformación		

D3-3 En español Estudia el primer párrafo del artículo de la **Gaceta de los negocios**. Después, transforma las raíces de las palabras en cursiva en las formas indicadas en la tabla que aparece a continuación, usando los afijos (sufijos o prefijos) apropiados.

LA GACETA DE LOS
NEGOCIOS:

Gerente de Publicidad: Víctor Cifuentes
Email: *igpublicidad@negocios.com*

Teléfono: +34 (91) 432 76 00
GACETA DE LOS NEGOCIOS

NEGOCIOS
Online
Dirección electrónica:
http://www.negocios.com

Año IX Número 2.423   Martes, 25 de marzo

En español

ANTXON SARASQUETA

El español es una lengua en expansión y esto hace un mercado en expansión. No se trata únicamente de los índices de crecimiento económico que registra actualmente Iberoamérica, sino que además es un mercado con expectativas.

Cualquiera que tenga una visión global y del futuro es capaz de advertir esa realidad. CNN ha iniciado un nuevo canal de televisión en español, orientado a Iberoamérica. La revista *Newsweek* ha lanzado también su versión en español. Todos los grupos grandes internacionales de comunicación han incrementado en el último año sus posiciones estratégicas en España y en nuevos proyectos iberoamericanos.

Raíz	Equivalente	Verbo	Sustantivo	Adjetivo
1. lengua	*language*	lengüetear	lenguaje	lenguaz
2. mercado				
3. visión				
4. negocio				
5. lanza				
6. comunicación				

Segunda etapa: Comprensión auditiva

Sugerencias para escuchar mejor

Cómo revisar un texto oral You have already practiced skimming and scanning authentic readings. Now you are ready to practice these same skills with three listening passages in which several people discuss different reasons for spending time in Spanish-speaking countries.

The first time you listen to your CD you should skim the passage and search for the main ideas the speaker wants to get across. Skimming helps you cue in on specific information and determine the most important points quickly. With a little practice you will realize that you do not have to understand every word you hear to identify the overall topic. This will help you feel more confident as you listen to and interact with native speakers. You can also frequently rely on some type of visual input (gestures, attitude, facial expressions), previous conversations, or social context to help you determine the overall message. In your *Diario de actividades,* this context is provided for you by the **Antes de escuchar** activities and a brief introductory paragraph for each segment.

After you have decided the overall purpose of the oral text, you should then play the conversations several times as you scan or listen for specific information. The **Comprensión** questions will help guide you through this second phase. Read the questions before you begin, and as you listen, write down short responses. Then, review your answers to see if they are logical and in keeping with the overall theme. If not, listen again. Or if someone speaks to you and you do not understand, simply ask him/her to repeat (and remember to add **por favor**).

Track 1-8

Audio 3-1: Trabajos con los Servicios comunitarios para refugiados e inmigrantes

¡Alto! Before working on **Audio 3-1,** review the **Repaso de gramática** on page 81 in your textbook, complete the accompanying exercises in the **Práctica de estructuras** of the *Diario de actividades,* pages PE-16–PE-17, and work on the in-class activities for **Función 3-1.**

Agencias y programas Hay muchas agencias y programas, algunos generales y otros culturalmente específicos, que se están iniciando para ayudar a los hispanohablantes en Estados Unidos. Esas agencias tienen una meta común de dar información sobre recursos comunicativos, con el fin de proporcionarle a este sector de la población el de maximizar oportunidades. Ahora vas a escuchar una descripción de los servicios que ofrecen los Servicios comunitarios para refugiados e inmigrantes y a pensar en algunos trabajos relacionados con este tipo de organización.

En una agencia comunitaria

Antes de escuchar

D3-4 Servicios comunitarios ¿Cuáles son algunas situaciones en las que una persona hispanohablante puede necesitar los servicios de un intérprete? Escribe una lista de ocho circunstancias.

Ejemplo: *en la oficina del dentista o doctor*

_____   _____

_____   _____

_____   _____

_____   _____

D3-5 Cosas que hacer Estudia el siguiente anuncio y piensa en otro negocio que ponga anuncios en el periódico. Diseña un anuncio breve para este negocio.

Para hacer hoy:

- Pintar puerta garaje
- Llevar carro al taller
- Llevar ropa a la tintorería
- Llevar al perro al veterinario
- Llamar a Carlos de
- Seguros interaméricas

Usted puede contar con nosotros
en todo lo que se refiera a asuntos
de seguros, inclusive de salud, vida, automóvil,
casa y negocios. También podemos ayudarle
en sus necesidades financieras.
Seguros Interaméricas está aquí para servirle.

SEGUROS
INTERAMÉRICAS
SALUD VIDA AUTO HOGAR NEGOCIOS

Pequeño diccionario

Antes de escuchar la narración que explica los programas que los trabajos con los Servicios comunitarios por refugiados e inmigrantes les ofrece a la comunidad hispana y antes de hacer las actividades, estudia el **Pequeño diccionario** y usa dos o tres palabras en oraciones originales en una hoja aparte.

acompañar *v. tr.* Estar en o ir en compañía de otro.
agencia Oficina o despacho del agente; empresa dedicada a solucionar asuntos o dar servicios.
alcance *m.* Capacidad o posibilidad de hacer o lograr algo.
apoyo Lo que sirve para ayudar; protección, auxilio.
avanzar *v. tr.* Mover hacia delante.
barrera Obstáculo con que se cierra un paso o entrada.
ciudadanía Calidad y derecho de ciudadano.
complicado/complicada De difícil comprensión.
crecer *v. intr.* Aumentar de tamaño; aplicado a las personas se dice principalmente de la estatura.

desarrollo Acción de efectuar los cambios necesarios.
entregar Poner a una persona o cosa en poder de otro.
estar disponible Libre de actuar; poder hacer una cosa.
intercambio Cambio mutuo entre dos cosas; reciprocidad de servicios entre personas, agencias, compañías.
meta Fin al que se dirigen las acciones o deseos de una persona.
proveer *v. tr.* Dar o conferir.
recurso Medio de cualquier clase que, en caso de una necesidad, sirve para conseguir lo que se pretende o necesite.
seguir *v. tr.* Continuar; ir después o detrás.

A escuchar

D3-6 ¿Qué servicios ofrecen? Mientras escuches la narración, indica qué tipo de ayuda facilita la gente que trabaja con los Servicios comunitarios para refugiados e inmigrantes.

❑ 1. Acompañan a sus clientes a las citas médicas.
❑ 2. Los ayudan a pagar la electricidad, la luz y el agua.
❑ 3. Facilitan cursos de inglés.
❑ 4. Colaboran en la construcción de casas.
❑ 5. Pagan por cursos universitarios.
❑ 6. Trabajan con agencias de seguros y con la Seguridad social.
❑ 7. Les ayudan a obtener permisos de trabajo o de ciudadanía.
❑ 8. Ofrecen información pre- y post-natal para madres y sus bebés.

D3-7 Comprensión Lee las siguientes preguntas. Después, escucha tu CD de nuevo y escribe las respuestas correspondientes.

1. ¿Para qué se están iniciando muchas nuevas agencias y programas?

_____

2. ¿Cuántos profesionales bilingües trabajan en la oficina de Servicios comunitarios para refugiados e inmigrantes?

_____

3. ¿Cuál es su meta?

_____

4. ¿Qué barreras hay?

_____

5. ¿Para qué trabaja esta agencia?

_____

6. ¿Cuáles son algunos servicios que les dan a las madres?

_____

7. ¿Qué más ofrecen estos servicios?

_____

8. ¿Cuánto cuestan los servicios legales para los que quieren obtener la ciudadanía?

_____

9. ¿Adónde acompañan a sus clientes?

_____

10. ¿Cuál es la herramienta más importante para el éxito?

_____

Después de escuchar

D3-8 Trabajo de investigación Ahora vas a investigar sobre otras agencias, organizaciones o negocios que tienen conexiones con la comunidad hispanohablante en tu área. Busca anuncios bilingües en periódicos, información en las tiendas que se publica en inglés y español o artículos en Internet. Escribe cuatro oraciones, describiendo lo que encontraste.

Ejemplo: *En Target tienen solicitudes de trabajo en inglés y en español.*

_____

_____

_____

_____

D3-9 Cómo mantener el español Una de las mejores maneras de mantener y continuar aprendiendo español es hacer trabajos como voluntario en la comunidad con organizaciones sociales, iglesias o escuelas. Escribe una lista de cinco lugares que tienen contacto con los inmigrantes y el tipo de trabajo que puedes hacer, usando el español.

Ejemplo: *En las escuelas de la comunidad, puedo ayudarles a los profesores cuando necesitan hablar con los padres de sus estudiantes hispanohablantes.*

_____

_____

_____

_____

Track 1-9
¡Alto! Before working on **Audio 3-2**, review the **Repaso de gramática** on pages 81–83 in your textbook, complete the accompanying exercises in the **Práctica de estructuras** of the *Diario de actividades,* pages PE-17–PE-18, and work on the in-class activities for **Función 3-2.**

Audio 3-2: Despacho a la orden

Una buena organización para evitar problemas Aquellas personas que trabajan sobre mesas desordenadas padecen de estrés en mayor medida que la gente que trabaja en entornos organizados. Por eso, aunque todo depende de cada tipo de trabajo, es posible definir los elementos esenciales de un despacho. Ahora vas a escuchar una conversación de cómo se debe mantener el despacho en orden para poder trabajar con mayor eficacia.

Antes de escuchar

D3-10 En el despacho Estudia el dibujo e identifica en español los diferentes artículos que se encuentran en este despacho.

_____

_____

_____

_____

_____

_____

_____

_____

_____

_____

D3-11 ¿Qué hay en tu despacho? Escribe una lista de las cosas que tienes en tu despacho, o en el lugar donde normalmente estudias.

Pequeño diccionario

Antes de escuchar la conversación sobre cómo organizar un despacho y antes de hacer las actividades, estudia el **Pequeño diccionario.** Usa dos o tres palabras en oraciones originales en una hoja aparte.

archivar *v. tr.* Poner o guardar papeles o documentos e un archivo.
cita Señalamiento de día, hora y lugar para verse y hablarse dos o más personas.
definir Enunciar con claridad y exactitud.
desordenado/desordenada Que no tiene orden; con confusión.
despacho Oficina.
desviar *v. tr.* Separar una cosa o persona de su lugar o camino.
estar a mano Estar cerca, preparado para utilizar.

facilitar *v. tr.* Hacer fácil o posible la ejecución de una cosa.
herramienta Instrumento que le ayuda a uno a completar una acción o hacer algo.
imprescindible Necesario, requerido.
luz *f.* Forma de energía que, actuando sobre los ojos, nos hace ver los objetos.
giratorio/giratoria Que da vueltas.
supletorio/supletoria Extra.
tener en cuenta Pensar en.

A escuchar

D3-12 ¿Verdadera o falsa? Escucha el diálogo y decide si las oraciones siguientes son verdaderas (V), falsas (F) o no especificadas (NE).

_____ 1. Mesas desordenadas significan que una persona es muy creativa.

_____ 2. La computadora debe estar sobre la mesa supletoria.

_____ 3. Vale más un lápiz pequeño que una computadora.

_____ 4. Los documentos del tema del día deben estar a mano.

_____ 5. Siempre debes tomar todas las llamadas telefónicas.

_____ 6. Al lado del teléfono, debes tener una lista de teléfonos.

_____ 7. La papelera debe ser pequeña y debajo de la mesa del trabajo.

_____ 8. Uno de los secretos de la organización es saber guardarlo todo en una forma ordenada.

D3-13 Comprensión Lee las siguientes preguntas. Luego, escucha tu CD de nuevo y escribe las respuestas correspondientes.

1. ¿Qué pasa con las personas que trabajan sobre mesas desordenadas?

_____

2. ¿Cuál es la primera cosa que hay que considerar?

_____

3. Si escribes con la mano derecha, ¿por qué lado debe entrar la luz?

_____

4. ¿Dónde debes escribir todo?

_____

5. ¿Qué necesitas junto a la mesa de trabajo?

_____

6. ¿Cuáles son las dos cosas necesarias para organizar tu trabajo?

_____

7. ¿Qué tipo de silla es aconsejable?

_____

8. ¿Qué debes tener en la estantería?

_____

9. ¿Por qué es importante tener una planta o dos?

_____

10. ¿Cuál es uno de los secretos de la organización?

_____

Después de escuchar

D3-14 Lo que necesito Después de estudiar el dibujo y escuchar la conversación, ¿qué cosas necesitas comprar para organizar tu vida? Escribe una lista de cinco o seis cosas que consideras imprescindibles. Aquí hay una lista de cosas para considerar.

1. La mesa, ¿dónde la tienes?

_____

2. Tu agenda, ¿la tienes a mano?

_____

3. El cuaderno, ¿lo utilizas para escribir todos tus apuntes?

_____

4. Los otros útiles como el reloj y el calendario, ¿los consideras importantes?

_____

5. El teléfono, ¿siempre lo contestas?

_____

6. Las estanterías, ¿las tienes organizadas?

_____

D3-15 Unas modificaciones Basándote en la información dada en «Despacho a la orden», escribe una descripción de cómo vas a modificar tu oficina o lugar de estudio para convertirlos en un lugar más eficiente.

_____

_____

_____

_____

_____

_____

Audio 3-3: El trabajo ideal

Track 1-10

¡Alto! Before working on **Audio 3-3,** review the **Repaso de gramática** on pages 83–85 in your text-book, complete the accompanying exercises in the **Práctica de estructuras** of the **Diario de actividades,** pages PE-19–PE-20, and work on the in-class activities for **Función 3-3.**

Carreras y profesiones ¿Piensas que tu carrera es interesante o tienes ganas de hacer algo totalmente diferente? Mientras algunas personas aspiran a carreras tradicionales, otras sueñan con ser cantantes, astronautas o artistas. Ahora vas a escuchar comentarios de cuatro estudiantes con visiones muy distintas de lo que es una profesión ideal.

¿Cuál es la profesión ideal?

Antes de escuchar

D3-16 Entre amigos Piensa en tus amigos y compañeros de clase. ¿Qué profesiones escogieron? Escribe una lista de diez profesiones diferentes.

_____   _____
_____   _____
_____   _____
_____   _____
_____   _____

D3-17 Unas comparaciones Ahora compara cinco profesiones y carreras según las ventajas y desventajas que tienen.

Ejemplo: *Los políticos ganan más dinero que los abogados, pero no pueden tener una vida privada.*

_____
_____
_____
_____
_____
_____
_____
_____
_____

Pequeño diccionario

Antes de escuchar los comentarios sobre las profesiones perfectas de cuatro estudiantes, estudia el **Pequeño diccionario** y usa dos o tres palabras en oraciones originales en una hoja aparte.

carrera Curso que sigue uno en sus acciones; *fig.* Profesión de las letras, ciencias, etc.

cotidiano/cotidiana Diario.

cuadrar *v. intr.* Coincidir o hacer coincidir en las cuentas los totales del debe y del haber.

elegir *v. tr.* Escoger, preferir (a una persona o cosa) para un fin.

escenario Parte del teatro construida convenientemente para que en ella se puedan colocar las decoraciones y representar las obras dramáticas.

lienzo Tela de lino, de cáñamo o de cualquier otro material, esp., la usada para pintar.

lienzo

naturaleza Conjunto de todo lo que se encuentra en los campos, los bosques, las montañas, el mar, etc.

recoger *v. tr.* Volver a coger; tomar por segunda vez (una cosa).

red *f.* Conjunto de computadoras, impresoras y otros medios informáticos conectados entre sí.

reina Mujer que por su excelencia sobresale entre las demás de su clase.

retratar *v. tr.* Hacer el retrato (de una persona o cosa) en un dibujo, una fotografía, una escultura, etc.

seguidor/seguidora Persona que sigue o va detrás de una persona o cosa.

A escuchar

D3-18 Un trabajo ideal Después de escuchar los comentarios de Sofía, Ricardo y Ofelia, completa la siguiente tabla.

Nombres	Carreras	Factores interesantes
Sofía		
Ricardo		
Ofelia		

D3-19 Comprensión Lee las siguientes preguntas. Después, escucha tu CD de nuevo y escribe las respuestas correspondientes.

1. ¿Con qué sueña Sofía? _____

2. ¿Dónde quiere cantar? _____

3. Según Sofía, qué es más difícil, ¿ser actriz o ser cantante?
   _____

4. ¿Cuáles son los dos elementos esenciales para triunfar?
   _____

5. A Ricardo, ¿qué le gusta? _____

6. ¿Dónde prefiere ver los animales? _____

7. ¿Dónde quiere poner sus fotos? _____

8. ¿Qué hace Ofelia todos los días? _____

9. ¿Cuáles son algunos de los resultados de un trabajo aburrido?
   _____

10. ¿Qué va a hacer Ofelia para lograr sus metas?
    _____

Después de escuchar

D3-20 Por gustos hay colores Entre los tres estudiantes, ¿quién seleccionó la profesión mas interesante? Escribe un párrafo breve explicando tu respuesta.

_____

_____

_____

_____

_____

_____

_____

_____

_____

_____

_____

D3-21 ¿Y tus sueños? Ahora te toca a ti. Todos tenemos sueños de una carrera exótica. ¿Cuál es la tuya? Describe la profesión que más te atrae.

_____

_____

_____

_____

_____

_____

_____

_____

_____

_____

_____

Tercera etapa: Redacción

¡Alto! Before beginning the **Tercera etapa**, study the **Repaso de gramática** on pages 85–86 of your textbook and complete the accompanying exercises.

Introducción a la escritura

La carta A pesar de que la tecnología nos ofrece medios de comunicación como el teléfono, el correo electrónico y el fax, la comunicación escrita todavía ocupa un lugar importante en la sociedad instruida. Es la forma más culta de expresión y, a diferencia de la comunicación oral, es permanente.

Hay dos tipos de carta: la carta comercial/oficial y la carta social. Las cartas tienen un propósito específico (ya sea expresar un estado de ánimo, una opinión, una idea o un deseo) y se dirigen a un lector determinado. Así que el escritor debe manejar el tono, el vocabulario y las estructuras, teniendo en cuenta el propósito y el lector a quien se está dirigiendo.

Toda carta, ya sea comercial/oficial o social, requiere precisión y sinceridad. Entonces, para escribir correctamente, es preciso que el escritor preste atención a los siguientes elementos.

- la sintaxis
- la ortografía
- la organización
- la extensión

- la puntuación
- la claridad
- las transiciones
- la pulcritud

Las partes de la carta son iguales en inglés y en español.

Parte	Ejemplo	Explicación
Fecha	agosto 5 del 2004 Mesilla, 28 de agosto de 2004	El orden del día, mes y año varía de país a país. El nombre de la ciudad puede preceder la fecha.
Dirección	Ester Gallegos calle Guadalupe 10 88046 México, D.F.	La dirección está constituida por el nombre de la persona (o de la empresa) a la que se dirige la carta, el domicilio, el nombre de la ciudad, el estado y el código postal.
Saludo	**Carta social** Querido Timoteo: / Querida Laura: **Carta comercial** Estimado/Distinguido señor: Estimada/Distinguida señora:	Ésta es la frase con la que se comienza una carta. Varía según la relación que exista entre el escritor y el destinatario.
Introducción	**Carta social** Hace mucho tiempo que no tenemos noticias tuyas... **Carta comercial** Me atrevo a interrumpir en sus múltiples ocupaciones...	Para evitar un comienzo abrupto en la carta, interésate primero por los asuntos del destinatario. Después de esta cortesía, puedes ir al tema principal.

(continues)

Parte	Ejemplo	Explicación
Texto	Varía según el contenido.	Ésta es la parte principal de la carta. El motivo de la carta debe destacarse en un párrafo aparte y debe ocupar el centro de la carta.
Frase formularia	**Carta social** Afectuosos recuerdos a todos los tuyos... Mis respetos a tu madre... **Carta comercial** Agradeciendo de antemano su colaboración...	A veces una frase formularia precede la despedida. Esta frase varía según la relación entre el escritor y el destinatario.
Despedida	**Carta social** Un fuerte abrazo, Con todo mi cariño, Afetuosos saludos, **Carta comercial** Un cordial saludo, Atentamente, Sinceramente,	La despedida es una frase corta que termina la carta. Como el saludo, la despedida varía según la relación entre el escritor y el destinatario.
Firma	**Carta social** Carlos **Carta comercial** Teresa Peña Directora	La firma debe entenderse. No firmes de una manera complicada e ininteligible. Una carta social se firma con sólo el nombre de pila. Una carta comercial se firma con el nombre y el apellido. El título se coloca debajo de la firma.
Anexos	**Carta comercial** Se escribe la palabra «Anexos» bajo la firma en el margen izquierdo.	Los anexos son hojas adicionales que siguen la carta.
Posdata	Jorge Morelos P.D. Llámame mañana después de la cena.	La posdata es una idea adicional que se le ocurre al escritor después de terminar la carta. Al final de la carta, se colocan en el margen izquierdo las letras P.D. seguidas por la información.

Pequeño diccionario

Estudia las siguientes palabras y frases para comprender mejor la carta que aparece a continuación. Busca las palabras en el texto y usa dos o tres para escribir oraciones originales en una hoja aparte.

acertado/acertada Que tiene o incluye habilidad o destreza.
conocedor/conocedora Experto, entendido en alguna materia.

proceso «verde» Se dice de ciertos procesos ecológicos.
sano/sana Que goza de perfecta salud.

As you read the letter to Hermanos Rodríguez, use the following **Preguntas de orientación** as a guide.

1. ¿Qué tipo de carta es ésta?
2. ¿Quién escribió la carta? ¿Cuál es su título?
3. ¿Qué le pide al señor Rodríguez? ¿Por qué?
4. En términos generales, ¿qué es un proceso «verde»? ¿Cuáles son sus ventajas?

D3-22 Ejemplo: Una carta importante La siguiente carta pide acción por parte de una empresa. Mientras estudies la carta, identifica las varias partes.

24 de marzo del 2004

Hermanos Rodríguez, S.A.
Avenida Artistas, 1978
28473 Madrid, España

Estimado señor Rodríguez:

Conocedores de la intensa labor de promoción comercial que su prestigiosa empresa desarrolla en su país, hemos creído que son ustedes los más indicados para facilitarnos una acertada información.

Nos interesaría ponernos en contacto con algunos fabricantes que usan procesos «verdes» para un posible e importante pedido. Estos procesos permiten fabricar más económicamente los productos, sin ningún riesgo para el medio ambiente. Los beneficios son innegables: productos de consumo de alta calidad a precios económicos y un planeta sano.

Esperamos sus noticias y, agradeciendo de antemano su colaboración, los saludamos muy atentamente.

Antonia Martínez
Antonia Martínez
Presidenta
Asociación Protectora del Medio Ambiente

D3-23 Organización Revisa la carta y analiza su organización. Después, completa la siguiente tabla.

Parte	Contenido
1. Fecha	
2. Dirección	
3. Saludo	
4. Primer párrafo	
5. Segundo párrafo	
6. Despedida	

Antes de redactar

D3-24 Establecer el tema Completa las siguientes tareas para establecer el tema de tu carta.

- Elige al destinatario de tu carta.

_____

- Determina qué quieres decirle al destinario.

_____

- Piensa en el tipo de carta que deseas escribir (social o comercial).

_____

D3-25 Generar ideas Genera los datos para apoyar el tema principal de tu composición.

- Escribe una lista de datos que quieres incorporar en el contenido.

_____ _____
_____ _____
_____ _____
_____ _____

- Piensa en el nivel de cortesía que la carta debería reflejar.
  ¿Vas a usar **tú** o **usted**?

_____

  ¿Cómo vas a saludar al destinatario?

_____

¿Cuáles son algunas frases de cortesía que piensas usar?

_____

_____

_____

_____

¿Cómo vas a despedirte?

_____

D3-26 Bosquejo Usando las siguientes líneas, escribe un bosquejo para organizar el texto de tu carta.

- Piensa en las ideas principales que formarán cada párrafo del texto.
- Después, escribe los detalles que apoyan cada idea principal.
- Si necesitas más párrafos, usa una hoja aparte.

Párrafo 1 (Introducción)

idea principal

_____

_____

detalles

_____

_____

_____

Párrafo 2

idea principal

_____

_____

detalles

_____

_____

_____

Párrafo 3

idea principal

_____

_____

detalles

_____

_____

_____

Párrafo 4

idea principal

_____

_____

detalles

_____

_____

_____

Conclusión

idea principal

_____

_____

detalles

_____

_____

_____

A redactar

En una hoja aparte, escribe una carta personal o comercial, según las actividades preparatorias que acabas de completar.

¡Adelante! After completing your composition, review it carefully for organization, content, spelling, and grammar. Then take your composition to class, where you will work with a partner to edit it.

Grammar
• Verbs

Functions
• Writing a letter

Sugerencias para usar la computadora

Cómo acumular ideas Según muchos estudiantes, la invención o acumulación de ideas es el paso más difícil de la redacción. ¿Por qué no utilizas la computadora para ayudarte en esto? Comienza con un tema amplio y luego concéntrate en una lista de ideas relacionadas. Después de identificar el tema que más te interese, repite el proceso con una lista larga de detalles que lo ilustren. Utiliza las funciones de subrayar y escribir en cursiva para enfatizar los componentes que parezcan tener importancia.

La computadora facilita el trabajo desde casa.

Mi diario Sobre las siguientes líneas, escribe acerca de uno de los temas relacionados con vivir y trabajar en el extranjero. Tal vez tengas una experiencia propia. Si no, ¿qué crees que podrías experimentar si fueras a vivir en España o en Latinoamérica?

Mi diario

Capítulo 4

La diversión y el tiempo libre

La playa y el windsurf

Primera etapa: Preparación

Estudio de palabras: Modismos y proverbios

Segunda etapa: Comprensión auditiva

Sugerencias para escuchar mejor: Cómo identificar la idea principal

Audio 4-1: Juguetes favoritos

Audio 4-2: De tapas por Madrid

Audio 4-3: Los deportes más difíciles del mundo

Tercera etapa: Redacción

Introducción a la escritura: La narración

Sugerencias para usar la computadora: Cómo usar las letras en cursiva

Mi diario

Práctica de estructuras

Estructura 4-1: Commands

Estructura 4-2: Subordinate clauses

Estructura 4-3a–4-3d: Present subjunctive of regular verbs; Present subjunctive of stem-changing verbs; Present subjunctive of verbs with spelling changes; Irregular present subjunctive verbs

Primera etapa: Preparación

Estudio de palabras

Modismos y proverbios When you read a passage in Spanish, you will find two types of words or phrases that can be understood from context but cannot be analyzed word by word. The first group refers to words usually called idioms, or **modismos**, which vary from one language to another. For example, when you describe the weather in Spanish, you would say **hace frío** or **hace calor**, which means *it's cold* or *it's hot*. If you want to say that you are cold or hot, the phrases **tengo frío** or **tengo calor** are used instead. Some pocket dictionaries do not include idiomatic phrases, so you may have to check a complete bilingual dictionary in the reference section of the library. Study the following definitions for *cold* from Simon & Schuster's *International Dictionary:* English–Spanish, Spanish–English. Find the definitions for the two phrases mentioned above and underline them.

> **cold** [kold] *a.* **1.** frío; helado. **2.** *(fig.)* frío, indiferente, impasible, insensible. **3.** *(fig.)* frío, frígido. **4.** depresivo, desalentador. **5.** pasado, sin interés (ej., noticias). **6.** débil (rastro, pista). **7.** lejos de la verdad, lejos del objeto buscado. **8.** indefenso, desamparado. **9.** impersonal (ej., estadísticas). **10.** muerto. **11.** [jer. ú gen. con *out*] inconsciente, ej., *he knocked the fellow out c.,* puso inconsciente al tipo de un (solo) golpe; *he passed out c.,* perdió totalmente el conocimiento. **12.** *(pint.)* que tira a gris pálido. **13. in c. blood,** a sangre fría; *to be c.,* tener frío (personal), hacer frío (tiempo); **to have someone c.,** *(jer.)* tener a alguien a su merced; **to throw c. water on,** echar un jarro de agua fría a (plan, entusiasmo, etc.); desalentar. —*adv.* **1.** de repente, en seco, ej., *he was stopped c.,* lo pararon en seco. **2.** de plano, llanamente, ej., *he was turned down c.* lo rechazaron de plano. **3.** perfectamente, ej., *I knew the answers c.,* sabía las respuestas perfectamente (o al dedillo). **4. to blow hot and c.,** vacilar, cambiar sucesivamente de parecer. —*s.* frío; **c. in the head,** resfrío, resfriado, catarro; **to catch c.,** resfriarse, constiparse, acatarrarse; **to leave out in the c.** dejarle (a uno) en la estacada, abandonar (a uno) a su suerte.

The second group of phrases are proverbs, **dichos** or **refranes**, which may or may not have exact English equivalents. For example, if you wish to tell someone in Spanish "All that glitters is not gold," you would say, "No es oro todo lo que reluce." There are proverbs, however, that require a little detective work and creativity to find the appropriate meanings. Some of the most common ones can be found in a complete bilingual dictionary under key words. As you study the following excerpts, notice that the key words for the Spanish/English equivalents may be different and remember: **Piedra movediza no coge musgo.**

> **oro, ... el o. del Rin** *(myth., ms.)* Rhinegold; **el o. y el moro,** *(coll.)* all this and heaven too (a fabulous offer); **no es o. todo lo que reluce,** all that glitters is not gold; **o. batido,** gold foil, gold leaf . . .

> **glitter** ['glitər] *v.i.* retilar, brillar, a chispear, relumbrar, a centellear, relucir; **all that glitters is not gold,** no es o. todo lo que reluce. —*s.* brillo, lustre, resplandor, viso.

D4-1 Está lloviendo... Estudia el dibujo y escribe en inglés y en español el proverbio ilustrado en el dibujo.

Inglés:

_____

_____

Español:

_____

_____

D4-2 ¿Cómo se sienten? Como repaso, describe brevemente cómo las personas se sienten en los siguientes dibujos. Usan las expresiones adecuadas con **tener.**

tener hambre   tener razón
tener sed   tener suerte
tener miedo   tener calor
tener sueño   tener frío

1. _____   2. _____

3. _____   4. _____

D4-3 Unas oraciones En tu diccionario, busca los equivalentes en inglés de las expresiones idiomáticas en cursiva.

1. El entrenador me *hizo una pregunta*.

_____

2. Algunos jugadores nunca *hacen caso*.

_____

3. Cuando recibió el trofeo, la ciclista *se volvió loca* de alegría.

_____

4. A los espectadores *les daba vergüenza* de las acciones del equipo.

_____

5. El reloj *dio la hora* y el torneo empezó.

_____

6. Estoy *a punto de* terminar.

_____

7. El entrenador tenía fiebre y *guardó cama* todo el día.

_____

8. Voy a *estar de vuelta* en bicicleta el domingo.

_____

9. Por fin los árbitros *se pusieron de acuerdo*.

_____

10. Todos los aficionados *tienen ganas de* ver el partido.

_____

D4-4 Al revés En tu diccionario, busca los equivalentes en español de las siguientes expresiones idiomáticas.

Ejemplo: to make a decision
tomar una decisión

1. to know best _____

2. to play it safe _____

3. to take a trip _____

4. to pay attention to _____

5. to take a walk _____

6. to crawl (like a baby) _____

7. to give up _____

8. to wind (a watch) _____

9. to give someone a break _____

10. to carry out (a task) _____

D4-5 Refranes Ahora, escribe el equivalente de cada refrán en inglés. Algunos tienen equivalentes en inglés, pero otros no.

1. En casa de herrero cuchillo de palo. _____

_____

2. Haz lo que debes y no lo que puedes. _____

_____

3. Más vale tarde que nunca. _____

_____

4. No es tan fiero el león como lo pintan. _____

_____

Segunda etapa: Comprensión auditiva

Sugerencias para escuchar mejor

Cómo identificar la idea principal Locating the main idea while you are listening to someone speak requires that you pay very close attention not only to what the person is saying, but also to what phrases or words are being stressed or repeated. When you practiced identifying the main idea in "**¡Desafía la altura!**" you learned that the topic sentence was not always at the beginning of the paragraph. The same may be said for oral messages. In a conversation, the speaker may be interrupted, respond to a question, change the topic briefly, or restate an opinion several times, so it is very important to try to pick out the main topic as soon as possible in order to not be distracted by unrelated comments.

The first time you listen to the CD you will listen for the gist and for any specific items that will support what you think the overall topic is. These are the skills you practiced in **Capítulo 3**. Once you have identified the topic, you are ready to listen again and to try to find out what the speaker wishes to communicate to the listeners. For example, if you hear someone discussing soccer and the attitude of the spectators, you should try to determine whether that person is offering a positive or negative view of soccer fans and then listen for the supporting points. In this case, you would pay particular attention to the choice of words the speaker uses to describe the event and then the tone in which the sport is described. You might even try to anticipate some of the word choices or statements.

As you listen to the CD a second time, listen for phrases such as **Creo que...** , **En mi opinión...** , and **Estoy seguro/segura de que...** as you try to pick out the sentences that specifically indicate the message the speaker wishes to convey.

Audio 4-1: Juguetes favoritos

Track 1-11

¡Alto! Before working on **Audio 4-1,** review the **Repaso de gramática** on pages 106–108 in your textbook, complete the accompanying exercises in the **Práctica de estructuras** of the **Diario de actividades,** page PE-21, and work on the in-class activities for **Función 4-1.**

Todo juguetes En el universo de los juguetes no todos son iguales. Todos los años hay un ejército de nuevos modelos, moda tras de moda. Muchas veces funcionan por sí mismos y sólo hay que apretar un botón. También hay los juguetes tradicionales que a veces pasaron por las manos de un familiar como la madre, el padre, otro pariente, o de una amistad. Modernos o tradicionales, los recuerdos de nuestros juguetes favoritos vienen envueltos en historia. Ahora vas a escuchar algunos comentarios sobre los juguetes favoritos.

Juguetes infantiles

Antes de escuchar

D4-6 Los juegos de mesa Los juegos de mesa y las cartas están mundialmente reconocidos como una de las maneras favoritas de pasar unas horas libres. Estudia la siguiente lista. Después, identifica los juegos que conozcas o los con que hayas jugado de niño/niña. Añade otros que sean tus favoritos. Escribe cuatro oraciones, indicando cuándo y con quién jugabas.

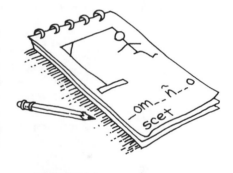

- ❑ ahorcado
- ❑ ajedrez
- ❑ bingo
- ❑ Cluedo
- ❑ corazones
- ❑ damas
- ❑ damas chinas
- ❑ juego de chaqueta
- ❑ Monopolio
- ❑ parchis
- ❑ póquer
- ❑ Scrabble

Ejemplo: *De niña, siempre me gustaba jugar al póquer con mis primos y mi tía. Mis dos primas y yo pasábamos muchas horas en el verano en la casa de mi tía, jugando hasta la una de la mañana durante nuestras vacaciones.*

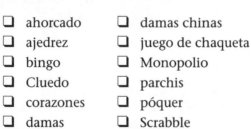

_____ _____ _____
_____ _____ _____
_____
_____
_____

D4-7 Recuerdos felices Ahora, escribe una lista de seis de tus juguetes favoritos. Si no sabes la palabra en español, usa uno de los diccionarios en Internet.

_____   _____

_____   _____

_____   _____

Pequeño diccionario

Antes de escuchar la entrevista con algunos estudiantes sobre sus juguetes favoritos y antes de hacer las actividades, estudia el **Pequeño diccionario** y usa dos o tres palabras en oraciones originales en una hoja aparte.

a menudo Frecuentemente.
arruinar *v. tr.* Causar ruina (a una persona o cosa).
basura Desechos, residuos de comida, papeles y trapos viejos, trozos de cosas rotas y otros desperdicios.
corazón *m.* Órgano central de la circulación de la sangre, que en los animales inferiores es la simple dilatación de un vaso, y en los superiores es musculoso, contráctil y tiene dos, tres o cuatro cavidades, llamadas aurículas las superiores y ventrículos las inferiores.
corazón
cuero Pellejo del buey y otros animales, esp. después de curtido y preparado para ciertos usos.
desván *m.* Parte más alta de la casa, inmediata al tejado.

echar de menos (a una pers. o cosa) *v. tr.* Advertir la falta (de ella), o sentir pena por su falta o ausencia.
escondido/escondida Puesto (a una persona o cosa) en un lugar o sitio retirado o secreto para que no se vea o encuentre fácilmente.
figurita *(Arg.)* Tarjetas.
figuritas
goma Material se que usa para fabricación de pelotas.
muñeca Figurilla de niña que sirve de juguete.
muñeca
ovalado/ovalada Oval.
palillo Mondadientes de madera.
rellenito/rellenita Gordito/gordita.
varón *m.* Criatura racional del sexo masculino.
palillo

A escuchar

D4-8 Cuando era joven Después de escuchar los comentarios de Clara, Mónica, Leonardo y Antonio completa la siguiente tabla, dando una descripción breve de cada juguete.

Nombres	Juguetes	Descripción
1. Clara		
2. Mónica		
3. Leonardo		
4. Antonio		

D4-9 Comprensión Lee las siguientes preguntas. Después, escucha tu CD de nuevo y escribe las respuestas correspondientes.

1. ¿Qué pasa con muchos juguetes?
   _____

2. ¿Qué hizo la madre de Clara cuando su hija vino a Estados Unidos?
   _____

3. ¿Qué sugiere ella?
   _____

4. ¿Qué tipo de muñeca era Nancy comparada con Barbie?
   _____

5. ¿Dónde espera Mónica que esté Nancy?
   _____

6. ¿Cómo consiguió Leonardo su pelota de cuero?
   _____

7. ¿Por qué no quieren los niños prestarles las pelotas buenas a sus amigos?
   _____

8. ¿Qué les regala Leonardo a los hijos de sus familiares y amigos?
   _____

9. ¿Qué construía Antonio con su Exin Castillos?
   _____

10. ¿Cuál es la afición secreta de Antonio?
    _____

Después de escuchar

D4-10 Juguetes diferentes Aunque muchos juguetes son parecidos, como las muñecas y los ositos, también hay marcas diferentes como Exin Castillos. Busca en Internet bajo «juguetes» o en la versión español de E-bay. Busca y escribe una lista de por lo menos seis juguetes diferentes que no se vendan aquí en Estados Unidos.

_____   _____

_____   _____

_____   _____

D4-11 El regalo perfecto Muchos niños tienen la ilusión de escribirle una carta a Santa Claus para pedirle regalos. Ahora tienes tu oportunidad de escribirle una carta a los Reyes Magos (que traen los regalos en algunos países hispanos el 6 de enero) y también a otros familiares para explicarles tus deseos.

Ejemplo: *Quiero que mi madre me compre un abrigo de cuero.*

_____

_____

_____

_____

_____

D4-12 Juguetes y recomendaciones Hay muchas opiniones sobre los juguetes perfectos para los niños. Escribe unas sugerencias y recomendaciones sobre lo que se debe comprar para estos chicos, usando los siguientes verbos: aconsejar, desear, preferir, querer, recomendar, sugerir.

> **Ejemplo:** una niña de diez años / padre
>
> *Para una niña de diez años recomiendo que su padre le compre unos aretes y una pulsera de plata.*

1. unos gemelos de nueve meses / abuelos

   _____

2. una amiga de cinco años / un amigo de cinco años

   _____

3. un chico de doce años / una chica de doce años

   _____

4. un niño de dos años / los padres

   _____

5. una recién nacida / los compañeros de trabajo de los padres

   _____

Audio 4-2: De tapas por Madrid

Track 1-12

¡Alto! Before working on **Audio 4-2,** review the **Repaso de gramática** on pages 108–109 in your textbook, complete the accompanying exercises in the **Práctica de estructuras** of the *Diario de actividades,* page PE-22, and work on the in-class activities for **Función 4-2.**

¿Qué hacer? Madrid, la capital de España, además de ser el núcleo político y económico del país, se destaca por su intensa actividad cultural. Hay un sinfín de actividades y los madrileños disfrutan de la ciudad, aunque sólo sea caminando por la Gran vía y parando a tomar unas tapas en los bares. Ahora vas a escuchar la conversación entre dos amigas, Ana y Carmen, mientras están planeando pasar la tarde en esta ciudad.

Antes de escuchar

D4-13 Ciudades grandes Cuando visitas una ciudad grande como Nueva York, San Francisco o Chicago, ¿cómo pasas el tiempo? Escribe cinco oraciones, explicando lo que haces.

_____

_____

_____

_____

_____

Before beginning this activity, review the list of verbs that require the use of subjunctive in the **Repaso de gramática** on page 111 in your textbook.

D4-14 Diversiones Todas las ciudades y los pueblos tienen algo que ofrecer. Escríbele un mensaje electrónico a un amigo / una amiga que no conozca el lugar donde vives, dándole algunas sugerencias y consejos.

Ejemplo: *Es imprescindible que vayas a ver un partido de fútbol. Tenemos un equipo excelente.*

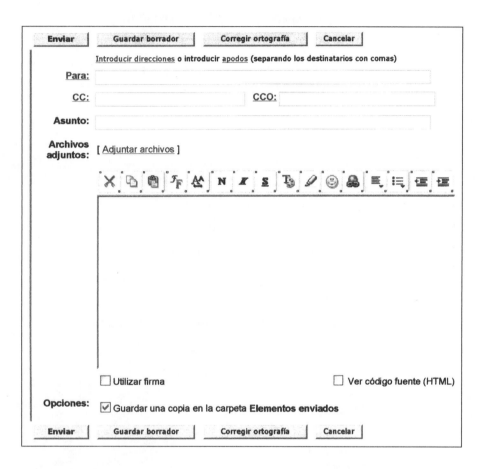

Pequeño diccionario

Antes de escuchar la conversación entre Carmen y Ana y antes de hacer las actividades, estudia el **Pequeño diccionario.** Usa dos o tres palabras en oraciones originales en una hoja aparte.

entrada Billete que da derecho a entrar en un teatro o en otro sitio.
escaparate *m.* Especie de estante con vidrieras.
estar de rebajas *v. intr.* Disminución o descuento de una cosa, especialmente hablando de precios.
estar repleto *v. intr.* Estar muy lleno; especialmente, muy lleno de comida.
estrenar *v. tr.* Representar o ejecutar por primera vez (una comedia, película u otro espectáculo).

ordenador *m.* Computadora electrónica (Esp.).
quedar *v. intr.* Detenerse realmente en un paraje, no partir.
tapa Pedazo de jamón, salchichón o chorizo que se sirve con el vino; (p. ext.,) pequeña porción de manjares variados que se sirven como acompañamiento de la bebida.

A escuchar

D4-15 Entre amigas Mientras escuches tu CD, decide quién hizo los siguientes comentarios: ¿Ana (A), Carmen (C) o las dos (AC)?

_____ **1.** Tiene que estudiar.

_____ **2.** Quiere(n) ver una película de Almódovar.

_____ **3.** Esperó treinta minutos en el metro.

_____ **4.** No tuvo tiempo para comer.

_____ **5.** Es artista.

_____ **6.** Va a pagar las entradas al cine.

_____ **7.** Juega al tenis.

_____ **8.** Tiene un hermano.

D4-16 Comprensión Lee las siguientes preguntas. Después, escucha tu CD de nuevo y escribe las respuestas correspondientes.

1. ¿Por qué tiene que estudiar Ana?_____

2. ¿Cómo es la película de Almodóvar?_____

3. ¿Dónde se van a reunir las dos amigas?_____

4. ¿Por qué llegó tarde Ana?_____

5. ¿Cuánto valen las entradas?_____

6. ¿Por qué quiere bajar por la calle Preciados?_____

7. ¿Quién rompió la raqueta de Ana?_____

8. ¿Qué va a hacer Carmen mientras que Ana compra la raqueta?_____

Después de escuchar

D4-17 Excursión Ahora, estudia el mapa de Madrid y planea una excursión para el sábado por la tarde. Primero identifica los lugares mencionados en el CD, y después selecciona cuatro sitios más que pueden visitar. Puedes usar Internet para conseguir un poco más de información sobre los sitios que escogiste.

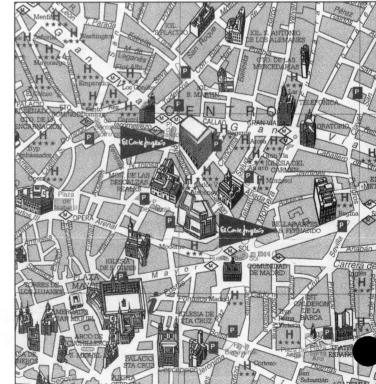

_____

_____

_____

_____

_____

_____

D4-18 Entre amigos ¿Crees que Ana y Carmen pasaron una tarde divertida? Imagínate que pasaste la tarde con ellas y escríbele una carta a un amigo o a una amiga contándole lo que hicieron.

_____

_____

_____

_____

_____

_____

Audio 4-3: Los deportes más difíciles del mundo

Track 1-13

¡**Alto!** Before working on **Audio 4-3,** review the **Repaso de gramática** on pages 110–114 in your textbook, complete the accompanying exercises in the **Práctica de estructuras** of the *Diario de actividades,* pages PE-22–PE-26, and work on the in-class activities for **Función 4-3.**

Los deportes más difíciles ¿Cómo se clasifican los deportes más difíciles? ¿Es por la fuerza que requieren o por el análisis del juego que cada jugador tiene que hacer antes de poder ejercer cualquier movimiento? Ahora vas a considerar deportes que son buenos para el sistema cardíaco y escuchar una conversación entre Carolina y Gilberto en el gimnasio sobre los deportes más difíciles del mundo.

La natación es buena para el sistema cardíaco.

Antes de escuchar

D4-19 ¿Cuáles son los mejores? En una sociedad que es cada día más consciente de la necesidad de mantenerse en forma, las actividades deportivas no competitivas gozan de una popularidad cada vez mayor. Para cada lista, adivina el orden de la actividad más beneficiosa a la menos beneficiosa para el sistema circulatorio.

Columna 1	Columna 2
_____ **1.** judo	_____ **1.** caminar
_____ **2.** remo	_____ **2.** frontón
_____ **3.** ciclismo	_____ **3.** correr
_____ **4.** gimnasia	_____ **4.** baile
_____ **5.** natación	_____ **5.** fútbol

4-20 Opiniones Usando la lista de deportes anteriores y la lista en las página 90 de tu libro de texto, escribe una lista de los deportes que tú consideres emocionantes, divertidos, aburridos y difíciles.

Deportes emocionantes	Deportes divertidos	Deportes aburridos	Deportes difíciles

Pequeño diccionario

Antes de escuchar la conversación entre Carolina y Gilberto sobre los deportes más difíciles del mundo y antes de hacer las actividades, estudia el **Pequeño diccionario** y usa dos o tres palabras en oraciones originales en una hoja aparte.

cancha Local destinado a la práctica de deportes.
dardo Lanza pequeña y delgada que se tira con la mano.
destreza Habilidad, arte para hacer una cosa.

dardos y blanco

listón *m.* Barra que se coloca horizontalmente sobre dos soportes para marcar la altura que se ha de saltar.
meta Objetivo.
pegar *v. tr.* Darle a una cosa con fuerte impulso.
peligro Riesgo de que suceda algo.

penúltimo/penúltima Inmediatamente anterior a lo último.
saltar *v. intr.* Levantarse del suelo con impulso y ligereza.
salto con pértiga Prueba que consiste en saltar por encima de un listón colocado a una altura determinada.

salto con pértiga

soltar (ue) *v. tr.* Dejar de sujetar en la mano.
taco Palo de billar.

taco

venir a la mente *v. intr.* Dar una idea.

A escuchar

D4-21 ¿Cuáles son los más difíciles? Mientras escuchas tu CD, identifica los deportes que Carolina menciona.

1. _____   4. _____

2. _____   5. _____

3. _____   6. _____

D4-22 Las ideas principales ¿Por qué es tan difícil cada deporte? Mientras escuches de nuevo la conversación, escribe una de las razones por la cual cada deporte está clasificado en la lista de los más difíciles.

1. Deporte:

_____

_____

2. Deporte:

_____

_____

3. Deporte:

_____

_____

4. Deporte:

_____

_____

5. Deporte:

_____

_____

6. Deporte:

_____

_____

Después de escuchar

D4-23 Tu opinión personal ¿Estás de acuerdo con Carolina, o crees que haya otros deportes que merecen estar en su lista? Escribe un párrafo sobre otro deporte que crees que también debe ser considerado como uno «de los más difíciles». Acuérdate que también puedes incluir los deportes radicales o las competencias que requieren más destreza mental que habilidades atléticas.

_____

_____

_____

_____

_____

_____

_____

_____

_____

4-24 ¿A quién conoces? ¿A quién crees que le gustaría jugar o por lo menos intentar practicar uno de los deportes que Carolina mencionó? Escríbele una nota a alguien explicándole por qué crees que debe probar este nuevo deporte. ¡Acuérdate de utilizar la forma apropiada del subjuntivo en las oraciones!

Querido/Querida _____:

Acabo de escuchar unos comentarios sobre...

_____

_____

Creo que...

_____

_____

Para practicar este deporte es importante que...

_____

_____

No hay duda que...

_____

_____

Me sorprende que tú no...

_____

_____

Hasta ahora no hay nadie que...

_____

_____

Quizás...

_____

_____

_____

_____

_____

Tercera etapa: Redacción

¡Alto! Before beginning the **Tercera etapa**, study the **Repaso de gramática** on pages 110–114 of your textbook and complete the accompanying exercises.

Introducción a la escritura

La narración   Antes de escribir una narración, es necesario escoger un punto de vista (primera persona o tercera persona) y un narrador (limitado u omnisciente). Además de estos conceptos, hay dos conceptos importantes con respecto a la narración: el primer plano y el trasfondo.

El primer plano destaca la trama y los acontecimientos específicos de la narración. El pretérito es el tiempo más común y más conveniente para describir la trama y las acciones que ocupan el primer plano de una narración. En un cuento, los verbos en pretérito le dan continuidad a la trama. Por ejemplo:

...cuando de repente se escuchó un grito de terror.

El trasfondo incluye los elementos descriptivos y secundarios de la narración. El imperfecto es el tiempo más común y conveniente para describir el trasfondo de una narración. Por ejemplo:

Afuera llovía y hacía muchísimo frío...

Pequeño diccionario

Estudia las siguientes palabras y frases para comprender mejor el ejemplo, «Dulcinea del Toboso». Busca las palabras en el texto y usa dos o tres para escribir oraciones originales en una hoja aparte.

Preguntas de orientación. As you read the short story «Dulcinea del Toboso», use the following questions as a guide.

1. ¿Quién leyó demasiadas novelas? ¿Qué le ocurrió a esta persona?
2. ¿Cómo se hacía llamar?
3. ¿Qué inventó?
4. ¿Cómo pasaba el tiempo?
5. ¿Quién era Alonso? ¿Qué hizo? ¿Por qué?
6. Cuando volvió a Toboso, ¿qué supo Alonso?

aldeano/aldeana Inculto, rústico.
asomado/asomada Sacado o mostrado algo por una abertura o por detrás de alguna parte.
copete *m.* Dicho de una persona, y especialmente de una dama: noble o linajuda.
hazaña Acción o hecho, y esp. hecho ilustre, señalado y heroico.

rocín *m.* Caballo de trabajo, a distinción del de regalo.
viruela Enfermedad aguda, febril, esporádica o epidémica, contagiosa, caracterizada por la erupción de gran número de pústulas.

D4-25 Ejemplo: Dulcinea del Toboso   El microcuento en la página 86 (un cuento super breve) es un ejemplo de una **falsificación**. El autor, Marco Denevi, era uno de los escritores latinoamericanos contemporáneos más importantes. Denevi adaptó temas literarios conocidos a su perspectiva única e irónica. Mientras estudies el microcuento, identifica los verbos en pretérito e imperfecto.

«Dulcinea del Toboso» por Marco Denevi

Leyó tantas novelas que terminó perdiendo la razón. Se hacía llamar Dulcinea del Toboso (en realidad se llamaba Aldonza Lorenzo), se creía princesa (era hija de aldeanos), se imaginaba joven y hermosa (tenía cuarenta años y la cara picada de viruelas). Finalmente se inventó un enamorado al que le dio el nombre de don Quijote de la Mancha. Decía que don Quijote había partido hacia remotos reinos en busca de aventuras y peligros, tanto como para hacer méritos y, a la vuelta, poder casarse con una dama de tanto copete como ella. Se pasaba todo el tiempo asomada a la ventana esperando el regreso del inexistente caballero, Alonso Quijano, un pobre diablo que la amaba, ideó hacerse pasar por don Quijote. Vistió una vieja armadura, montó en su rocín y salió a los caminos a repetir las hazañas que Dulcinea atribuía a su galán. Cuando, seguro del éxito de su estratagema, volvió al Toboso, Dulcinea había muerto.

D4-26 Organización Revisa el microcuento y analiza su organización. Después, completa la siguiente tabla.

1. Escenario _____

2. Protagonista _____

3. Otros personajes _____

4. Narrador _____

5. Punto de vista _____

6. Descripción _____

Ahora, nota los verbos del cuento y escribe dos listas: una con los verbos que corresponden al primer plano y otra con los verbos que corresponden al trasfondo.

Primer plano	Trasfondo

Before completing the following activities, review the information about the structure of the short story on page 77 of your textbook.

Antes de redactar

D4-27 Escoger el tema Escoge un tema que te interese —un suceso histórico, una anécdota personal o una ficción. Después, escribe una lista de los elementos esenciales del tema. Piensa primero en los sustantivos que mejor representen los detalles. Si es necesario, haz una pequeña investigación sobre el tema para descubrir más detalles. No te olvides de «pintar» con palabras.

> **Ejemplo:** un día en la playa
>
> *arena, olas, sol, refrescos, colchón, voleibol*

Tema _____

_____

Sustantivos _____

_____

Revisa tu lista de sustantivos esenciales y agrega adjetivos que correspondan a los sustantivos.

> **Ejemplo:** olas
>
> *grandes, espumosas, peligrosas, lindas*

Adjetivos _____

_____

D4-28 Generar ideas Completa las siguientes actividades para enfocarte en los varios aspectos de la narración: el tema, el narrador, la perspectiva, el punto de vista, el trasfondo y el primer plano.

- Determina quién va a narrar tu «cuento». Escoge un narrador, la perspectiva del narrador (limitada u omnisciente) y un punto de vista adecuado (primera o tercera persona).

Narrador _____

Perspectiva _____

Punto de vista _____

- Forma dos categorías: una de los sucesos específicos del primer plano y otra de los elementos descriptivos del trasfondo.

> **Ejemplo:** Primer plano: *El salvavidas vio a una mujer a la orilla del mar.*
>
> Trasfondo: Las olas se rompían violentamente contra la arena.

Primer plano _____

_____

Trasfondo _____

_____

D4-29 Bosquejo Usando las siguientes líneas, escribe un bosquejo para organizar tu narración.

- Piensa en las ideas principales que formarán cada párrafo del texto.
- Después, escribe los detalles que apoyan cada idea principal.
- Si necesitas más párrafos, usa una hoja aparte.

Párrafo 1 (Introducción)

idea principal _____

_____

detalles _____

_____

_____

Párrafo 2

idea principal _____

_____

detalles _____

_____

_____

Párrafo 3

idea principal _____

_____

detalles _____

_____

_____

Párrafo 4

idea principal _____

_____

detalles _____

_____

_____

Conclusión

idea principal _____

_____

detalles _____

_____

A redactar

En una hoja aparte, escribe una narración, según las actividades preparatorias que acabas de completar.

Grammar
- Verbs: Imperfect
- Verbs: Preterite

Functions
- Sequencing events
- Talking about past events

¡Adelante! After completing your composition, review it carefully for organization, content, spelling, and grammar. Then take your composition to class, where you will work with a partner to edit it.

Sugerencias para usar la computadora

Cómo usar las letras en cursiva Usa tu computadora para concentrarte en los verbos que se usan en la narración. Escribe los verbos de tu composición en cursiva. Luego, decide si pertenecen al primer plano o al trasfondo de la acción. Haz las correcciones necesarias y cambia los verbos de letra cursiva a letra de imprenta.

Los deportes acuáticos son divertidos.

Mi diario Sobre las siguientes líneas, narra un suceso interesante que te haya ocurrido.

Mi diario

_____

_____

_____

_____

_____

_____

_____

_____

_____

_____

_____

_____

_____

_____

_____

_____

_____

_____

_____

_____

_____

_____

_____

_____

_____

_____

_____

Capítulo 5

El medio ambiente: Enfoque en nuestro planeta

¡Qué tráfico! El ruido y las emisiones dañan el medioambiente.

Primera etapa: Preparación

Estudio de palabras: Palabras extranjeras

Segunda etapa: Comprensión auditiva

Sugerencias para escuchar mejor: Cómo reconocer detalles

Audio 5-1: Tu música favorita puede ser ruidosa

Audio 5-2: Montañas de basura

Audio 5-3: Las cotorras de Cuba

Tercera etapa: Redacción

Introducción a la escritura: El resumen

Sugerencias para usar la computadora: Cómo usar dos ventanas a la vez

Mi diario

Práctica de estructuras

Estructura 5-1a–5-1b: Conditional of regular verbs; Verbs with irregular stems in the conditional

Estructura 5-2: Imperfect subjunctive

Estructura 5-3: Si clauses

Primera etapa: Preparación

Estudio de palabras

Palabras extranjeras As you read texts in Spanish you will notice that English words are frequently included. Although there is no general rule, many of these modern loan words are related to sports, technology, or recreation. Some native speakers will argue about the acceptance of "foreign words" into the Spanish language. However, many terms or phrases have already been included in the *Diccionario de la lengua española* with the approval of the *Real Academia*. A closer investigation reveals that English terms are not the only ones that are commonly used in Spanish. The following entries in *Diccionario de la lengua española* indicate that the first word is derived from English and the second from French. You will also notice that these loan words may vary in their spelling or acceptance according to the country or region, as in the case of **jeans.**

D5-1 ¿Cómo se dice *sandwich*? Selecciona quince sustantivos de la lista y, usando un diccionario bilingüe, busca los equivalentes en español. Presta atención a los cambios de ortografía si existen.

> **chalé** (De *chalet*) *m.* Casa de madera y tabique al estilo suizo. ‖ Casa de recreo o vivienda, generalmente rodeada de un pequeño jardín.
> **chalet** (Del fr. de Suiza, *chalet*, y éste d. de la voz *cala*, cabaña) *m.* **chalé**
> **jeans** *s. pl.* Vaqueros *m. pl.*, pantalón vaquero, jeans *m. pl.*, bluyines *m. pl.* (Andes).
> **penalti** (Del ing. *penalty*) *m.* En el fútbol y otros deportes, máxima sanción que se aplica a ciertas faltas del juego cometidas por un equipo dentro de su área.

Ejemplo: album
       álbum

bartender	_____	kart (go-kart)	_____
boycott	_____	ketchup	_____
cabana	_____	neutron	_____
club	_____	penalty	_____
dollar	_____	quark	_____
electron	_____	sandwich	_____
film	_____	scanner	_____
goal	_____	tic	_____
hit record	_____	weekend	_____
hobby	_____	whisky	_____
hotel	_____	to zigzag	_____
iceberg	_____	zipper	_____

D5-2 Unas definiciones Ahora, usando las mismas palabras de la lista anterior, busca en un diccionario español–español la definición de cinco de las palabras, incluyendo el idioma de procedencia o derivación de la palabra.

Ejemplo: *álbum. (Del lat. album, encerrado blanco, a través del fr.) m. Libro en blanco para coleccionar sellos, fotos, cromos, firmas, etcétera; estuche o carpeta con uno o más discos sonoros.*

1. _____
   _____
   _____
   _____
   _____

2. _____
   _____
   _____
   _____
   _____

3. _____
   _____
   _____
   _____
   _____

4. _____
   _____
   _____
   _____
   _____

5. _____
   _____
   _____
   _____
   _____

**Preguntas de
orientación**

1. ¿Cuáles son algunas
causas de la proli-
feración de descubri-
mientos de nuevas es-
pecies de seres vivos?

2. ¿Dónde encontraron
unos nuevos insectos?

3. ¿Quiénes descubrieron
el primer ejemplar de
este insecto?

4. ¿Dónde lo
encontraron?

D5-3 En contexto Usando las **Preguntas de orientación** como guía, estudia el
artículo. Fíjate en las palabras subrayadas porque tienen orígenes diferentes. Después, utiliza tu diccionario español–español y escribe el origen de cuatro de estas
palabras. Después, contesta las preguntas.

¿Por qué siguen apareciendo nuevas especies?

El acceso a las áreas más remotas, hasta ahora aisladas, el concurso de <u>nuevos métodos</u>, tanto de exploración sobre el terreno como de investigación en los laboratorios, son las causas de proliferación de descubrimientos de nuevas especies de seres vivos. Un buen ejemplo de esto lo ha pro- porcionado le expedición científica que acaba de encontrar en el desierto de Namibia nada menos que un orden nuevo de insectos, el de los *Mantophasmatodea*, donde se incluyen dos géneros y tres especies.

Lo curioso es que el primer ejemplar de este orden fue descrito en 1997 por científicos españoles, que lo descubri- eron en un <u>trozo</u> de <u>ámbar</u> del Bático.

Palabra	Origen
método	
ámbar	
nuevo	
trozo	

Segunda etapa: Comprensión auditiva

Sugerencias para escuchar mejor

Cómo reconocer detalles In this **etapa** we are going to learn some of the most popular concerns of individuals who are trying to improve the quality of life on this planet as we practice listening for details. When preparing to listen to a presentation, conference, or narration, look at the title and ask yourself an organizing question. For example, the title of **Audio 5-1** is "**Tu música favorita puede ser ruidosa.**" Some responses to the question **¿Qué tipo de música es ruidosa?** could relate these sounds to loud volume, high or length of exposure. Play the CD through completely and try to determine if one of these responses is appropriate. Then, replay and focus on the details that will support your hypothesis. Stop the CD. Asking Who? What? When? Where? and Why? will help you identify the important details.

Audio 5-1: Tu música favorita puede ser ruidosa

Track 1-4
¡Alto! Before working on **Audio 5-1,** review the **Repaso de gramática** on pages 136–138 in your textbook, complete the accompanying exercises in the **Práctica de estructuras** of the *Diario de actividades,* pages PE-27–PE-29, and work on the in-class activities for **Función 5-1.**

Tecnología, sociedad y medio ambiente Está en el cielo y en la tierra; en las céntricas calles de la ciudad; en la casa del vecino. En todo lugar donde hay gente, hay ruido. Este sonido inarticulado y confuso, sin armonía, que excede hasta en cinco veces el límite permitido por el oído humano. Este ruido puede estar ocasionando severos daños en más del veinte por ciento de la población. Ahora, vas a escuchar unos comentarios sobre cómo la música puede afectar la audición.

La música amplificada puede ser peligrosa.

Antes de escuchar

D5-4 Ruidos y más ruidos Estudia la siguiente lista y adivina cuál es su intensidad de sonido. Después, completa la prueba.

_____ 1. la música de una discoteca   **a.** 40 decibelios

_____ 2. el metro   **b.** 60 decibelios

_____ 3. un avión al despegar   **c.** 70 decibelios

_____ 4. el trueno   **d.** 80 decibelios

_____ 5. el tráfico en el centro de la ciudad   **e.** 90 decibelios

_____ 6. conversación normal   **f.** 100 decibelios

Diez maneras de detectar la pérdida del oído

Las siguientes preguntas le ayudarán a determinar si necesita que un médico le examine el oído...

¿Tiene problemas al escuchar por teléfono?
Sí ☐   No ☐

¿Tiene problemas para entender una conversación cuando dos o más personas hablan al mismo tiempo?
Sí ☐   No ☐

¿Se quejan las personas de que usted sube demasiado el volumen cuando ve la televisión?
Sí ☐   No ☐

¿Debe esforzarse para entender una conversación?
Sí ☐   No ☐

¿Tiene problemas para escuchar en un ambiente ruidoso?
Sí ☐   No ☐

¿Le pide a otras personas que repitan lo que acaban de decir?
Sí ☐   No ☐

¿Le parece que muchas de las personas con las que habla murmuran (o no hablan con claridad)?
Sí ☐   No ☐

¿Entiende mal lo que dicen otras personas y responde indebidamente?
Sí ☐   No ☐

¿Tiene problemas para entender el habla de las mujeres y de los niños?
Sí ☐   No ☐

¿Se enojan las personas porque usted no comprende bien lo que ellas dicen?
Sí ☐   No ☐

Diez maneras de detectar la pérdida del oído

NIDCD Information Clearinghouse
1 Communication Avenue
Bethesda, Maryland 20892-3456

Si su respuesta es "sí" a tres o más preguntas, es recomendable que visite a un otorrinolaringólogo (especialista del oído, la nariz y la garganta) o a un audiólogo para un examen de oído.

D5-5 En tu vida personal ¿Qué ruidos o sonidos te molestan? Escribe una lista de tres ejemplos de ruidos que consideres molestos y da una breve explicación.

Ruido/Sonido	Explicación
El aullido del perro que vive al lado	*Me despierta todas las mañanas a las cinco.*

Pequeño diccionario

Antes de escuchar el discurso sobre los efectos negativos de los sonidos altos y antes de hacer las actividades, estudia el **Pequeño diccionario** y usa dos o tres palabras en oraciones originales en una hoja aparte.

algodón *m.* Sustancia fibrosa, blanca y suave, que recubre la semilla de varias plantas malváceas, especialmente la del algodonero.

altavoz *m.* Aparato que transforma impulsos eléctricos en movimientos vibratorios de un elemento y los transmite a una membrana con lo que se generan ondas sonoras.

altavoces

audición Percepción de un sonido a través del oído.

disfrutar *v. intr.* Deleitarse, gozar, sentir satisfacción.

hierro Elemento químico metálico dúctil, maleable y muy tenaz, de color gris azulado, magnético y oxidable, muy usado en la industria y en las artes. Su símbolo es Fe.

juzgar *v. tr.* Decidir en favor o en contra, y especialmente pronunciar, como juez, una sentencia (acerca de alguna cuestión o sobre alguno).

pitido Silbido muy agudo.

silbido Sonido agudo que resulta de hacer pasar con fuerza el aire por la boca con los labios fruncidos o al colocar de cierta manera los dedos en la boca.

pitido

tapón *m.* Pieza de algodón, goma, plástico que introducida en el oído intercepta el sonido con el exterior.

zumbido Sonido sordo y continuo.

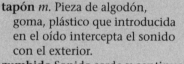
tapón

A escuchar

D5-6 Comprensión Lee las siguientes preguntas. Después, escucha tu CD y escribe las respuestas correspondientes.

1. ¿Por qué es necesario cuidar del volumen cuando escuchas música?

   _____

2. Según el locutor, ¿cómo nos sentimos al escuchar música?

   _____

3. ¿Qué pasa cuando escuchamos música alta?

   _____

4. ¿Qué está pasando con los jóvenes que escuchan la música alta?

   _____

5. ¿Es fácil o difícil juzgar lo alto que suena en realidad la buena música?

   _____

6. ¿Cómo se debe proteger los oídos al escuchar música alta?

   _____

D5-7 Unas advertencias Mientras escuches tu CD, completa la tabla con las ideas principales que ofrece el comentario.

Señales de advertencia	Factores decisivos

Después de escuchar

D5-8 ¿Estás de acuerdo? Algunos dicen que «Hacer demasiado ruido es el abuso del derecho de la tranquilidad de la persona que vive a nuestro lado. Así que tenemos que entender que la responsabilidad de proteger el medio ambiente de este fenómeno, es de la ciudadanía entera.» ¿Piensas que debe haber leyes en contra de los ruidos intensos, u opinas que estas regulaciones son una violación de nuestros derechos? Escribe cinco oraciones indicando lo que harías para solucionar el problema.

Ejemplo: *Yo le pondría una multa a la gente que escucha música alta en el coche porque no pueden oír lo que pasa a su alrededor.*

_____

_____

_____

_____

_____

D5-9 Un ejemplo personal Todos hemos tenido problemas con ruidos intensos en nuestra vida. ¿Tuviste que vivir al lado de un vecino a quien le gustaba tocar música toda la noche? ¿Viviste al lado de un aeropuerto, bar, discoteca o autopista? Escribe una explicación de una de estas situaciones desagradables y explica lo que hiciste para resolver el problema.

_____

_____

_____

_____

_____

_____

_____

_____

_____

Audio 5-2: Montañas de basura

Track 1-15
¡Alto! Before working on **Audio 5-2,** review the **Repaso de gramática** on pages 138–141 in your textbook, complete the accompanying exercises in the **Práctica de estructuras** of the *Diario de actividades,* pages PE-29–PE-30, and work on the in-class activities for **Función 5-2.**

Basura reciclable Una parte importante de los residuos sólidos urbanos está constituida por materiales que pueden ser seleccionados con facilidad y que constituyen materias primas recuperables como: papel, cartón, vidrio, plásticos e incluso ropa. Estos materiales pueden volver a ser utilizados por la industria como materias primas. Estas materias están en mejores condiciones de lo que estarían si hubiera que separarlas de las bolsas de basura donde las echan mezcladas con materia orgánica. Ésta las ensucia y deteriora. En Audio 5-2 vas a escuchar una entrevista con una familia española que decidió empezar un plan de reciclaje en su casa.

El reciclaje de vidrio

Antes de escuchar

D5-10 Inventario Mira en tu refrigerador y en la despensa y cuenta el número de artículos que tienes con envases de papel, vidrio o plástico.

_____ _____

_____ _____

_____ _____

_____ _____

_____

D5-11 La basura en orden Usando las preguntas de orientación como guía, estudia el siguiente artículo de una revista española que explica un plan de reciclaje para el país.

Preguntas de orientación

1. ¿Cuántos kilos generó cada habitante en el año 1999?
2. ¿Qué es RU?
3. ¿Cuál es el objetivo del Plan nacional de residuos urbanos?
4. ¿Cuál es la fecha designada para llevar a cabo el plan?
5. ¿Cuántos contenedores hay para la separación de residuos?
6. ¿Qué tipo de residuos ponen en los contenedores azules?
7. ¿Dónde se ponen los medicamentos o componentes eléctricos?

La basura, en orden

LOS COLORES DE LA RECOGIDA SELECTIVA

En 1999, España generó 17.175.000 toneladas de residuos urbanos (RU), lo que equivale a 438 kilos por habitante al año. La presencia de sustancias peligrosas o contaminantes y la necesidad de reciclar los RU conducen a la implantación de la recogida selectiva, uno de los propósitos del Plan Nacional de residous urbanos 2000-2006. El objectivo es reducir el uso del vertedero en todos los núcleos de población de más de 1.000 habitantes antes del 31 de diciembre del 2006. Actualmente, los municipios de más de 5.000 habitantes cuentan ya con un sistema de separación de residuos basado en contenedores de colores normalizados para toda España: los verdes, para el vidrio; los azules, para el papel; los amarillos, para los envases ligeros (botellas de plástico, tetrabrik) y los de color gris o marrón, para los residuos orgánicos (sobre todo restos de comida). Los puntos de expedición de medicamentos, radiografías, componentes eléctricos y electrónicos cuenten con recipientes específicos para el reciclje de estos materiales altamente tóxicos. **Q. A.**

Pequeño diccionario

Antes de escuchar la entrevista con una familia que decidió empezar un plan de reciclaje y antes de hacer las actividades, estudia el **Pequeño diccionario** y usa dos o tres palabras en oraciones originales en una hoja aparte.

alimento Sustancia que sirve para nutrir.
basura Desechos, residuos de comida, papeles y trapos viejos, trozos de cosas rotas y otros desperdicios.
caja Recipiente de materia y forma variables, que se cubre con una tapa suelta o unida a la parte principal y sirve para guardar o transportar en él alguna cosa.

lata Envase hecho de acero o hierro estañado.
reciclar *v. tr.* Transformar o aprovechar algo para un nuevo uso o destino.
trapo Paño, trozo de tela que se usa para quitar el polvo, limpiar, etc.

A escuchar

D5-12 El plan de reciclaje Mientras escuchas la entrevista, escribe cuatro cosas que esta familia va a hacer para realizar su plan de reciclaje.

1. _____

2. _____

3. _____

4. _____

D5-13 Comprensión Ahora, escucha el CD de nuevo e indica si las oraciones son verdaderas (V) o falsas (F). Si son falsas, corrígelas.

1. Casi la mitad de los residuos que tiramos son de papel y cartón.

   _____

2. Era importante que todos se pusieran de acuerdo para buscar un plan que funcionara.

   _____

3. Cuando van de compras, utilizan las bolsas de la tienda y después las devuelven.

   _____

4. Compran los alimentos de larga duración en grandes cantidades.

   _____

5. Es importante comprar sólo papel reciclado.

   _____

6. La basura contaminante como medicamentos se queda en casa.

   _____

7. Reciclan la ropa con las botellas de plástico.

   _____

8. Limpian los objetos de cerámica y cristal con un producto tóxico.

   _____

9. La cerveza sirve para limpiar muebles de plástico.

   _____

10. Para limpiar las plantas también utilizan cerveza.

   _____

Después de escuchar

D5-14 Sugerencias Escribe cinco productos naturales que se podrían comprar o hacer para evitar el uso excesivo de productos químicos en el hogar.

Ejemplo: *vinagre para lavar las ventanas*

_____

_____

_____

_____

_____

D5-15 Un cambio de costumbres ¿Piensas que puedes usar algunas de las sugerencias de esta familia? Escribe cuatro ideas que creas que serían fáciles de incluir en tu rutina diaria.

Ejemplo: *En casa puedo usar vinagre mezclado con agua para limpiar mis plantas.*

1. _____

2. _____

3. _____

4. _____

Audio 5-3: Las cotorras de Cuba

Track 1-16

¡Alto! Before working on **Paso 5-3,** review the **Repaso de gramática** on pages 141–143 in your textbook, complete the accompanying exercises in the **Práctica de estructuras** of the *Diario de actividades,* page PE-30, and work on the in-class activities for **Función 5-3.**

Nuestra fauna y nuestra flora

El tráfico ilegal de especies de fauna y flora sigue siendo una de las causas que más acelera su extinción. En todo el mundo agencias como el Comercio internacional de especies amenazadas de fauna y flora silvestre (CITES), la Asociación nacional para la defensa de los animales (ANDA) o el Fondo nacional para la naturaleza (ADENA/WWF) tienen como su meta la protección de la fauna y la flora del mundo. En este paso vas a escuchar una entrevista sobre una cotorra muy especial.

Una cotorra

Antes de escuchar

D5-16 Nuestros amigos La variedad de especies es algo frágil y está en peligro debido a la irresponsabilidad del hombre que sigue acelerando mil veces el ritmo natural de extinción de la biodiversidad. Escribe una lista de diez animales que están en vías de extinción. Si necesitas ayuda, busca «vías de extinción» en Internet.

_____

_____

_____

_____

_____

_____

_____

D5-17 Asociación defensora de animales En muchos países hispanos hay organizaciones que se dedican a difundir y defender los derechos de los animales. Piensa en una organización en tu comunidad y escribe cuatro oraciones, indicando cómo promueve los derechos de los animales.

Ejemplo: *Denuncia y actúa activamente en caso de presenciar maltrato y crueldad contra los animales.*

1. _____

2. _____

3. _____

4. _____

Pequeño diccionario

Antes de escuchar la conversación sobre unos pájaros muy queridos en Cuba y antes de hacer las actividades, estudia el **Pequeño diccionario** y usa dos o tres palabras en oraciones originales en una hoja aparte.

ave *f.* Animal vertebrado, ovíparo, de respiración pulmonar y sangre caliente, cuerpo cubierto de plumas y con dos alas que generalmente le sirven para volar.

aves

cayo Islote raso y arenoso muy común en el mar de las Antillas y en el Golfo de México.

cola Conjunto de plumas que las aves tienen en este extremo.

cotorra Ave prensora americana, parecida al papagayo, con las mejillas cubiertas de plumas, alas y cola largas y puntiagudas, y colores variados, en que domina el verde.

desplegar *v. tr.* Desdoblar, extender lo que está plegado o cerrado.
dócil Fácil de educar, apacible, dulce; obediente.
islote *m.* Isla pequeña y deshabitada.
plumaje *m.* Conjunto de plumas del ave: las cacatúas tienen el plumaje blanco y los loros lo tienen de colores.
proteger *v. tr.* Apoyar, favorecer, defender.
rama Cada una de las partes de una planta que nacen del tronco o tallo principal y en las que, generalmente, brotan las hojas, flores y frutos.

A escuchar

D5-18 Unas ideas importantes Primero, lee las siguientes preguntas. Después, mientras escuches los comentarios en tu CD, contesta las preguntas brevemente en español.

1. ¿Cómo es la República de Cuba?

_____

2. ¿Quién es Lucho?

_____

3. ¿Qué peculiaridad tiene la cotorra?

_____

4. ¿Dónde se encuentra el mayor número de cotorras?

_____

5. ¿Cuál es el estado actual de la cotorra?

_____

6. ¿Qué frases puede decir fácilmente?

_____

7. ¿Por qué tallan los árboles?

_____

8. ¿Quiénes intentan proteger a las cotorras?

_____

D5-19 Más detalles Ahora, escucha la narración de nuevo y enfócate en las contestaciones que Lucho les da a las preguntas de José.

1. ¿Qué es una cotorra?

_____

2. ¿En qué zonas específicas se pueden encontrar las cotorras?

_____

3. ¿Qúe importancia ecológica tiene la cotorra?

_____

4. ¿Hay alguna razón específica para que la cotorra haya llegado a estar en vías de extinción?

_____

5. ¿Existen medidas que protejan a las cotorras?

_____

Después de escuchar

D5-20 Para vestirte mejor ¿Comprarías un abrigo hecho de piel? ¿Llevarías botas hechas de piel de serpiente? ¿Le regalarías unas figuritas de marfil a alguien? Escribe unos párrafos que expliquen tu posición acerca de la compra y venta de animales exóticos o de productos hechos de plumas, huesos o piel.

_____

_____

_____

_____

_____

_____

_____

_____

_____

D5-21 Su estado natural Estudia el anuncio y escribe una breve explicación de su significado.

_____

_____

_____

_____

_____

_____

_____

_____

_____

_____

Dalbergia retusa - Cocobolo

Ara macao - Guacamaya

AFORTUNADAMENTE TODAVIA LOS PODEMOS APRECIAR EN SU ESTADO NATURAL

Para muchas especies, nuestros Parques Nacionales son ló unico que los separa de la extinction • 24 de agosto dia de los Parques Nacionales

Una empresa de todos los costarricenses
Un pueblo en marcha

Tercera etapa: Redacción

¡**Alto!** Before beginning the **Tercera etapa,** study the **Repaso de gramática** on pages 143–144 of your textbook and complete the accompanying exercises.

Introducción a la escritura

El resumen Un tipo de redacción muy útil es el resumen; es decir, una breve recapitulación de los sucesos y detalles más importantes de una narración o una exposición más larga. El resumen es una forma de expresión escrita común a muchas disciplinas que se usa para condensar la información fundamental de una situación u obra de manera práctica. Algunas aplicaciones de este tipo de expresión son:

- En el periodismo, **la reseña** es una exposición crítica o literaria.
- En el teatro, **la sinopsis** es un repaso de la trama.
- En las ciencias, **el compendio** es una recolección condensada y bien organizada de materiales.
- En el derecho, **el expediente** es una declaración de los elementos principales de una causa legal.

Por razones de espacio, un resumen debe ser siempre claro y directo. El autor de un resumen debe concentrarse en presentar solamente los elementos esenciales del tema y evitar la tentación de incluir detalles secundarios. Aunque el resumen típicamente no incorpora las opiniones subjetivas del autor, hay algunos resúmenes que permiten expresar opiniones personales como, por ejemplo, la reseña. Generalmente, un resumen se escribe en el tiempo presente. Es importante tener en cuenta las siguientes sugerencias antes de escribir un resumen.

- Capta la atención del lector desde las primeras palabras, expresando la idea principal al principio del resumen. Sigue el principio de la «pirámide invertida»; la idea principal va primero y los detalles siguen en orden de importancia.
- Basa el contenido en las preguntas claves: ¿qué? ¿quién? cómo? ¿cuándo? ¿dónde? y ¿por qué?
- Evita los adjetivos de opinión (por ejemplo, **inspirado, profundo, elocuente**). Permite que el lector haga su propia evaluación.
- No uses palabras innecesarias. Explica lo que más le interesa al lector.

Las siguientes frases se utilizan con frecuencia en un resumen.

Frases para resumir	
El propósito fundamental es...	*The main purpose is . . .*
La idea principal es...	*The main idea is . . .*
La obra consiste en...	*The work consists of . . .*
La obra se caracteriza por...	*The work is characterized by . . .*
Un aspecto importante es...	*An important aspect is . . .*

Pequeño diccionario

Estudia las siguientes palabras y frases para comprender mejor el ejemplo, «Entre el Cielo y la Tierra». Busca las palabras en el texto y usa dos o tres para escribir oraciones originales en una hoja aparte.

pauta Ejemplo; plan.	**ubicado/ubicada** Situado.
pleno/plena Lleno.	**urdir** *v. tr.* Fabricar.

Preguntas de orientación
As you read the summary, «Entre el cielo y la tierra», use the following questions as a guide.
1. ¿Dónde se presenta esta serie?
2. ¿Cuál es el título de la serie? ¿del programa?
3. ¿Quién descubrió el dragón? ¿En qué año?
4. ¿Por qué es importante el dragón?

D5-22 Ejemplo: Entre el cielo y la tierra En la naturaleza hay animales muy interesantes. Estudia el siguiente resumen. Mientras estudies, contesta las **Preguntas de orientación**.

Entre el cielo y la tierra

El Discovery Channel tiene nuevos capítulos de series en los que dragones, aventureros y sitios plenos de historia nos darán la pauta para ir de las alturas venezolanas a los suelos indonesios.

Filmado durante más de trece meses, el capítulo «Dragones Komodo», de la serie *El mundo natural,* es un acercamiento a un reptil de tres metros de largo y de 250 kilos de peso. Antiguo habitante de todas las islas ubicadas entre Java y Australia, hoy apenas sobrevive en tres de ellas: Komodo, Prada y Rinca. Descubierto en 1911 por un piloto holandés, del llamado dragón de Komodo se han urdido muchas leyendas, pero el documental del Discovery Channel examina en detalle y rigurosamente la existencia de este animal, el pariente más cercano de los grandes dinosaurios depredatores.

D5-23 Organización Revisa el resumen y analiza su organización. Después, completa la siguiente tabla, marcando una **X** al lado de los elementos que se encuentran.

- ❏ Título
- ❏ Autor
- ❏ Introducción
- ❏ Citas
- ❏ Opinión/Opiniones
- ❏ Conclusión

Ahora, estudia las cuatro oraciones del resumen y escribe el tema de cada una.

1. _____

2. _____

3. _____

4. _____

Antes de redactar

D5-24 Escoger el tema Escoge un programa de televisión, una película, una obra de teatro, una exposición de arte, una conferencia o una exhibición deportiva que viste o al que asististe recientemente. Luego, escribe una lista de los elementos más importantes de cada evento en el cuadro en la página 110.

Ejemplo: *programa de televisión: Dragones Komodo*
Elementos importantes:

- *Viven en las islas Komodo, Prada y Rinca.*
- *Miden tres metros de largo y pesan 250 kilos.*
- *Fueron descubiertos en 1911.*
- *Son fuentes de muchas leyendas.*
- *Son parientes de los grandes dinosaurios.*

Un dragón komodo

Tema	Elementos importantes

D5-25 Generar ideas Escribe una lista de los cuatro o cinco elementos más importantes del tema que escogiste. Escribe el elemento más importante en la parte de arriba de la pirámide invertida y el elemento menos importante en la parte de abajo. Recuerda que los elementos siguen en orden descendente de importancia.

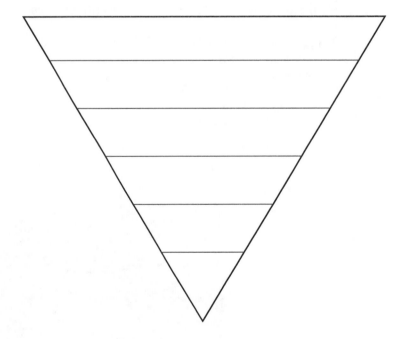

D5-26 Bosquejo Organiza el contenido de tu resumen. Usando la pirámide de la página 110 como punto de partida, piensa en el vocabulario clave que necesitas para cada párrafo. En el caso del resumen, los sustantivos y los verbos son las palabras claves. Piensa en los sustantivos y los verbos que tengan cualidades visuales o sensoriales. Las palabras **cosa**, **animal** y **ser**, por ejemplo, tienen muy poco impacto visual mientras **reptil**, **urdir** y **examinar** sí lo tienen.

Vocabulario clave	
Primer párrafo	
Segundo párrafo	
Tercer párrafo	
Cuarto párrafo	
Quinto párrafo	

¡Adelante! After completing your composition, review it carefully for organization, content, spelling, and grammar. Then take your composition to class, where you will work with a partner to edit it.

Grammar
• Relatives and antecedents

Functions
• Linking ideas

A redactar

En una hoja aparte, escribe un resumen sobre el tema que ya escogiste. No te olvides de incorporar frases adecuadas para resumir.

Sugerencias para usar la computadora

Cómo usar dos ventanas a la vez Si tu computadora utiliza un programa de ventanas (Windows) puedes usar esta función para escribir un resumen. Abre una ventana y escribe el borrador. Luego, abre otra ventana y comienza a resumir. Puedes tener las dos ventanas abiertas a la vez.

Mi diario Sobre las siguientes líneas, responde al tema del medio ambiente. Escribe tus reacciones personales acerca de la conservación, el reciclaje o cualquier otro tema ambiental que te interese.

Mi diario

_____
_____
_____
_____
_____
_____
_____
_____
_____
_____
_____
_____
_____
_____
_____
_____
_____
_____
_____
_____
_____
_____
_____
_____
_____
_____
_____

Capítulo 6

Mente sana, cuerpo sano

La vida sana

Primera etapa: Preparación

Estudio de palabras

Palabras compuestas In the previous chapter, you learned that many of the words that refer to relatively recent concepts or inventions may be loan words or words borrowed from another language. In this chapter you will notice many compound words that are related to health or nutrition. For example, one of the kitchen utensils necessary to prepare flan is a lemon squeezer or **exprime-limones.** This word is formed from **exprimir** + **limón** (*to squeeze* + *lemon*). Many of the compound words in the following activity contain a verb plus a plural noun. The terms themselves, however, may be singular or plural. For example: **el/los exprimelimones.**

In these activities you will read several excerpts and review the use of loan words and also use your bilingual and Spanish-Spanish dictionaries to investigate some common compound words.

D6-1 En la cocina En tu diccionario, busca los sustantivos y los verbos en estas palabras compuestas. Después, escribe el equivalente de estas cosas que puedes encontrar en la cocina.

> **Ejemplo:** lavaplatos   *dishwasher*
> *lavar* =   *to wash*
> *platos* =   *dishes*

1. abrelatas   _____   _____

2. pelapatatas   _____   _____

3. portavasos   _____   _____

4. afilacuchillos   _____   _____

5. cascanueces   _____   _____

6. pasapurés   _____   _____

7. abrebotellas   _____   _____

8. sacacorchos   _____   _____

D6-2 Lenguaje o jerga especializada Todas las profesiones tienen su lenguaje o jerga especializada. Estudia las descripciones sobre las técnicas para curar enfermedades. Mientras leas las descripciones...

- busca las palabras compuestas y subráyalas una vez.
- busca el significado de cuatro de las palabras subrayadas en un diccionario bilingüe.

■ **DETECTAR EL CÁNCER.** El «Sim Scaling Index Method», un método matemático desarrollado por el Instituto Max Planck de Física Extraterrestre que se usa para analizar los datos de los satélites, ofrece ahora nuevas vías para detectar cáncer de piel.

■ **UNA LUZ EN EL CHIP.** Los chips sensibles a la luz que convierten los fotones en electricidad empleados por los telescopios han sido utilizados para crear tecnologías que detectan materia bioluminiscente en las células vivas y saber si se desarrollarán tumores.

■ **MICROONDAS MÁGICAS.** La radiometría por microondas que se utiliza para medir el ozono atmosférico permitirá detectar las emisiones de microondas en las células humanas. Así se analizarán sus cambios para saber si se desarrollarán enfermedades.

■ **EL CAMPO MÁS BENEFICIADO DEL ESPACIO.** La miniaturización ha tenido un gran desarrollo porque es difícil transportar al espacio grandes aparatos. En medicina se puede obtener vacunas de una pureza perfecta o microbombas de insulina para diabéticos.

1. _____

2. _____

3. _____

4. _____

D6-3 Un repaso Ahora, repasa el **Vocabulario en acción** y el **Pequeño diccionario** de los Capítulos 1 a 6 y escribe cinco palabras compuestas.

_____

_____

_____

_____

_____

Segunda etapa: Comprensión auditiva

Orientación: The **Comprensión auditiva** section presents a variety of formats (conversations, interviews, announcements) that are related to the chapter theme and are recorded by native speakers from a variety of regions in the Spanish-speaking world. Each listening segment has pre-listening and listening activities to focus and guide your comprehension. The listening segments are recorded on the CD that accompanies your **Diario de actividades.** The post-listening activities recombine previously learned material with the new themes. In addition, the written activities will reinforce and recycle grammar concepts presented in previous chapters and combine them with newly presented material.

¡Alto! Before working on **Audio 6-1,** review the **Repaso de gramática** on pages 164–165 in your textbook, complete the accompanying exercises in the **Práctica de estructuras** of the **Diario de actividades,** page PE-31, and work on the in-class activities for **Función 6-1.**

Sugerencias para escuchar mejor

Cómo reconocer la función de un pasaje When you read an article, you can determine the purpose for which it was written by considering the source of the item and its title. If it was written as an editorial, you could assume that it could be an opinion, a commentary, or a criticism. An article from the sports page is probably going to report some factual information, and a movie review will provide a critique. You should use the same contextual information provided in the **Antes de escuchar** and also consider the title in each of the listening segments of the **etapa.** The guiding questions in the **A escuchar** section will also help you determine the purpose of each selection. Before you begin **Audio 6-1,** guess the function of the listening segment "**Una receta para arroz con leche.**" Do you think it is a critique, an announcement, a description, or advice?

Audio 6-1: Una receta para arroz con leche

Track 2-2

Arroz con leche El arroz es uno de los ingredientes principales en muchos platos de los países hispanohablantes. El arroz sirve como base para numerosos platos de pescado y carne. También el arroz es muy popular como postre. En **Audio 6-1** vas a escuchar una conversación entre Juan y Ricardo mientras preparan arroz con leche.

Arroz con leche

Antes de escuchar

D6-4 Familias de palabras Escribe las siguientes palabras en sus categorías apropiadas en la siguiente tabla.

mantequilla	taza	cucharada
hervir	leche	retirar
sal	azúcar	fuente
arroz	añadir	revolver
echar	canela	limón
pasar	cocer	espolvorear

Medidas	Ingredientes	Acciones	Recipientes

Pequeño diccionario

La conversación entre Juan y Ricardo contiene palabras y frases especializadas. Antes de escuchar a los dos amigos y antes de hacer las actividades, estudia el **Pequeño diccionario** y usa dos o tres palabras en oraciones originales en una hoja aparte.

añadir *v. tr.* Agregar, incorporar una cosa a otra.
banco Madera que se coloca horizontalmente sobre cuatro pies o gabinetes y sirve como mesa para trabajos en la cocina.
cocer (ue) *v. tr.* Cocinar.
corteza Parte exterior y dura de algunas frutas como la del limón o de la naranja.
cucharada Porción que cabe en una cuchara.

banco

corteza

cucharada

echar *v. tr.* Añadir, poner.
echar un vistazo Mirar.
fuente *m.* Plato para servir comida.
hervir (ie, i) *v. intr.* Producir burbujas en un líquido cuando se eleva suficientemente la temperatura.
quemar *v. tr.* Calentar mucho, abrasar o consumir con fuego.
retirar *v. tr.* Quitar.
revolver (ue) *v. tr.* Mezclar.

fuente

hervir

A escuchar

D6-5 ¡A cocinar! Ahora escucha tu CD mientras Juan y Ricardo preparan el postre para la cena. Escribe la lista de ingredientes que necesitan y la cantidad.

Ingredientes	Cantidad

D6-6 Cómo preparar arroz con leche Escucha otra vez y pon las instrucciones en el orden correcto.

_____ **a.** Retirar el canutillo de canela y la corteza de limón.

___1___ **b.** Hervir la leche con la canela y la corteza de limón.

_____ **c.** Pasar a una fuente y espolvorear con canela molida y azúcar.

_____ **d.** Echar el arroz, revolver y cocer, a fuego muy lento.

_____ **e.** Enfriar el arroz con leche en la fuente.

_____ **f.** Añadir el azúcar, la mantequilla y una pizca de sal.

Después de escuchar

D6-7 Flan de chocolate Otro postre muy popular es el flan. Aquí hay una receta para un flan de chocolate muy especial. Estudia la receta y, después escribe una lista de los ingredientes (y sus equivalentes en inglés) que tienes que comprar para hacer el flan. ¿Puedes encontrar todos los ingredientes en el supermercado?

Ejemplo: maizena   *cornstarch*

_____   _____

_____   _____

_____   _____

_____   _____

_____   _____

Flan de chocolate

Preparación: 15 min. Cocción: 20 min. Dificultad: mínima

Ingredientes
100 g de chocolate negro,
2 yemas,
4 cucharadas de azúcar,
1/2 l de leche,
40 g de maicena,
1 vaina de vainilla,
mantequilla,
chocolate rallado para adornar.
Para la salsa:
2,5 dl de leche,
1/2 cucharadita de maicena,
1 sobre de azúcar avainillado,
1 yema,
1 cucharada de azúcar.

■ Batir en un bol las yemas con el azúcar hasta que la preparación blanquee y esté cremosa. Reservar.
■ Diluir la maicena en un bol con un poquito de leche fría. Poner la leche restante en un cazo, agregar el chocolate troceado. Abrir la vaina de vainilla por la mitad a lo largo, añadir las semillas que contiene en su interior a la leche y también la vaina vacía. Calentar a fuego medio sin dejar de remover con una cuchara hasta que el chocolate se haya disuelto. Incorporar la maicena diluida y continuar la cocción a fuego lento sin dejar de remover hasta que espese. Retirar del fuego y quitar la vaina de vainilla. Mezclar con las yemas de huevo, removiendo. Dejar enfriar.
■ Enmantequillar un molde, llenarlo con la preparación anterior y cuando se haya enfriado meterlo en la nevera. Refrigerar 4 horas como mínimo para que cuaje bien.
■ Para preparar la salsa, mezclar en un cazo la leche con la maicena y el azúcar avainillado. Calentar a fuego lento. Batir en un bol la yema con el azúcar, añadir la leche caliente sin dejar de remover. Poner la mezcla de nuevo en el cazo y calentar, removiendo constantemente. Retirar antes de que hierva. Dejar enfriar.
■ Desmoldear el flan de chocolate sobre una fuente de servir. Naparlo con la salsa de vainilla tibia o fría, según los gustos, y espolvorear con el chocolate rallado. Servir enseguida.

Consejo
Puedes adornar el flan con unos montoncitos de nata montada alrededor espolvoreados con fideos de chocolate negro.

D6-8 Procedimiento Normalmente en las recetas las instrucciones están agrupadas con los verbos claves, por ejemplo, **batir** and **diluir**. Ahora, subraya los verbos y los ingredientes que hacen falta por cada paso.

D6-9 Una receta original Usa las dos recetas como modelos, y escribe las instrucciones para preparar uno de tus platos favoritos.

Mi plato preferido: _____

Ingredientes	Procedimiento

Audio 6-2: Una visita a Nueva York

Track 2-3

¡Alto! Before working on **Audio 6-2,** review the **Repaso de gramática** on pages 167–168 in your textbook, complete the accompanying exercises in the **Práctica de estructuras** of the *Diario de actividades,* pages PE-32–PE-33, and work on the in-class activities for **Función 6-2.**

Tapas, tacos o tostones Para probar comida auténtica de los países hispanos ni siquiera tienes que cruzar la frontera o tomar un avión. Todos los días los platos típicos de Cuba, España, México, Puerto Rico y otras naciones ganan más popularidad en Estados Unidos. Estas cocinas son tan populares que en los últimos años, en Estados Unidos se vende más salsa que ketchup. En **Audio 6-2** vas a escuchar una conversación entre dos amigos, Elisa y Ernesto, que se reúnen en un restaurante en Nueva York.

Antes de escuchar

D6-10 A comer en Nueva York Estudia los anuncios y las descripciones de algunos restaurantes hispanos en Nueva York y subraya los diferentes tipos de comida que ofrecen. Después, escribe el país o región que representa cada tipo de comida.

Rosa Mexicana: 1063 First Avenue (calle 58). (212) 753-7407. Es considerado por los críticos uno de los mejores restaurantes mexicanos de la ciudad. Sirven platos regionales tradicionalmente clásicos y contemporáneos. Excelentes margaritas frescas hechas con granada. Ambiente muy agradable y relajado. Abierto de lunes a sábado 5 PM–12 AM. Se aconseja hacer reserva.

País/región: _____

Álamo: 304 East 48th St. (212) 759-0590. Este espacioso restaurante con varios niveles fue clasificado «número uno» por la ciudad de San Antonio. Atmósfera festiva. Especialidades texano-mexicanas con generosas porciones, entre ellas pollo al mango, fajitas a la parrilla y mucho más. Bar. Se sugiere hacer reserva. Abierto: lunes a miércoles 11:30 AM–11 PM; jueves y viernes 11 AM–12:30 PM; sábado 4 PM–12:30 AM.

País/región: _____

Viva Pancho: 156 W. 44 Street (entre Broadway y Sexta Avenida). (212) 944-9747. Localizado en el área de los teatros, este restaurante ofrece auténtica comida mexicana. Casa de las mejores fajitas y margaritas. Entre otras especialidades: tacos, enchiladas, burritos, camarones a la Veracruzana.

País/región: _____

Rincón de España: 226 Thompson Street. (212) 260-4950. Localizado en Greenwich Village, este restaurante que ha sido recomendado por el *New York Times* y *Town & Country* ofrece entre sus especialidades: pulpo a la Carlos, arroz con pollo, paella valenciana y toda clase de mariscos. Guitarrista. Abierto: domingo a jueves 11 AM–11 PM; viernes y sábado 11 AM–12 AM.

País/región: _____

Olé: 434 Second Avenue. (212) 725-1953. Este reconocido restaurante lleva más de 23 años con el mismo chef y los mismos dueños, Pepe y Tony Lagares. Ofrece auténtica cocina española. Se especializa en mariscada al ajillo, paella, pescado fresco, carnes y todo tipo de mariscos. Música en vivo cada noche excepto lunes: show-espectáculo de jueves a domingo a las 9 PM y 11 PM. Horario: almuerzo cada día de 12 PM a 3 PM; cena de lunes a jueves 4 PM–11 PM; viernes y sábado 4 PM–1 AM; domingo 11–12 PM.

País/región: _____

Víctor's Café: 236 W. 52nd St. (212) 586-7714. Auténtica cocina cubana en un ambiente tropical. Excelente servicio y exquisita comida. Algunas de sus especialidades son: ropa vieja al nido, churrasco aplatanado a la Carlos Gardel, paella, bistec «manos de piedra», lechón asado, puerco boniato, filete de pargo en camisa. Bar de tapas. Brunch, almuerzo y cena. Abierto: domingo a jueves 12 PM–12 AM; viernes y sábado 12 PM–1:00 AM.

País/región: _____

D6-11 Temas de conversación ¿De qué están hablando? Mira la foto y escribe algunos posibles temas de conversación entre los dos amigos. Considera los siguientes datos.

- Son amigos desde hace muchos años y algunos miembros de sus familias se conocen.
- Hace diez años que no se ven.

Posibles temas de conversación

1. _____

_____

2. _____

_____

3. _____

_____

4. _____

_____

Elisa y Ernesto se ponen al día.

Pequeño diccionario

Antes de escuchar la conversación entre los dos amigos, Elisa y Ernesto, que se reúnen en un restaurante en Nueva York y antes de hacer las actividades, estudia el **Pequeño diccionario** y usa dos o tres palabras en oraciones originales en una hoja aparte.

aperitivo Bebida o comida que se toma antes de una comida principal.
disfrutar *tr. v.* Divertirse, gozar.
distracción Diversión.
empresa Compañía, industria.
empresario/empresaria Dueño, jefe de una empresa.
estudiante de derecho *m./f.* Estudiante de leyes, para ser abogado.

gerente *m./f.* Administrador, director.
liado/liada Muy ocupado.
operario/operaria Obrero, trabajador.
tapa Pequeña porción de alguna comida que se sirve como acompañamiento de una bebida en bares, tabernas, etc.
tener derecho Tener motivo; tener razón.
universitario/universitaria Estudiante de la universidad.

A escuchar

D6-12 Información incompleta Normalmente, si escuchas una conversación entre amigos, notarás que los temas cambian frecuentemente y se refieren a detalles que no puedes comprender por no conocer a esas personas. Mientras escuches el CD, escoge las respuestas adecuadas.

_____ 1. Elisa y Ernesto...

    a. vivieron en el mismo barrio de niños.

    b. estudiaron juntos en la misma universidad.

_____ 2. La vida de Elisa es...

    a. ocupada.

    b. relajada.

_____ 3. Los abuelos de Elisa son...

    a. españoles.

    b. puertorriqueños.

_____ 4. El año pasado Elisa fue a Madrid...

    a. de vacaciones.

    b. en un viaje de negocios.

_____ 5. MariCarmen y Elisa...

    a. se conocen bien.

    b. no se conocen.

_____ 6. Ernesto y Ricardo...

    a. eran amigos.

    b. nunca se conocieron.

_____ 7. Elisa...

    a. ha vivido en Nueva York por bastante tiempo.

    b. acaba de mudarse a la ciudad.

D6-13 A continuación Lee las siguientes preguntas. Después, mientras escuches la conversación de nuevo, contesta las preguntas brevemente.

1. ¿Con qué tipo de empresa trabaja Elisa y qué trabajo hace?

_____

_____

2. ¿Dónde vive? ¿Qué tipo de vivienda tiene?

_____

_____

3. ¿Cuántos hispanohablantes hay en Nueva York?

_____

4. ¿Dónde viven los abuelos de Elisa?

_____

5. ¿Cómo se llama el restaurante?

_____

6. ¿Qué tipo de trabajo tiene MariCarmen?

_____

7. ¿Dónde está su oficina central?

_____

8. ¿Dónde viven Ernesto y MariCarmen?

_____

9. ¿De qué murió el hermano de Elisa?

_____

10. ¿Dónde está el Museo del Barrio?

_____

11. ¿Qué tipo de obras hay en su colección?

_____

_____

12. ¿Qué van a pedir Elisa y Ernesto para comer?

_____

_____

Después de escuchar

D6-14 Nos encontramos en Rincón de España ¿Qué hicieron Elisa y Ernesto antes de encontrarse en el restaurante? Basándote en las descripciones de la vida de estos amigos, piensa en un día típico para los dos y escribe un breve resumen.

> **Ejemplo:** *Elisa es abogada. Esta mañana se levantó a las siete de la mañana para ir a la oficina. Se vistió de traje para ir a trabajar...*

Un día en la vida de Elisa
Esta mañana Elisa...

_____

_____

_____

_____

_____

Un día en la vida de Ernesto
Esta mañana Ernesto...

_____

_____

_____

_____

_____

D6-15 La influencia latina en las artes Elisa mencionó el Museo del Barrio en la Quinta avenida. En Estados Unidos hay muchos museos y galerías que ofrecen colecciones hechas por artistas latinos. Escribe una pequeña descripción de un/una artista de ascendencia hispana que viva en Estados Unidos. Menciona...

- su país de origen.
- su contribución artística.
- algunas características de su arte.

_____

_____

_____

_____

_____

_____

_____

_____

_____

_____

Audio 6-3: Casa de reposo

Track 2-4
¡Alto! Before working on Audio 6-3, review the Repaso de gramática on pages 168–170 in your textbook, complete the accompanying exercises in the Práctica de estructuras of the *Diario de actividades,* pages PE-33–PE-35, and work on the in-class activities for Función 6-3.

Los Madroños ¿Qué son Los Madroños? Según el anuncio, es una casa de reposo, una escuela de salud, un lugar para encontrarte a sí mismo y un sitio para expresar tu propia realidad. En **Audio 6-3** vas a escuchar un anuncio sobre un lugar donde podrás descansar y renovar las energías que has perdido por unos hábitos de vida incorrectos que te llevan poco a poco al agotamiento.

Antes de escuchar

D6-16 ¡A descansar! ¿Qué haces cuando quieres descansar? ¿Haces ejercicio? ¿Lees un buen libro? ¿Tomas unas vacaciones? La salud mental es tan importante como la salud corporal, y una de las mejores maneras de renovar la energía es cambiar de ambiente y de rutina diaria. Escribe una lista de diez cosas que haces para descansar y recargar las pilas *(recharge your batteries).*

_____   _____

_____   _____

_____   _____

_____   _____

_____   _____

D6-17 Unos sitios ideales para el reposo En España hay lugares especiales en el campo dedicados a la salud. Estudia el anuncio y subraya algunas de las actividades que mencionan que son saludables.

CASA DE REPOSO
ESCUELA DE SALUD

LOS MADROÑOS

Un lugar para descansar y renovar la Energía Vital.
Una vuelta a la Naturaleza y al reencuentro con uno mismo.
Trabajos con el cuerpo y la respiración, técnicas de relajación y crecimiento personal. Co-escucha. Qi gong y danzas para armonizar cuerpo, mente y emociones.
Alimentación Vegetariana. Dietas depurativas. Ayunos.
Asesoramiento médico. Charlas. Talleres de masaje y Cocina.
Excursiones (monte y playa). Piscina...

12594 Oropesa del Mar (Castellón)
Tel. y Fax: 964 76 01 51.
http://www.casadereposo.com
e-mail: madronios@casadereposo.com

Pequeño diccionario

El anuncio para «Los Madroños», en la página 125, contiene algunas palabras y frases desconocidas. Antes de escuchar **Audio 6-3** y antes de hacer las actividades, estudia el **Pequeño diccionario** y usa dos o tres palabras en oraciones originales en una hoja aparte.

amigdalitis *f.* Inflamación del órgano formado por la reunión de numerosos nódulos linfáticos en la garganta.

autocuración Cura sin ninguna intervención exterior.

coloquio Reunión en que se convoca a un número limitado de personas para que debatan un problema.

convivencia El acto de vivir en compañía de otra u otras personas.

crudo/cruda Comestibles que no están preparados por medio de la acción del fuego; también de los que no lo están hasta al punto conveniente.

curación Tratamiento, acción o efecto de curar.

huerta Terreno de corta extensión, en que se plantan verduras, legumbres y árboles frutales.

lodo Mezcla de tierra y agua, especialmente de la que resulta de las lluvias en el suelo.

pino Árbol de la familia de las abietáceas.

pino

rejuvenecimiento Acto o efecto de darle a uno fuerza y vigor, como los se suele tener en la juventud.

reposo Descanso.

taller *m.* Lugar en que se trabaja una obra de manos.

trastorno Alteración leve de la salud.

FUNDACION

Los Madroños

A escuchar

D6-18 Vida sana, mente sana ¿Qué nos ofrece Los Madroños? Escucha la descripción de esta casa de reposo en tu CD y busca la información para cada categoría.

1. Enfermedades que curarán:

_____

_____

2. Actividades que ofrecerán:

_____

_____

3. Comidas que servirán:

_____

_____

4. Atractivos de las casas:

_____

_____

D6-19 Orientación Escucha la descripción de nuevo y contesta brevemente las siguientes preguntas en español.

1. ¿Por qué perdiste energía?

_____

2. ¿Cuál es el mayor factor de curación?

_____

3. ¿Cuáles son algunas de las cosas que te ayudarán a restablecer la salud perdida?

_____

4. ¿Cómo aprenderás a escuchar tu cuerpo?

_____

5. ¿Qué comidas están incluidas en una dieta de desintoxicación?

_____

6. ¿Qué actividades harás por la mañana? ¿por la tarde?

_____

7. ¿Cuáles son algunas de las charlas y los coloquios que te interesan?

_____

8. ¿Qué atractivos ofrece el Parque natural del desierto de las Palmas?

_____

9. ¿Crees que es un lugar interesante para pasar unas vacaciones? ¿Por qué?

_____

Después de escuchar

D6-20 Al campo ¿Crees que el programa que ofrece Los Madroños sea bueno para la salud? Escribe una lista de seis elementos positivos o negativos que escuchaste en su descripción.

Ejemplos: *El programa es bueno porque se puede descansar y renovar las energías.*

El programa es malo porque no se puede curar la artritis comiendo comida vegetariana.

_____

_____

_____

_____

_____

_____

D6-21 Un lugar perfecto ¿Hay un lugar perfecto en tu estado para una «Casa de reposo»? Estudia el anuncio y escribe cinco oraciones para describir este sitio. Menciona por qué crees que el ambiente te ayudará a aliviar el estrés y a renovar las energías.

¿DÓNDE NOS ENCONTRAMOS?

La casa está situada en el Parque natural del desierto de las Palmas y Les Santes, a 10 km de las playas de OROPESA DEL MAR, entre naranjos, almendros y pinos, rodeados de montañas por las que puedes dar unos bonitos paseos. El clima es suave durante todo el año. No hace mucho frío en invierno ni calor en verano, el aire es limpio y se respira tranquilidad. Tienes que llegar hasta el pueblo de Oropesa del Mar y desde allí encontrar la carretera que lleva al pueblo de Cabanes. Si llegas en tren o autobús, ¡avísanos!, para poder ir a recogerte a Oropesa.

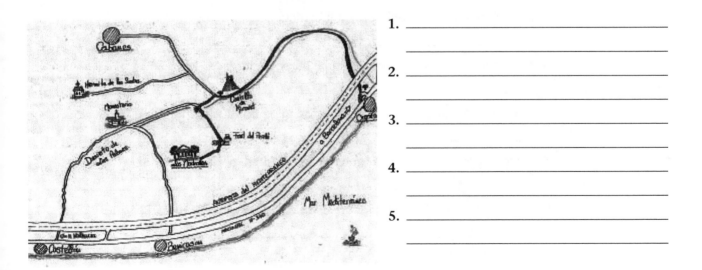

1. _____

_____

2. _____

_____

3. _____

_____

4. _____

_____

5. _____

Tercera etapa: Redacción

¡Alto! Before beginning the **Tercera etapa,** study the **Repaso de gramática** on pages 168–170 of your textbook and complete the accompanying exercises.

Orientación: Redacción is devoted to learning different types of writing techniques and strategies. The activities will take you through the writing process from generating the basic idea through outlining, drafting, and polishing the composition. In class, you will have an opportunity to work with a partner and edit your composition.

Introducción a la escritura

La comparación y el contraste En esta **etapa**, vas a escribir una comparación o un contraste... ambos son formas de la crítica. Una comparación resalta las semejanzas entre dos cosas, objetos o personas. Por el contrario, un contraste enfatiza las diferencias. Con respecto a la comparación y al contraste, hay dos técnicas posibles que te pueden interesar.

- Compara dos cosas, objetos o personas punto por punto, enfatizando sus semejanzas. Después, contrástalos punto por punto, enfatizando las diferencias. Al final, escribe una conclusión.
- Describe una cosa, un objeto o una persona en su totalidad. Después, analiza otra cosa, otro objeto u otra persona en su totalidad. Al final, escribe una conclusión.

Antes de continuar, estudia la siguiente lista de frases que se usan para hacer una comparación y un contraste.

Comparaciones	Contrastes
al igual que just as, like	**a diferencia de** unlike
asemejarse to be like	**al contrario de** contrary to
cuánto más... más (as in **cuánto más tiene, más desea**) the more . . . the more	**diferenciarse de** to differ from
	diferente de/a different from
de la misma manera in the same way	**distinto de/a** distinct/different from
igual equal; same	**en contraste con** in contrast with
lo mismo que the same as	**inferior a** inferior to
parecerse a to be like, resemble	**más... que** more . . . than
parecido/parecida alike, similar	**menos... que** less . . . than
tan... como as . . . as	**superior a** superior to
tanto/tanta... como as much . . . as	
tanto como as much as	
tener en común to have in common	

Además de las comparaciones, las críticas se caracterizan por incluir datos concretos, como, por ejemplo:

- citas y comentarios
- cifras
- cantidades y porcentajes

El uso de la evidencia El uso de las técnicas anteriores hace que el lector se base más en la evidencia que en las emociones. Sin embargo, cuando el escritor quiere ejercer más influencia sobre el lector, utiliza expresiones que indican reacciones subjetivas y expresiones de causa y efecto. A continuación hay algunas expresiones útiles.

Expresiones de causa y efecto	Expresiones de reacciones subjetivas
aconsejar to advise **insistir en** to insist on **pedir (i, i)** to ask for **recomendar (ie)** to recommend **sugerir (ie, i)** to suggest	**es + *adjetivo* (es importante, etcétera)** It is + *adjective* **importar** to matter **lamentar** to regret **molestar** to bother **temer** to fear

Pequeño diccionario

Estudia las siguientes palabras y frases para comprender mejor el ejemplo, «¿Es magnética nuestra fuerza vital?» Busca las palabras en el texto y usa dos o tres para escribir oraciones originales en una hoja aparte.

comprobado/comprobada Verificado, confirmado.
eficaz Tiene la capacidad de lograr el efecto que se desea o se espera.
imán *m.* Mineral de hierro de color negruzco, opaco, casi tan duro como el vidrio, cinco veces más pesado que el agua, y que tiene la propiedad de atraer el hierro, el acero y en grado menor algunos otros cuerpos.

imantar *v. tr.* Comunicar a un cuerpo la propiedad magnética.
perjudicial Dañoso.
plantilla Pieza con que interiormente cubre la planta del calzado.
prometedor/prometedora Dicho de una persona o de una cosa: dar muestras de que será verdad algo.

Nombre _____   Fecha _____

Preguntas de orientación.

As you read the article, **«¿Es magnética nuestra fuerza vital?»**, use the following questions as a guide.

1. ¿Qué tipo de crítica es ésta? ¿Cómo lo sabes?
2. ¿A quiénes atrae el bioelectromagnetismo?
3. ¿Por qué no se interesaban los científicos en el bioelectromagnetismo hasta hace muy poco?
4. ¿Cuáles son las técnicas que se usan para estudiar la energía eléctrica del cuerpo?
5. ¿Cuáles son las enfermedades que se estudian usando las técnicas nuevas?
6. ¿Cuáles son algunos de los fraudes relacionados con el bioelectromagnetismo?
7. ¿Cuál es la controversia que no se resuelve?

D6-22 Ejemplo: ¿Es magnética nuestra fuerza vital? El siguiente artículo trata de un tema controversial... el bioelectromagnetismo, que es la energía vital. Mientras leas, contesta las **Preguntas de orientación.**

¿Es magnética nuestra fuerza vital?

El bioelectromagnetismo atrae cada vez más a los científicos. Pero también ha favorecido la aparición de fraudes, creencias erróneas y suposiciones pseudocientíficas.

Comprobado

Hasta hace muy poco, la ciencia sólo podía medir y utilizar la energía eléctrica generada por nuestras neuronas, nuestro cerebro, nuestro corazón o nuestros músculos. Ése es el fundamento de los electroencefalogramas (cerebro), electrocardiogramas (corazón) o electromiogramas (músculos). Ahora ya se puede captar la manifestación magnética de esta energía. Gracias a ello, se han inventado nuevos métodos de diagnóstico más eficaces y se ha podido dar un paso adelante en el uso del magnetismo para tratar ciertos males, como el parkinson, el alzheimer, la epilepsia y la esclerosis múltiple. La aplicación médica de campos magnéticos es una prometedora área de la ciencia. ∎

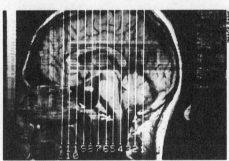

La resonancia magnética del cerebro es un eficaz sistema de diagnóstico por imagen.

No comprobado

A la luz de estos estudios han aparecido docenas de interpretaciones sin confirmación científica. Por ejemplo, es falso que el agua pueda imantarse, por lo que los aparatos magnetizadores del líquido elemento no tienen ningún efecto terapéutico.

Otro tanto ocurre con productos como las plantillas, pulseras, pirámides e imanes magnéticos, que, aun siendo inocuos, no presentan, ni mucho menos, los beneficios curativos que algunas empresas venden.

Por último, es muy controvertido el supuesto efecto perjudicial para la salud de los campos electromagnéticos, como los de una línea de alta tensión. Hay tantos estudios a favor como en contra de esta hipótesis. ∎

D6-23 Organización Ahora, estudia la organización del artículo y completa el siguiente esquema.

Título _____

Introducción _____

_____

Comprobado _____

_____

No comprobado _____

_____

Antes de redactar

D6-24 Escoger el tema Contesta las siguientes preguntas para enfocarte en el tema de tu composición.

1. ¿Hay una polémica relacionada con la tecnología en tu universidad? Por ejemplo, algunas universidades requieren que los estudiantes compren una computadora personal. Otras universidades exigen una cuota para usar los laboratorios de computadoras.

_____

_____

_____

_____

_____

2. Si este tipo de controversia no existe en tu universidad, ¿podrías identificar otra polémica acerca de la cual tienes suficiente información para escribir una composición, como, por ejemplo, la eutanasia, la bioingeniería o la energía atómica?

_____

_____

_____

_____

_____

3. ¿Hay más de dos perspectivas? ¿Cómo podrías incluir estas perspectivas en tu composición?

_____

_____

_____

_____

_____

4. ¿Cuál es la mejor organización para exponer este tema? ¿Sería mejor si compararas las perspectivas punto por punto o si explicaras una perspectiva en su totalidad antes de la otra?

_____

_____

_____

_____

_____

D6-25 Generar ideas Ahora, contesta las siguientes preguntas sobre el contenido y el tono de tu composición.

1. ¿Cuál es el título de tu composición?

_____

_____

_____

_____

_____

2. ¿Cómo vas a introducir el tema para que le llame la atención al lector?

_____

_____

_____

_____

_____

3. ¿Qué tipo de información vas a presentar para apoyar las dos perspectivas?

	Perspectiva A	**Perspectiva B**
Cifras		
Citas		
Datos		

4. ¿Cuáles son las frases de comparación y contraste que piensas usar?

Perspectiva A	Perspectiva B
_____	_____
_____	_____
_____	_____
_____	_____
_____	_____
_____	_____

5. ¿Cómo vas a ejercer influencia sobre el lector?

Expresiones de causa y efecto	Expresiones de reacción subjetiva
_____	_____
_____	_____
_____	_____
_____	_____
_____	_____
_____	_____

6. ¿Cómo vas a concluir tu composición? ¿Cómo podrías resumirla sin repetir la información esencial?

_____

_____

_____

_____

_____

D6-26 Bosquejo Usando las siguientes líneas, escribe un bosquejo para organizar tu composición.

- Piensa en las ideas principales que formarán cada párrafo.
- Después, escribe los detalles que apoyarán cada idea principal.
- Si necesitas más espacio, usa una hoja aparte.

Párrafo 1 (Introducción)

idea principal

_____

_____

detalles

_____

_____

_____

Párrafo 2

idea principal

_____

_____

detalles

_____

_____

_____

Párrafo 3

idea principal

_____

_____

detalles

_____

_____

_____

Párrafo 4

idea principal

_____

_____

detalles

_____

_____

_____

Conclusión

idea principal

_____

_____

detalles

_____

_____

_____

Orientación: Sugerencias para usar la computadora provides word-processing suggestions that will help you polish your compositions.

¡Adelante! After completing your composition, review it carefully for organization, content, spelling, and grammar. Then take your composition to class, where you will work with a partner to edit it.

Grammar
• Comparing and contrasting

Functions
• Writing an introduction

A redactar

En una hoja aparte, escribe una comparación o un contraste, según las actividades preparatorias que acabas de completar.

Sugerencias para usar la computadora

Cómo almacenar datos Hay muchos programas hoy en día que almacenan datos de forma organizada y de un modo fácil de recuperar. Ve al laboratorio de computadoras de tu universidad para identificar y para experimentar con los programas de este tipo. Aunque algunos de los programas son muy complejos, hay otros que son más sencillos de aprender. Pídeles consejos a los tutores del laboratorio. Claro que puedes hacer tu propia base de datos con tarjetas. Escribe un dato en cada tarjeta; después, clasifica cada tarjeta según tu criterio.

Mi diario ¿Cómo te afecta la tecnología? ¿Te causa estrés usar una computadora o una máquina de fax? Escribe tus opiniones sobre la influencia de la tecnología en tu vida.

Mi diario

Capítulo 7

Los latinos en Estados Unidos

Un festival latino

Nombre _____ Fecha _____

Primera etapa: Preparación

Estudio de palabras

Los apellidos Many Hispanics use the traditional naming system in which a person has two surnames. Ana Romero López uses both her father's surname (Romero) and her mother's surname (López). When she marries, she may retain both her names. If she wishes to incorporate her husband's name, she drops her mother's surname, and adds **de** and her husband's first surname, for example: Ana María Romero López + Javier Eduardo Estévez Inclán = Ana María Romero de Estévez.

There are many variations to two-part surnames. Some are joined by hyphens; others are combined by **y.** If Germán López-Matos and Zoraida Vega y Núñez were to marry and have a son and a daughter, their children's surnames would be: López Vega. You will also notice that some middle names or surnames may be abbreviated. For example, Diana María may be Diana Mª and Carlos Martínez may be Carlos Mtz. As you read the following obituaries, or **esquelas**, notice the different formats used for writing surnames.

D7-1 Esquelas Todos los periódicos hispanos tienen formas similares de anunciar los fallecimientos. Estudia los siguientes nombres en las esquelas e identifica cada pariente del difunto / de la difunta.

MARÍA CARMEN MARTÍN-QUIRÓS

FALLECIÓ EN LAS CRUCES, NUEVO MÉXICO
EL DÍA 10 DE ENERO DE 2004
Habiendo recibido los Santos Sacramentos
DESCANSA EN LA PAZ DEL SEÑOR

Su desconsolado esposo, Enrique Marcos Morales; sus hijos, Jesús, Enrique, Lourdes y Miguel Ángel Marcos Morales; hijos políticos, Carlos López Riofrío, Antonia Cañadilla, Cristina Fernández y María Luz Rodrigo Pérez; hermana, Elena; hermano político, Antonio Cuen Roche, nietos, primos, sobrinos y demás familiares

RUEGAN una oración por su alma

esposo
_____

hijos
_____
_____
_____

hijos políticos
_____

hermana

_____

hermano político

_____

_____

_____

_____

✝

EDUARDO SÁNCHEZ RODRÍGUEZ

FALLECIÓ EN SAN FRANCISCO, CALIFORNIA
EL DÍA 20 DE ENERO DE 2004
DESCANSÓ EN EL SEÑOR

Su esposa, doña Josefa Contreras Ramos; hijos, Eduardo, Eva, Víctor, Guillermo y Sandra Sánchez Contreras; sobrino, José Antonio; hijos políticos, Fina, Diego y Charo; sobrina política, Juana; nietos, hermanos políticos, sobrinos y demás parientes y afectos

RUEGAN una oración por su alma

---

esposa

_____

hijos

_____

_____

_____

_____

_____

sobrino

_____

hijos políticos

_____

_____

_____

sobrina política

_____

Títulos y abreviaturas		
Dr., Dra.	doctor, doctora	*holder of Ph.D. degree or medical doctor*
D., Da.	don, doña	*title of respect used with first name*
Gte.	gerente	*manager*
Ing.	ingeniero, ingeniera	*holder of an engineering degree*
Lic., Lcdo., Lda., Licdo., Licda.	licenciado, licenciada	*holder of a degree*
Mro., Mra.	maestro, maestra	*teacher*
Prof., Profa.	profesor, profesora	*university professor; secondary school teacher*
Sr., Sra., Srta.	señor, señora, señorita	*Mr., Mrs./Ms., Miss/Ms.*
Vdo., Vda.	viudo, viuda	*widower, widow*

D7-2 Títulos Estudia las abreviaturas y escribe en español y en inglés el título completo de cada persona en las siguientes tarjetas.

Climesa, S.A.
_____

Prof. Benito Enrique Duarte Ruiz
Hermanos García Noblejas, 20
Madrid, 28037
España

1. _____
   _____
   _____
   _____

2. _____
   _____
   _____
   _____

Lucita Alfonso Vda. de Delgadillo

❦

Centro Espiritual Justa Caridad
Azopardo 579
1307 Buenos Aires
Argentina

Ing. Ángel Téllez Duarte
_____

Plaza del Carmen, Londres 161
06600 México D.F.

3. _____
   _____
   _____
   _____

4. _____

_____

_____

_____

HOTEL

Quinta
Las flores

ANDRÉS VIZCAYNO BETANZOS
GTE. ADMINISTRATIVO

TLAQUEPAQUE No. 210 COL. LAS PALMAS   TELS. 14-1244 12-5769
CUERNAVACA, MOR. MEXICO   FAX: 12-3751

DIAGNOSTICS LAB.

Lcdo. Carlos Pérez

Box 40729
Minillas Station.
Santurce. Puerto Rico 00940   Tel (809) 782-7693

5. _____

_____

_____

_____

In most Spanish-speaking countries, the ground floor of a multistory building is called **la planta baja.** The next floor up, the second floor in the U.S., is called **el primer piso.**

Direcciones y abreviaturas		
Apdo., Ap., Aptdo.	apartado	*post office box number*
Av., Ave., Avda.	avenida	*avenue*
Cd.	ciudad	*city*
C/o; C/d	cuidado de; en casa de	*in care of; at the home of*
Col.	colonia	*area within a city; neighborhood*
C.P.	código postal	*zip code*
Depto., Dpto., Dep.	departamento	*department; division (province, region, etc.); apartment (Mexico)*
D.F.	Distrito Federal	*Mexico City (capital)*
Edo.	estado	*state*
EE.UU.	Estados Unidos	*United States*
No., Núm.	número	*number*
P.R.	Puerto Rico	*Puerto Rico*
Pza., pza.	plaza, pieza	*plaza (square); room*
S.A.	Sociedad Anónima	*Inc. (Incorporated)*
Tel.	teléfono	*telephone*
1°, 1ª	primer(o), primera	*first (floor)*
2°, 2ª	segundo, segunda	*second (floor)*
3°, 3ª	tercer(o), tercera	*third (floor)*

D7-3 Direcciones Estudia las abreviaturas en las tarjetas y escribe en inglés el equivalente de cada nombre, negocio y dirección. Fíjate en la posición de los números, las calles y el código postal. ¿Es igual a lo que se escribe en Estados Unidos?

Víctor Federico Hermosillo Worley

Plateros 110 Torre 75 Dep. 802
Colonia San José Insurgentes
México, D.F. 03900

MÉXICO

TEL. (5) 651-8797

1. _____
   _____
   _____
   _____

2. _____
   _____
   _____
   _____

L **oramendi, S. A.**

DEPARTAMENTO
SERVICIO TÉCNICO

CARLOS MTZ. DE LIZARDUY

Zorrostea, 4
(Poligono ALI-GOBEO)
Teléfonos: 24 24 62 - 66
Telex: 35469 LOR E
Telefax: 22 32 40   01010 VITORIA-ESPAÑA

MARTÍN ROMERO VERA

GUÍA DE TURISMO

CALLE 606 A No. 89
COL SAN JUAN DE ARAGÓN
MÉXICO 14 D.F.   Tel. 794 56 02

3. _____
   _____
   _____
   _____

4. _____
   _____
   _____
   _____

columbus tours ltda. IATA

JULIA MARGARITA VASSEUR
PASAJES NACIONALES E INTERNACIONALES

CALLE 100 No. 21A-41 HOTEL COSMOS 100
TELS.: 2183900 - 2188950 - 2188829 - 2187780 - 2187769
A. A. 94381 - FAX: 257 10 35 - BOGOTA - COLOMBIA

FERNANDO MARTÍN DEL CAMPO

Director General

Hotel Victoria, S.A.

GALILEO 20 PISO 2

MÉXICO, D.F.   C.P. 11550

5. _____
   _____
   _____
   _____

Segunda etapa: Comprensión auditiva

Sugerencias para escuchar mejor

Cómo seguir la comprensión auditiva When you are involved in a conversation or are listening to a speaker, it is common to ask questions verbally or mentally, to reaffirm what was stated, or to request clarification of an idea. You might say **¿Quieres decir que... ?** or **¿Podrías darme un ejemplo?** Usually, such queries may come when there is a pause in the discussion or a change of topic or theme. These small "interruptions" serve not only to let the speaker know that you are involved in the conversation, but also to help you refocus on the message and to monitor your comprehension. As you listen to your CD, use the questions in the **A escuchar** section as guides to pause and reflect upon what was said. Try to reaffirm what the speaker said by rephrasing the comments in your own words before going on to the next question.

Audio 7-1: Historias de inmigrantes latinos

Track 2-5

¡Alto! Before working on **Audio 7-1**, review the **Repaso de gramática** on pages 194–195 in your textbook, complete the accompanying exercises in the **Práctica de estructuras** of the *Diario de actividades,* pages PE-36–PE-38, and work on the in-class activities for **Función 7-1.**

Una entrevista

Una historia viva ¿Qué historias cuentan en tu familia sobre el pasado? ¿Guardan recuerdos especiales, tales como actas de nacimiento o matrimonio, recetas de cocina, cartas de amor o retratos especiales? En **Audio 7-1** vas a escuchar unos comentarios de Ángela, una periodista, y de Rosa, la jefa de un proyecto para entrevistar a unos hispanos que viven en Columbus, Ohio, con el fin de conocer, compartir y conservar parte de la historia narrada que explica cómo y por qué han venido a esta ciudad para vivir.

Antes de escuchar

D7-4 En tu familia Piensa en la casa de tus padres, abuelos o tíos. ¿Qué recuerdos conservan ellos de sus familias? Describe cuatro o cinco objetos que has visto y, que forman parte de tu historia familiar.

Ejemplo: *En la sala de estar mis padres tienen el retrato de la boda de mis abuelos.*

1. _____
   _____

2. _____
   _____

3. _____
   _____

4. _____
   _____

5. _____

D7-5 Tu propia historia Ahora, piensa en cinco objetos que has comprado o heredado y, que tienen valor personal. Explica por qué son tan importantes para ti.

Ejemplo: *Recientemente mi abuela me ha regalado su anillo de bodas porque soy su nieta favorita.*

1. _____
   _____

2. _____
   _____

3. _____
   _____

4. _____
   _____

5. _____
   _____

Pequeño diccionario

La conversación entre una periodista, Ángela, y la jefa del proyecto, Rosa, contiene palabras y frases relacionadas con la entrevista. Antes de escuchar la conversación y antes de hacer las actividades, estudia el **Pequeño diccionario** y usa dos o tres palabras en oraciones originales en una hoja aparte.

alrededor Sobre poco más o menos; aproximadamente.	**nacer** *v. intr.* Adquirir, recibir existencia en el mundo.
compartir *v. tr.* Repartir, dividir, distribuir (una cosa) en partes.	**poblado** *s.* Población, pueblo.
desarrollar *v. tr.* Hacer pasar (una cosa del orden físico, intelectual o moral) por una serie de estados sucesivos, cada uno de los cuales es más perfecto o más complejo que el anterior.	**reconocimiento** Acción de examinar con cuidado (a una persona o cosa) para establecer su identidad, para completar el juicio sobre ella, etcétera.
entrelazarse *v. refl.* Unirse; estar relacionado.	**recopilar** *v. tr.* Juntar en compendio, recoger o unir.

A escuchar

D7-6 Preguntas y más preguntas Estudia la lista de las preguntas de la entrevista y ponlas en el orden en que crees que deben de aparecer. Después, contesta las preguntas brevemente.

_____ 1. ¿Cuántas personas están trabajando con las entrevistas?

_____ 2. ¿Por qué está usted trabajando con los inmigrantes latinos?

_____ 3. ¿Y cuándo ha empezado usted el proyecto?

_____ 4. ¿Qué es el proyecto «Historia de inmigrantes latinos»?

_____ 5. ¿Ha tenido algunas entrevistas más interesantes que otras?

_____ 6. ¿Piensa continuar con el proyecto después de este año?

_____ 7. ¿Qué tipo de recuerdos está usted buscando?

_____ 8. ¿Y cómo van a guardar todo este material?

D7-7 A continuación Lee las siguientes preguntas. Después, mientras escuches la conversación de nuevo, contéstalas brevemente.

1. ¿Qué idea nació?

_____

_____

2. ¿Cuándo nació el proyecto?

_____

_____

3. ¿Quiénes están participando?

_____

_____

4. ¿Cuál es el objetivo?

_____

_____

Después de escuchar

D7-8 En el periódico Ahora, basándote en la conversación, escribe un anuncio de 50–70 palabras para el periódico, pidiendo personas que quieran participar en este proyecto.

_____

_____

_____

_____

_____

_____

_____

_____

_____

_____

D7-9 Bienvenidos a Estados Unidos 101 Estudia el artículo de la revista, *Latina,* en la página 147, y contesta las preguntas brevemente.

1. ¿De dónde es Janelyn Pacheco?

_____

2. ¿Cuándo llegó a Nueva York? ¿Cuántos años tiene ella?

_____

3. ¿A qué escuela asiste? ¿Cuántos estudiantes hay en la escuela?

_____

4. ¿Qué clases dan?

_____

5. ¿Cuál es la idea principal de esta escuela?

_____

6. ¿Cuáles son algunos ejemplos de la actitud negativa hacia el inmigrante?

_____

_____

7. Según la directora, ¿por qué es importante entender la diversidad en una sociedad?

_____

_____

Bienvenidos
a Estados Unidos 101

Janelyn Pacheco llegó a la ciudad de Nueva York desde la República Dominicana hace año y medio. Nadie le entendía al hablar ni sabía de dónde venía. Sin embargo, encontró un sitio donde se siente comprendida: Newcomers High School en Long Island City, Nueva York, una escuela que ha sido creada hace tres años para jóvenes inmigrantes recién llegados a Estados Unidos.

Allí Pacheco, de dieciocho años, forma parte de los 850 estudiantes que reciben clases intensivas de inglés, y otros cursos en sus respectivos idiomas nativos. De igual modo, se les enseña a desenvolverse en la vida diaria de este país, por ejemplo, cómo utilizar los medios de transporte público o administrar el dinero, entre otras cosas. Pero lo más importante es que aprendan que hay otros jóvenes que, como ellos, están en situaciones parecidas.

El programa de Nueva York es uno de los sesenta programas para inmigrantes que se han establecido desde 1979 a través de toda la nación. Aparte del aspecto académico, la idea principal es crear el aprecio y el respeto hacia las diferencias culturales para contrarrestar el ambiente que existe en Estados Unidos, cada vez más hostil hacia el inmigrante. Ejemplos de este último son la reciente legislación que dificulta que los inmigrantes legales reciban subsidios del gobierno, la eliminación de los programas de educación bilingüe en California y la imposición del inglés como único idioma.

«Les digo a mis alumnos que son muy afortunados pues además de aprender sobre una nueva cultura, tienen la suya propia», dice Mary Burke, directora auxiliar para matemáticas y ciencias y maestra en Newcomers High School. Aunque estos programas han encontrado resistencia por parte de las autoridades —son únicos a la hora de formar individuos que sepan entender la diversidad en una sociedad que cada vez se está haciendo más multicultural.

Audio 7-2: Las contribuciones de los latinos

Track 2-6
¡Alto! Before working on **Audio 7-2,** review the **Repaso de gramática** on pages 195–198 in your textbook, complete the accompanying exercises in the **Práctica de estructuras** of the *Diario de actividades,* page PE-38, and work on the in-class activities for **Función 7-2.**

Americanos El documental llamado *Americanos,* bajó la dirección del actor y activista Edward James Olmos, ha dejado una huella imborrable en nuestra mente y en nuestro corazón. Esperamos que su trabajo deje una herencia que exprese una verdadera dedicación a la comunidad, un orgullo y amor por la familia y la cultura, una añoranza por el pasado, una celebración del presente y una esperanza por el futuro. Ahora vas a escuchar una narración de *Americanos* por Julia E. Curry Rodríguez sobre las contribuciones de los latinos en Estados Unidos.

Edward James Olmos

Antes de escuchar

D7-10 ¿Personalidades hispanas? ¿Quiénes son las siguientes personas? Empareja las profesiones con las siguientes personalidades hispanas.

_____ 1. Gloria Estefan   **a.** cómico

_____ 2. Ellen Ochoa   **b.** actor

_____ 3. Sammy Sosa   **c.** cantante

_____ 4. Marisa Ramírez   **d.** actriz

_____ 5. Andy García   **e.** astronauta

_____ 6. Lucille Roybal-Allard   **f.** mujer política

_____ 7. Paul Rodríguez   **g.** músico

_____ 8. Juan Luis Guerra   **h.** jugador de béisbol

Pequeño diccionario

La narración, *Americanos,* contiene algunas palabras y frases desconocidas. Antes de escuchar esta narración por Julia E. Curry Rodríguez sobre las contribuciones de los latinos en Estados Unidos y antes de hacer las actividades, estudia el **Pequeño diccionario** y usa dos o tres palabras en oraciones originales en una hoja aparte.

abogar *v. intr.* Defender en juicio.
atrever *v. intr.* Determinarse a algo arriesgado.
caña Un tallo leñoso lleno de un tejido esponjoso y dulce del que se extrae azúcar.
catedrático/cátedrática Persona que tiene empleo de profesor/profesora, el más alto, en institutos de bachillerato y universidades.
cosechador/cosechadora Persona que recoge productos (frutos, vegetales, etc.) de la tierra.
costurera Mujer que tiene por oficio coser.
derechos Conjunto de facultades y garantías que cualquier persona debe

caña

tener para proteger su integridad física y su dignidad moral.
empresario Persona que toma a su cargo un negocio; patrono, persona que contrata y dirige obreros.
forjar *v. tr.* Inventar, fingir, imaginar (algo).
hogar Casa o domicilio.
huir *v. intr.* Alejarse rápidamente para evitar un daño o peligro; alejarse velozmente.
meta Fin a que tiende una persona.
mundano/mundana Relativo al mundo.
obrero/obrera Trabajador manual.
recompensa Premio, beneficio, favor o mérito.
repleto/repleta Muy lleno.

A escuchar

D7-11 Preguntas, preguntas Lee las siguientes preguntas. Después, mientras escuches la conversación, contesta las preguntas brevemente.

1. ¿Qué es el Norte?

_____

2. En su imaginación, ¿cómo ven los emigrantes a Estados Unidos?

_____

3. ¿Qué traen los emigrantes con ellos?

_____

4. ¿Cuáles son algunas de sus contribuciones?

_____

5. ¿Qué grupo hace su hogar en la costa oriente? ¿en el norte? ¿en el sur?

_____

6. ¿En qué estado nació el partido de la Raza Unida?

_____

7. ¿Qué trabajo tiene la hija de una costurera en Los Ángeles?

_____

8. ¿Qué hace la madre de tres hijos en valle de San Gabriel?

_____

D7-12 Información incompleta Mientras escuches tu CD, escoge la idea clave de la narración. Algunas frases requieren que interpretes el mensaje de la locutora para dar la respuesta correcta.

1. Muchos quieren ir al Norte porque piensan que Estados Unidos es un lugar...

    a. donde es fácil conseguir trabajo.

    b. con oportunidades y recompensas sociales.

2. Normalmente, la gente viene a Estados Unidos para...

    a. ganar algo de dinero y volver a sus países.

    b. quedarse a vivir.

3. Los emigrantes donde hayan llegado...

    a. han enriquecido nuestra vida.

    b. han traído una serie de beneficios pero también han traído problemas.

4. No hay ningún lugar en esta nación que...

    a. no haya sido afectado por los emigrantes.

    b. no haya aceptado a todo el mundo como ciudadano.

5. Parece que los latinos de Texas, Arizona y Nuevo México apoyan más...

    a. las carreras académicas.

    b. las luchas políticas.

6. Según Curry Rodríguez, todos los emigrantes se consideran...

    a. latinos.

    b. americanos.

Después de escuchar

D7-13 ¿Derechos para todos? Cada día miles de personas intentan entrar a otros países ilegalmente. ¿Piensas que la gente tiene derecho de intentar mejorar su vida cruzando las fronteras ilegalmente? Escribe cuatro argumentos a favor de la inmigración y cuatro en contra.

A favor	En contra
1. _____	1. _____
2. _____	2. _____
3. _____	3. _____
4. _____	4. _____

D7-14 Una historia personal Como extensión del **Audio 7-1** y **Audio 7-2**, habla con alguien que ha venido a Estados Unidos de otro país y, escribe un párrafo sobre sus experiencias como emigrante.

_____

_____

_____

_____

_____

_____

_____

_____

_____

_____

Audio 7-3: Los niños bilingües

Track 2-7

¡Alto! Before working on **Audio 7-3,** review the **Repaso de gramática** on pages 198–199 in your textbook, complete the accompanying exercises in the **Práctica de estructuras** of the *Diario de actividades,* pages PE-38–PE-39, and work on the in-class activities for **Función 7-3.**

Ser bilingüe en Estados Unidos El mundo de los idiomas… ¿cuántos debemos aprender? Todos los días en los periódicos salen anuncios para promover institutos de idiomas. Muchos apoyan los programas bilingües y dan énfasis a la enseñanza de otro idioma en todos los niveles educativos. Hoy en día hay muchas ventajas para las personas bilingües. ¿Estás de acuerdo o piensas que un idioma es más que suficiente? Ahora, vas a leer y escuchar sobre diferentes situaciones en que el hecho de ser niño/niña bilingüe abre muchas puertas aunque también a veces causa frustraciones.

Ser bilingüe es una doble ventaja.

Antes de escuchar

D7-15 Ventajas ¿Cuáles son algunas ventajas de ser bilingüe? Piensa en las oportunidades que tendrás para utilizar el español después de graduarte.

> **Ejemplo:** *Después de graduarme, espero entrar a la facultad de medicina. Aquí hay muchas personas que hablan español y pienso que poder comunicarme con mis pacientes va a ser una gran ayuda.*

_____

_____

_____

_____

_____

_____

D7-16 Padres e hijos Muchos padres latinos se sienten frustrados cuando sus hijos entran al colegio y tienen muchas preguntas. Escribe cinco preguntas que creas que los padres tienen para los profesores o los directores de las escuelas.

_____

_____

_____

_____

_____

D7-17 El caso de Lorena Ahora estudia el testimonio de Lorena y dale tres o cuatro consejos para resolver sus dudas. ¿Cómo le vas a contestar y qué solución le vas a dar?

_____

_____

_____

_____

_____

_____

Me llamo Lorena; vine de Guatemala a Estados Unidos hace diez años. Ahora tengo un hijo en primer grado y una hija en tercero. Las escuelas en este país quieren que los padres participen en el aprendizaje de sus hijos, pero no estoy segura de qué debo hacer. Además, ¡estamos tan ocupados!

Las actividades de las escuelas frecuentemente son durante el día cuando estoy trabajando y en la noche cuando necesito quedarme en casa para cuidar a los niños. Cuando voy a la escuela, es difícil comunicarme con los maestros porque no hay ningún maestro que hable español.

Pequeño diccionario

Antes de escuchar el discurso sobre los niños que sirven como intérpretes para sus familias y, antes de hacer las actividades, estudia el **Pequeño diccionario** y usa dos o tres palabras en oraciones originales en una hoja aparte.

apoyar *v. tr.* Ayudar.	**familiares** *m./f.* Parientes.
asustarse *v. refl.* Tener miedo.	**fracasado/fracasada** Frustrado, sin
consulta del doctor Cita con el doctor.	éxito.
dar por hecho *v. tr.* Estar seguro de.	**manejar** *v. tr.* Hacer; usar.
desamparado/desamparada Abando-	**orgulloso/orgullosa** Muy satisfecho,
nado, indefenso, desválido.	contento, feliz.
desempeñar *v. tr.* Realizar, desarrollar.	**prueba médica** Análisis médico.
enfadarse *v. refl.* Enojarse, enfurecerse.	**traductor/traductora** Intérprete.
enriquecedor/enriquecedora Valioso;	**supervivencia** Continuación exitosa y
que hace más rico.	superación de los problemas de la vida
exigir *v. tr.* Obligar, pedir.	diaria.

A escuchar

D7-18 ¿Cómo se sienten Roberto, Tina y Patricia? Mientras escuches el CD, escribe las palabras o frases (adjetivos y verbos) que se usan para describir las experiencias de los niños intérpretes.

Palabras positivas	Palabras negativas
experiencia enriquecedora	*frustrante*

D7-19 Preguntas, preguntas Lee las siguientes preguntas. Después, mientras escuches la conversación de nuevo, contesta las preguntas brevemente.

1. ¿Cómo ayudan los niños a sus padres?

_____

_____

2. ¿Quién es Mateo Ramos?

_____

_____

3. ¿Dónde trabaja?

_____

_____

4. ¿Qué cuenta Roberto sobre su experiencia como intérprete?

_____

_____

5. ¿Qué problemas tenía Tina?

_____

_____

6. ¿En qué idiomas se sentían frustradas Tina y Patricia?

_____

_____

7. ¿Por qué se asustaba Patricia?

_____

_____

8. ¿Por qué fue al hospital?

_____

_____

9. ¿Qué pasa cuando los inmigrantes se enfrentan a la burocracia de habla inglesa?

_____

_____

10. Según Roberto, ¿qué creen muchos padres? ¿Qué cree él?

_____

_____

Después de escuchar

D7-20 ¿Cómo habrán reaccionado? Después de escuchar los comentarios de Roberto, Tina y Patricia, ¿cómo crees que habrán reaccionado sus padres? ¿Se habrán enfadado con ellos? ¿Se habrán asustado? Escribe una reacción para los padres de cada persona.

1. Roberto

_____

_____

_____

2. Tina

_____

_____

_____

3. Patricia

_____

_____

_____

D7-21 ¿Qué opinas? Decide si estás de acuerdo con las oraciones y explica tus respuestas.

1. Ser bilingüe para un niño es muy frustrante.

_____

_____

_____

_____

_____

_____

2. Los padres tienen la obligación de aprender inglés; no deben utilizar a sus hijos como intérpretes.

_____

_____

_____

_____

_____

_____

3. Los padres deben apoyar a sus hijos para que aprendan dos idiomas.

_____

_____

_____

_____

_____

_____

4. Los niños de padres de origen hispano hablan perfectamente el español.

_____

_____

_____

_____

_____

_____

Tercera etapa: Redacción

¡Alto! Before beginning the **Tercera etapa**, study the **Repaso de gramática** on pages 200–202 of your textbook and complete the accompanying exercises.

Introducción a la escritura

El análisis El análisis es una forma de exposición. Tiene como propósito el estudio de varias partes relacionadas a un tema específico. Una exposición analítica de la casa, por ejemplo, trataría de los diferentes cuartos, del sistema de calefacción y refrigeración, de la electricidad, etcétera. Un análisis es la «distinción y separación de las partes de un todo». Un análisis normalmente es un escrito que informa al lector.

Al identificar el tema para un análisis, hay que determinar sus elementos esenciales. El análisis de un cuento revela los siguientes elementos.

- la presentación
- la complicación
- el clímax
- el desenlace
- el escenario
- el narrador
- los personajes
- el punto de vista
- el tono

Después de identificar los elementos importantes, el escritor los organiza y los describe según un orden lógico. Las siguientes frases se utilizan con frecuencia en una exposición analítica.

Frases para analizar	Divisiones de una entidad
componerse	aspecto
comprender	elemento
consistir en	estrato
constar de	función
descomponerse en	nivel
dividirse en	parte
formarse de	segmento
separarse en	

Pequeño diccionario

Estudia las siguientes palabras y frases para comprender mejor el ejemplo, «¡La conga sigue adelante!» Busca las palabras en el texto y usa dos o tres para escribir oraciones originales en una hoja aparte.

azar *m.* Casualidad, caso fortuito.
conga Danza popular de Cuba, de origen africano, que se ejecuta por grupos colocados en fila doble y al compás de un tambor.

descifrar *v. tr.* Penetrar y declarar lo oscuro, intrincado y de difícil inteligencia.
pese a Contra la voluntad o el gusto de las personas.

D7-22 Ejemplo: *Life on the Hyphen* El siguiente análisis de los cubano-americanos apareció en una reseña del libro *Life on the Hyphen: The Cuban-American Way*. Mientras leas, subraya las palabras y frases que indican el análisis de este tema.

Preguntas de orientación

As you read the article, «¡La conga sigue adelante!», use the following questions as a guide.

1. ¿Quién escribió el libro *Life on the Hyphen: The Cuban-American Way*?

2. ¿Cuál es el tema del libro?

3. ¿En que período se enfoca el libro?

4. ¿Cuáles son los dos elementos siempre presentes en la cultura cubano-americana?

5. Según el crítico, ¿cuál es la parte más interesante del libro? ¿Por qué?

6. ¿Cómo se analiza la vida del exiliado cubano?

7. ¿Cuál es la «generación 1,5»?

8. ¿Cuáles son los aspectos positivos del libro?

¡La conga sigue adelante!

por José B. Fernández

*L*ife on the Hyphen: The Cuban-American Way, escrito por el profesor cubano-americano Gustavo Pérez Firmat, no es otro de los tantos libros que tratan del ya gastado tema de analizar la presencia cubana en Estados Unidos, basándose en cifras y estadísticas. Este libro, por el contrario, se concentra en su totalidad en descifrar el enigma de ser cubano-americano, usando como punto de partida la cultura popular. Así, pues, *Life on the Hyphen: The Cuban-American Way* nos ofrece una cosmovisión acerca de las repercusiones sociológicas y psicológicas de lo que representa ser cubano-americano durante la segunda mitad del siglo XX.

Según el autor, hay dos elementos omnipresentes en la cultura cubano-americana: la tradición y la traslación. En otras palabras, el cubano, pese a los azares de la vida, no pierde sus raíces sino más bien las lleva consigo. La parte más interesante de la introducción es aquélla donde trata del tema del exilio, ya que desde el punto de vista cultural, el fenómeno del exilio es uno de los más interesantes.

De acuerdo con Pérez Firmat, la vida del exiliado cubano en Miami se divide en tres etapas, las cuales concuerdan con las tres décadas de la revolución cubana. La primera etapa, la de los años 60, es caracterizada por la ansiedad del retorno a la patria y la nostalgia. La segunda etapa, la de los años 70, concuerda con la consolidación de la revolución. Dicha etapa es una cargada de un sentido de destitución y alienación por parte del cubano. Los años 80 trajeron consigo la institu-cionalización de la revolución y a la vez la institucionalización del exilio. Al analizar todas estas etapas, el autor provee una interesantísima observación acerca de lo que él ha bautizado con el nombre de la «generación 1,5». En esta generación están incluidos los verdaderos cubano-americanos, es decir, aquellos seres que nacieron en Cuba pero que pasaron su niñez o adolescencia en Estados Unidos. Desde el punto de vista psicológico y cultural, los miembros de la «generación 1,5» no son ni cubanos ni anglos, sino más bien cubanglos.

***

Life on the Hyphen: The Cuban-American Way es una obra clave en la captación de la cultura cubano-americana, por cuanto nos ofrece un panorama a diversos niveles, sin retórica, sin entusiasmos trasnochados de uno u otro signo, sino la observación de la vida del cubano-americano con mirada de indulgente y fresca ironía. Libro íntegro, abrumador, aplastante, *Life on the Hyphen: The Cuban-American Way* es de gran valor para todos aquéllos interesados en la cultura cubano-americana. ¡La conga sigue adelante!

Everybody gather 'round now,
let your body feel the heat.
Don't worry if you can't dance,
let the music move your feet.
It's the rhythm of the islands
with the sugarcane so sweet.
If you want to do the conga
you've got to listen to the beat.

D7-23 Organización Revisa el análisis y completa el siguiente esquema con la información adecuada.

Título	
Elementos importantes de la cultura cubano-americana	
Etapas de la vida en exilio	

Antes de redactar

D7-24 Escoger el tema Hay un sinfín de posibilidades para un análisis. Generalmente, es mejor que escojas un tema que conozcas bien... tal vez puede ser un tema relacionado con tus estudios. La siguiente tabla ofrece algunos ejemplos.

Tema	Categorías	Vocabulario clave
la nutrición	• verduras y frutas • productos lácteos • granos y cereales • carnes	• vitaminas... • calcio... • carbohidratos... • grasa, colesterol...
la poesía	• verso • rima • estrofa • plano	• libre, con rima... • asonante, consonante... • ABBA... • personal, representativa...
las camionetas	• tracción • peso • tamaño	• a dos/cuatro ruedas • toneladas • deportivo, grande

Ahora, escoge un tema.

D7-25 Generar ideas Determina los elementos esenciales y el vocabulario clave que correspondan con el tema de tu análisis. Completa el siguiente esquema.

Tema	Elementos esenciales	Vocabulario clave

D7-26 Bosquejo Usa el esquema anterior como punto de partida y organiza tu análisis en orden lógico. Completa el siguiente bosquejo.

Título _____

Introducción _____

Párrafos _____

_____

_____

_____

_____

Conclusión _____

_____

¡Adelante! After completing your composition, review it carefully for organization, content, spelling, and grammar. Then take your composition to class, where you will work with a partner to edit it.

A redactar

En una hoja aparte, escribe un análisis del tema que hayas escogido. No te olvides de incluir algunas frases de la lista de la página 156.

Grammar
- Relatives
- Ser and estar

Functions
- Weighing the evidence

Sugerencias para usar la computadora

Cómo usar tablas Si tu programa de procesamiento de palabras tiene una función que permite construir tablas, úsala para organizar tu composición en forma de notas como las de los ejemplos de **D7-24** de esta etapa.

Mi diario ¿Hay empresas latinas —tiendas, supermercados o restaurantes— en tu comunidad? ¿Conoces a alguien que sea cubanoamericano, méxicano-americano, puertorriqueño o de otro grupo étnico? Sobre las siguientes líneas, escribe tus observaciones acerca de esa empresa o persona. ¿Se conforma con tu propio grupo étnico o difiere de él?

Mi diario

Capítulo 8

Fenómenos extraños

El iguana

Primera etapa: Preparación

Estudio de palabras: Los sinónimos

Synonyms are words that are similar in meaning. A careful writer will select the word that makes the phrase as clear as possible. For example, in English, laughing, giggling, snickering, and guffawing are considered to be synonyms, but you know that giggling and guffawing are two extremes of laughing. Learning synonyms for words that you use frequently is another way to expand your vocabulary and will enable you to express yourself more clearly.

D8-1 Diferencias Sin usar un diccionario, explica las diferencias entre las siguientes palabras, según el ejemplo.

alguien que trabaja, estudia o vive con otra persona y comparte las mismas experiencias	compañero/amigo	una persona con quien se tiene amistad
	casa/hogar	
	pez/pescado	

D8-2 Investigación Ahora, usa tu diccionario y escribe dos sinónimos para cada palabra de la siguiente lista. Después, escribe una oración original con cada sinónimo.

1. eficaz _____ _____

_____

_____

2. sobrenatural _____ _____

_____

_____

3. broma _____ _____

_____

_____

4. lamentar _____ _____

_____

_____

5. emitir _____ _____

_____

_____

D8-3 Unas oraciones descriptivas Estudia las siguientes oraciones. Después, usa tu diccionario y busca sinónimos para expresar mejor las ideas indicadas. Nota que, en algunos casos, el sinónimo cambia completamente el significado de la oración.

Ejemplo: La fruta tiene un sabor **dulce.**
exquisito, delicioso

1. La niña tiene una personalidad **dulce.**

_____ _____

2. El niño es **alto.**

_____ _____

3. Los precios son **altos.**

_____ _____

4. El hombre me dio una respuesta **seca.**

_____ _____

5. Con el deshumidificador, el ambiente de la casa está **seco.**

_____ _____

D8-4 ¿Sabía usted que... ? Estudia los datos sobre camellos y busca dos sinónimos para cada palabra o frase en cursiva.

¿Sabía usted que... ?

¿Sabe usted que se puede *cabalgar* en camello hasta 160 kilómetros diarios y a una *velocidad* de 16 kilómetros por hora, en condiciones ambientales que *difícilmente* soportarían otros animales? *Lo extraño* es que los camellos, aun cuando *toman* cierta velocidad, no marchan nunca al galope, sino al paso: mueven al mismo tiempo las patas de la derecha y luego las de la izquierda y no alternativamente, como los demás cuadrúpedos.

1. cabalgar

_____

2. velocidad

_____

3. difícilmente

_____

4. lo extraño

_____

5. toman

_____

Segunda etapa: Comprensión auditiva

Sugerencias para escuchar mejor

Cómo inferir Before you begin listening to each segment in this **etapa**, identify the format or purpose of each presentation. Is it a news report? a lecture or a speech? a commentary? a conversation?

- A news report covers the major points of an event, presents the details to clarify or explain the actions that occurred, and gives the outcome.
- A lecture or a speech is intended to persuade or to argue a particular point of view with the hope of producing a favorable response from the listener.
- A commentary requires the listener to reflect upon, draw inferences from, and evaluate the logic of the arguments being offered.
- A conversation may include elements of all of these formats.

A speaker generally expects you to share some common assumptions. Therefore, before listening to the passage, it is important that you activate your background knowledge by reflecting on the topic and the purpose of the presentation.

Audio 8-1: Animales extraños

Track 2-8

¡Alto! Before working on **Audio 8-1,** review the **Repaso de gramática** on page 224 in your textbook, complete the accompanying exercises in the **Práctica de estructuras** of the *Diario de actividades,* page PE-40, and work on the in-class activities for **Función 8-1.**

Animales en las noticias A veces las mascotas salen en las noticias por sus actuaciones valientes como por haber salvado a sus dueños o por haber viajado días para regresar a casa. Los reportajes que vas a leer y escuchar ahora presentan relatos de animales que merecen estar en «Aunque Ud. no lo crea de Ripley».

Antes de escuchar

D8-5 Las ranas Estudia el artículo sobre las ranas y explica brevemente por qué crees que ellas querían vengarse.

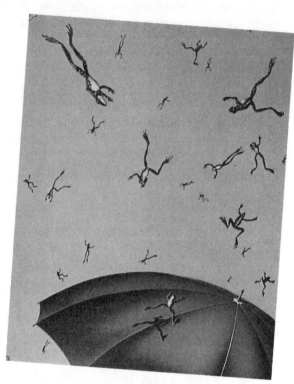

«Ocupan» una ciudad iraní
LA VENGANZA
DE LAS RANAS

CENTENARES de miles de ranas invaden la ciudad portuaria iraní de Qazian, en el mar Caspio, y ocupan calles de esa localidad, informa la agencia iraní de noticias IRNA.

La fuente añade que las ranas proceden de la marisma de Anzali, próxima a la ciudad, inundada con un caudal de agua mayor que el habitual. Sin embargo, antes de 1979 había en esa localidad una fábrica donde se criaban ranas, y se enlataba su carne para la exportación, que ahora parecen vengarse.

_____

_____

_____

_____

_____

D8-6 Mi mascota necesita psicólogo ¿Conoces a un perro o un gato que se comporte mal cuando su amo o ama lo deje solo en casa? Esto también es una forma de «vengarse».

> **Ejemplo:** *Mi amigo tiene un perro que se comporta mal cuando está solo. Una vez cuando su amo había salido por la noche, el perro empezó a romper los cojines del sofá...*

_____

_____

_____

Pequeño diccionario

El reportaje sobre el cazador y un pato contiene algunas palabras y frases desconocidas. Antes de escuchar el reportaje y antes de hacer las actividades, estudia el **Pequeño diccionario** y usa dos o tres palabras en oraciones originales en una hoja aparte.

apretar (ie) *v. tr.* Oprimir, hacer presión sobre algo o alguien.
atravesar *v. tr.* Cruzar.
cazar *v. tr.* Captar un animal para matarlo.
chapa Hoja o lámina metálica.
escopeta Arma de fuego con uno o dos cañones que suele usarse para cazar.
herir (ie, i) *v. tr.* Lesionar.
gatillo Disparador de las armas de fuego.

inicio de la temporada Comienzo, principio de una estación.
meter la pata *v. tr.* Decir o hacer una cosa estúpida; equivocarse.
pata Pie de un animal.
pisar *v. tr.* Poner el pie (o la pata) sobre algo.
proyectil *m.* Bala, bomba u otro cuerpo lanzado con armas de fuego.
vengar *v. tr.* Causarle mal a alguien como pago de un daño recibido.

A escuchar

D8-7 Eventos principales Lee las siguientes preguntas. Después, mientras escuches el reportaje en tu CD, contesta las preguntas.

1. ¿Dónde ocurrió el incidente?

_____

2. ¿Dónde puso al pato Larry Lands?

_____

3. ¿Por qué quería llevarlo a casa?

_____

4. ¿Quién sacó al pato?

_____

5. Y el pato, ¿cómo disparó la escopeta?

_____

D8-8 ¿Cómo respondería Lands? ¿Cómo crees que Lands respondería a las siguientes preguntas del periodista si lo entrevistara en el hospital?

1. ¿Por qué había salido usted a cazar esta mañana?

   _____

2. ¿Quién lo acompañó?

   _____

3. ¿Dónde fueron a cazar?

   _____

4. ¿Cuántos patos habían cazado?

   _____

5. ¿Por qué pusieron las escopetas cargadas en el camión?

   _____

6. Si el pato estaba en la parte trasera de la camioneta y usted estaba afuera, ¿cómo lo hirió?

   _____

7. ¿Por qué le puso dos multas el policía?

   _____

8. ¿Piensa ir de caza otra vez?

   _____

Después de escuchar

D8-9 El pato vengador Estudia el artículo que apareció en la revista *Mía* de Venezuela sobre el mismo incidente. Usando las preguntas de **A escuchar** como guía, escribe algunos de los detalles que faltan o que cambiaron en esta versión.

El pato vengador

Habían cazado un hermoso pato que pensaban cocinar esa misma noche. Orgullosos por el éxito de la jornada de caza, Larry Lands y su hijo se dispusieron a enseñar el ave a sus vecinos de Potosí (Montana, Estados Unidos). Cuando el hijo cogió al animal comprobó que sólo estaba malherido. El pato intentó zafarse y, en un descuido del muchacho, el ave pisó con una pata el gatillo del arma. El proyectil fue a parar en la pierna de su padre, que resultó herido.

Ejemplo: *En la primera versión no habían pensado en cocinar el pato.*

_____

_____

_____

_____

_____

_____

_____

_____

_____

D8-10 Un caso personal ¿Has tenido un encuentro extraño con algún animal o con una mascota? ¿Te ha asustado un perro o un gato? Usando el artículo
anterior como ejemplo, escribe una breve descripción sobre este encuentro. Si
no has tenido un encuentro extraño, usa la imaginación y escribe una experiencia de ficción.

Ejemplo: *Cuando llegué a casa por la noche, mi gata ya había saltado encima del
piano para atacar el pájaro.*

_____

_____

_____

_____

_____

_____

_____

_____

_____

¿Amigos o enemigos?

Track 2-9

¡Alto! Before working on **Audio 8-2**, review the **Repaso de gramática** on pages 225–226 in your textbook, complete the accompanying exercises in the **Práctica de estructuras** of the *Diario de actividades,* page PE-41, and work on the in-class activities for **Función 8-2**.

Audio 8-2: Misterios de nuestro mundo: Un pueblo entero, visitado por OVNIs en la Florida

Los OVNIs Los OVNIs visitan la tierra. ¿Has visto o conoces a alguien que haya visto un objeto volador no identificado (OVNI)? Muchos científicos rechazan la existencia de platillos voladores, de seres extraterrestres y de fenómenos paranormales. Sin embargo, hay revistas como *Espacio y tiempo, Año cero* y *Más allá* que ofrecen historias y fotografías de encuentros con naves espaciales en la tierra, bajo el mar y en el espacio. Ahora, vas a leer y escuchar algunos relatos que presentan evidencia sobre la existencia de los OVNIs en Estados Unidos y México y, que tratan de justificar estas observaciones.

Antes de escuchar

D8-11 OVNIs sobre Chihuahua Estudia el artículo «Aterrizaje y huida en San Miguel de los Achondo». Después, escribe una lista de palabras que describan el objeto o que se asocien con el aterrizaje y la huida del OVNI.

_____

_____

_____

_____

_____

_____

_____

_____

Aterrizaje y huida en San Miguel de los Anchondo

El febrero pasado, más de cien habitantes del poblado de San Miguel de los Anchondo (en el estado de Chihuahua) observaron en el cielo una esfera de apariencia metálica y brillante, de cerca de dos metros de diámetro, que aterrizó a unos 1.500 metros de la población. Antonio Nájera, Benjamín Romero y Francisco Ruiz, vecinos de San Miguel, decidieron aproximarse. Cuando se encontraban a sólo cien metros del lugar, el objeto volador de nuevo tomó altura, se dirigió hacia el norte, cambió su rumbo hacia el oeste y finalmente ascendió hasta desaparecer a toda velocidad. A juzgar por el relato de los testigos presenciales, la esfera parecía estar hecha de una sola pieza, sin soldaduras, y en ella no se distinguían puertas o ventanas. Pero lo más extraño es que «aquello» no dejó una sola huella en el lugar donde supuestamente aterrizó. Sin embargo, según pudimos averiguar, en el cerro Las Mujeres, próximo a esta localidad, una industria había descubierto ingentes cantidades de uranio en la zona. ¿Simple casualidad?

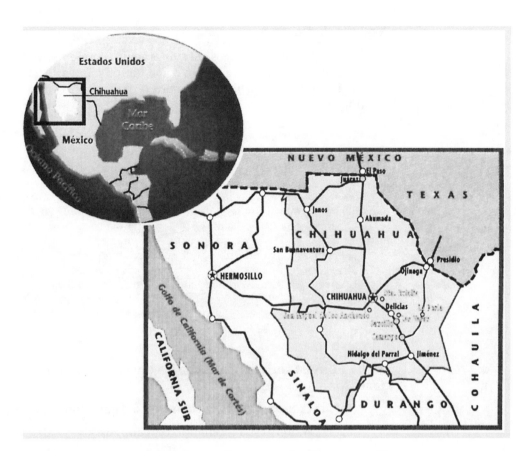

D8-12 OVNIs triangulares Una de las facetas que más desconcierta a los investigadores del fenómeno OVNI es la diversidad de formas y tamaños que manifiestan las naves. ¿Qué formas tienen? ¿De qué tamaños son? Dibuja lo que piensas que es el OVNI perfecto y describe brevemente su forma y su tamaño.

Pequeño diccionario

Los comentarios de los testigos del avistamiento contienen algunas palabras y frases desconocidas. Antes de escuchar los comentarios y antes de hacer las actividades, estudia el **Pequeño diccionario** y usa dos o tres palabras en oraciones originales en una hoja aparte.

acontecimiento Suceso importante.	**dar tumbos** *v. tr.* Tener dificultades y tropiezos.
animar *v. tr.* Iluminar (el horizonte).	**descartar** *v. tr.* Apartar (una cosa de sí), rechazarla.
apresurarse *v. refl.* Darse prisa.	**avalar** *v. tr.* Garantizar (un documento de crédito) por medio de aval.
averiar *v. tr.* Producir un desperfecto en un aparato, instalación, vehículo.	**nave** *f.* Avión u otro objeto volador.
bambolear *v. intr.* Moverse una persona o cosa de un lado para el otro, sin perder el sitio.	**objeto volador** Platillo volante; OVNI.
	percatarse *v. refl.* Advertir, darse cuenta, considerar, cuidar.
corroborar *v. tr.* Dar mayor fuerza a la razón.	**someter** *v. tr.* Hacer que una persona o cosa reciba o soporte cierta acción.
	veracidad Calidad de decir o profesar siempre la verdad.

A escuchar

D8-13 El avistamiento Escucha la conversación en tu CD y decide si las oraciones son verdaderas (**V**) o falsas (**F**).

_____ **1.** Era la hora de la cena cuando el avistamiento ocurrió.

_____ **2.** Ed Walters estaba cenando con amigos.

_____ **3.** El objeto brillaba encima de la base militar.

_____ **4.** Después de sacar la foto, no pudo moverse.

_____ **5.** De pronto, se encontró dentro de una luz amarilla.

_____ **6.** Múltiples avistamientos ocurrieron.

_____ **7.** En la comunidad, Ed Walters parece ser una persona muy responsable.

_____ **8.** También varios pilotos comunicaron haber visto el objeto.

_____ **9.** Desde el torre de control les parecía que la nave estaba atacando los aviones.

_____ **10.** Hasta ahora, el caso no está resuelto.

D8-14 A continuación Lee las siguientes preguntas. Después, mientras escuches la conversación de nuevo, contéstalas brevemente.

1. ¿Dónde y cuándo apareció el OVNI?

_____

2. ¿Quién lo vio?

_____

3. ¿Qué tipo de instalación hay cerca de Gulf Breeze?

_____

4. ¿Qué pensó que era al principio?

_____

5. ¿Qué tiempo hacía?

_____

6. ¿Por qué entró en su casa otra vez?

_____

7. ¿Qué pasó cuando fue a tomar una foto desde otra perspectiva?

_____

8. ¿Quiénes corroboraron su relato?

_____

9. ¿A qué pruebas se sometieron los observadores?

_____

10. ¿Dónde trabaja Jorge García y qué vio?

_____

Después de escuchar

D8-15 ¿Cómo serán? Gracias a películas como *X Files, Alien, Mars Attacks* y *Men in Black,* todo el mundo tiene una idea de lo que es un extraterrestre. Escribe cinco oraciones que describan lo que Ed Walters habría dicho sobre un ser de otra galaxia que nos pudiera visitar.

Ejemplo: *El ser tendría la cabeza muy grande y muy poco pelo.*

_____

_____

_____

_____

_____

D8-16 ¿Lo crees o no? ¿Crees que la información que se presentó sea verdadera? ¿Has quedado convencido/convencida de que el OVNI aterrizó en Gulf Breeze? Escribe un párrafo, citando ejemplos de la entrevista para explicar por qué aceptas o por qué rechazas las explicaciones.

Ejemplo: *Yo no habría creído lo que Ed Walters estaba viendo, si no fuera porque el aire estaba en silencio.*

_____

_____

_____

_____

_____

_____

_____

_____

_____

_____

Nombre _____ Fecha _____

Audio 8-3: ¿Realidad o fantasía?

Track 2-10

¡Alto! Before working on **Audio 8-3,** review the **Repaso de gramática** on pages 226–227 in your textbook, complete the accompanying exercises in the **Práctica de estructuras** of the *Diario de actividades,* pages PE-41–PE-42, and work on the in-class activities for **Función 8-3.**

Criptozoología Durante años, montañeses, marineros, exploradores y habitantes de lejanas e inaccesibles regiones, han relatado avistamientos de animales que no pertenecen a la zoología tradicional y los han llamado «monstruos». La gran cantidad de fotografías y semipruebas de la existencia de estos animales generó la criptozoología, la cual se encarga de investigar y catalogar a estos seres desconocidos por la ciencia. Hay una alta posibilidad de que estas criaturas realmente vivan, ya que la mayor parte de los océanos, montañas y selvas tropicales se encuentran inexplorados, guardando la posibilidad de esconder criaturas de gran tamaño e incluso animales que hoy se creen extintos. Ahora vas a escuchar unos relatos sobre algunos de éstos.

Antes de escuchar

D8-17 Criptozoología 101 Empareja los siguientes «personajes» reconocidos mundialmente, con sus descripciones. Sí necesitas ayuda, busca criptozoología (el estudio científico de criaturas o animales escondidos o desconocidos) en Internet o en la biblioteca.

_____ 1. Mokele Mbeme

_____ 2. Ogopogo

_____ 3. El monstruo del Moor

_____ 4. Mapinguari

a. Es relativamente una nueva especie. Se describe parecido a un gato grande, de pelo corto y negro o gris oscuro y, con ojos amarillos luminosos. La mayoría de los testigos lo describe como un puma, pero este tipo de animal no existe en Inglaterra.

b. Gigantescos seres peludos, simiescos, conocidos por una variedad de nombres, mayormente indígenas, cuya supuesta existencia se da en regiones remotas de Norteamérica.

c. Humanoide con ojos rojos que ha tenido vistamientos en Puerto Rico, México y Estados Unidos, y que provoca graves quemaduras en sus víctimas.

d. Una extraña criatura de tres pies de alto, con un peso entre las 50 y 75 libras, el cuerpo como de piel de lagarto y la cara semejante a una rana.

_____ **5.** Monstruo del lago Ness

e. Una extraña criatura acuática de gran tamaño de cuerpo inmenso, largo cuello y cabeza pequeña que ha sido vista ocasional- mente, e incluso fotografiada. A veces emerge a la superficie y otras veces nada justamente debajo de ella, dejando una estela similar a la de las lanchas de carreras.

_____ **6.** Yeti o Sasquatch

f. Ha sido descrito como un oso grande noc- turno, cubierto de pelo rojo que camina erecto como un hombre, con cara de fac- ciones humanas con un peso aproximado de unas 600 libras. Vive en la selva del Amazonas, Brasil.

_____ **7.** Mothman

g. Hace cientos de años que se vienen ha- ciendo reportes de avistamientos de esta entidad por los residentes de la ciudad de New Jersey, de ahí su nombre. Las descrip- ciones de la bestia varían: algunos lo ase- mejan a un dragón y otros lo describen como parecido a un Patagrande con alas.

_____ **8.** El Diablo de Jersey

h. Llamado «Hombre Polilla», es una figura más grande que un hombre, con alas grises y ojos rojos, con unas enormes alas. Cuando se le vio, iba de un lado al otro de la carretera. Despegó verticalmente en Point Pleasant, West Virginia.

_____ **9.** La rana de Loveland

i. Visto en África, es un dinosaurio her- bívoro de este continente con cuello largo, del tamaño de un elefante.

_____ **10.** Chupacabras

j. También llamado el Diablo del lago, es una gigantesca serpiente marina verde que habita en el lago Okanagan en Kelowna, Canadá.

D8-18 En mi niñez ¿Cuáles son algunos de los monstruos o seres extraños que te asustaban de niño/niña? ¿Tenías miedo del Hombre Lobo? ¿de la Momia? ¿de los fantasmas? Escribe una breve descripción de algunos de los personajes de tus pesadillas infantiles.

_____

_____

_____

_____

_____

_____

_____

Pequeño diccionario

El reportaje sobre unos seres extraños contiene algunas palabras y frases descono-cidas. Antes de escuchar el reportaje y antes de hacer las actividades, estudia el **Pequeño diccionario** y usa dos o tres palabras en oraciones originales en una hoja aparte.

águila Ave rapaz con pico corro en la punta, de vista perspicaz, fuerte musculatura y vuelo rapidísimo.

águila

alejar *v. tr.* Poner lejos o más lejos (a una persona o cosa).

apoderarse *v. refl.* Hacerse dueño (de una persona o cosa) violentamente.

ave *f.* Pájaro de tamaño grande como gallinas, pavos, águilas.

ave

calamar *m.* Molusco cefalópodo decápodo marino, comestible, de cuerpo alargado, con una especie de aleta triangular a cada lado y dos de sus brazos muy prolongados.

desaparecer *v. intr.* Ocultarse, quitarse de la vista de uno.

desembocadura Paraje donde un río, canal, etc., desemboca en otro, en el mar o en un lago.

garra Pata del animal armada de uñas corvas, fuertes y agudas.

garra

hallazgo Acción de encontrar algo o a alguien.

huella Señal que deja el pie en la tierra que se pisa.

rebaño Grupo grande de ganado, espe-cialmente de ovejas.

validez *f.* Calidad de ser cierto.

A escuchar

D8-19 ¿Cómo es? Escucha el reportaje sobre los seres extraños en tu CD y escribe algunos apuntes para cada descripción.

_____

_____

_____

_____

_____

_____

_____

_____

_____

D8-20 Comprensión Ahora, lee las preguntas antes de escuchar el CD de nuevo. Después, contéstalas brevemente en español.

1. ¿Cuándo descubrieron el primer monstruo vivo? ¿Qué tipo era?

_____

2. ¿Cuál fue el otro hallazgo en el mar?

_____

3. ¿Qué otros monstruos se mencionan en la introducción?

_____

4. ¿Qué evento trágico ocurrió en Missouri?

_____

5. ¿De qué murió?

_____

6. ¿Qué criaturas extrañas hay en el mar?

_____

7. ¿Dónde hay otros ejemplos de hombres de las nieves?

_____

8. ¿Cuándo y dónde fue uno de los primeros avistamientos en Estados Unidos?

_____

9. ¿Cuánto medían sus huellas?

_____

10. ¿Cuál es el enigma más reciente y dónde hubo avistamientos?

_____

Después de escuchar

D8-21 Y tú, ¿qué crees? Después de escuchar el reportaje ¿qué piensas tú? ¿Son mitos? ¿Son nuevas especies de animales, hasta ahora era desconocidas? Escribe un párrafo, explicando por qué crees o rechazas la idea de uno de los seres mencionados.

_____

_____

_____

_____

_____

_____

D8-22 Explicaciones lógicas Después de escuchar esta narración, ¿piensas que hay explicaciones lógicas por estos eventos? Intenta dar unas explicaciones de lo que pudiera haber pasado con el pobre Jemmie Kenney en Missouri y con la serpiente gigante en el lago Ness.

Ejemplo: *A mí me parece que la gente habría reaccionado de una forma completamente diferente si hubiera visto...*

_____

_____

_____

_____

_____

_____

_____

_____

_____

Tercera etapa: Redacción

¡Alto! Before beginning the **Tercera etapa**, study the **Repaso de gramática** on pages 227–228 of your textbook and complete the accompanying exercises.

Introducción a la escritura

La persuasión Una de las técnicas de redacción más importantes es la persuasión. Encontramos la persuasión cuando leemos propaganda y reseñas de libros, obras de teatro, películas e interpretaciones musicales. Además, los periódicos y las revistas populares están saturados con editoriales, testimonios y cartas persuasivas.

Para persuadir a un lector / una lectora, es necesario escribir en un estilo claro, convincente y elegante, para que la persona entienda bien el argumento y se sienta convencida. Para utilizar esta técnica, uno puede emplear varios recursos, entre ellos:

- ilustrar la oración principal con detalles, ejemplos, datos, estadísticas, citas y referencias.
- combinar oraciones y frases elegantemente.
- utilizar frases de transición adecuadas.

Las transiciones se pueden agrupar según sus funciones. Estudia las siguientes frases y palabras.

Frases y palabras de transición	
Las que **introducen** una idea	• con respecto a *with respect to, with regard to* • en cuanto a *as to, with regard to* • trata de *deals with, speaks about* • tiene que ver con *has to do with*
Las que expresan un **orden cronológico**	• al fin, por fin *finally* • al principio *at the beginning* • en resumen *in short, to sum up*
Las que expresan relaciones de **tiempo, espacio** o **importancia**	• anteriormente *previously, formerly* • en particular *in particular* • hasta ahora *until now* • hasta aquí *up to this point*
Las que demuestran un **punto semejante** o que **unen**	• además *moreover, furthermore* • del mismo modo *in the same way, similarly* • ni... ni *neither . . . nor* • o... o *either . . . or* • pero *but* • también *also* • tampoco *neither, not either, either* • y *and*

(Continued)

Frases y palabras de transición	
Las que **contrastan**	• al contrario *on the contrary* • aunque *although* • pero *but* • por otra parte *on the other hand* • sin embargo *nevertheless, however*
Las que anticipan una **conclusión**	• así (que) *so (that), thus, in this manner* • como *as* • por eso *for that reason* • ya que *since, inasmuch as*

Para hacer transiciones elegantes entre oraciones o párrafos, utiliza las siguientes técnicas.

- Repite una porción de la sección anterior.

  Hay mucha controversia en cuanto a la **educación pública** y la **educación religiosa**. Los partidarios de **la religiosa** creen que... mientras los defensores de **la pública**...

- Utiliza palabras y frases claves para mostrar el desarrollo de la tesis.

  La **situación actual** de la educación pública en Estados Unidos es bastante seria.

  Actualmente... con frecuencia culpan a los maestros por esta **situación**.

- Enumera las secciones.

  En primer lugar, los recursos económicos han disminuido.

  Segundo, hoy en día es necesario que las madres trabajen fuera de la casa.

Pequeño diccionario

Estudia las siguientes palabras y frases para comprender mejor el ejemplo, una carta al editor de una revista popular. Busca las palabras en el texto y usa dos o tres para escribir oraciones originales en una hoja aparte.

asombrar *v. tr.* Asustar, espantar; causar gran admiración.
aterrado/aterrada Aterrorizado.
carretera Camino público.
descompuesto/descompuesta Que no funciona.
gracia Sorpresa; chiste.

incendiar *v. tr.* Causar un fuego grande.
insólito/insólita Ni común ni ordinario.
llama Masa gaseosa en combustión.
semanario Periódico semanal.
señal *f.* Indicación.
tirar de a locos *v. tr.* Llamarle tonto (a alguien).

D8-23 Ejemplo: De camino a Chihuahua La siguiente carta al director y la respuesta de la dirección aparecieron en un periódico sensacionalista mexicano, *Semanario de lo insólito*. La carta cuenta una experiencia extraña que ocurrió de camino a la ciudad de Chihuahua, a unas dos horas de la frontera con Estados Unidos. Mientras leas la carta, subraya las frases que representan una forma de persuasión.

CARTAS AL DIRECTOR

Señor Editor:

Somos un grupo de lectores de su interesante *Semanario de lo insólito* y queremos comentarle que en el mes de enero viajábamos por la carretera que une a ciudad Jiménez con la ciudad de Chihuahua; serían como las 15 horas cuando de pronto ¡la carretera se incendió! Las llamas medían casi dos metros y desaparecieron después de unos instantes.

Detuvimos el carro, fuimos a investigar, pero no encontramos ninguna seña de fuego en el asfalto ni nada que pudiera provocarlo. Aterrados, quisimos continuar pero nuestro carro se había descompuesto. Dado lo desierto del lugar, no habría ningún otro automovilista que pudiera ver lo mismo que nosotros, por lo que nuestras familias nos han tirado de a locos en las últimas semanas. Como ya no aguantamos más, decidimos escribirles.

José Fuentes, Rosendo Llamas
y tres firmas más
San Luis de Potosí

P.D. A ver si hacen un reportaje.

Estimados lectores:
No pasa día sin que la naturaleza nos asombre con alguna de sus «gracias». Les sugerimos volver al lugar, llevar equipo de filmación o grabadoras y cámara fotográfica. Juntos, escriban la historia y aquí la publicaremos. Después de eso nadie les tirará de a locos.

D8-24 Organización Revisa la carta y completa el siguiente esquema con la información adecuada.

La persuasión	
Título	
Idea central	
Argumentos	

Antes de redactar

D8-25 Escoger el tema Como en todas las otras formas de redacción, es mejor que escojas un suceso extraño que conozcas bien. Podrías escoger, por ejemplo, un suceso extraño relacionado con tu especialización de estudios, con una organización para la que trabajes o con una causa importante que apoyes.

Ahora, escribe el título (el tema) para tu carta.

_____

D8-26 Generar ideas Ahora, vas a escribir una carta sobre algo extraño que te pasó, para que otros crean que realmente ocurrió. Escribe una lista de detalles convincentes que apoyen tu tema.

_____

_____

_____

_____

_____

D8-27 Bosquejo Usa el esquema que aparece a continuación para organizar tus ideas.

Un suceso extraño que experimenté	
Suceso extraño	
Introducción	
Argumentos	
Conclusión	

A redactar

En una hoja aparte escríbele una carta, basada en un suceso extraño al anfitrión de un programa de entrevistas de televisión. Intenta convencerle que te ocurrió de verdad. No te olvides de incluir algunas frases de la lista de las páginas 178–179. Intenta también de incluir algunas de las estructuras que estudiaste en el **Repaso de gramática** de las páginas 224–228 de tu libro de texto. Vas a usar tu carta en la sección **Cultura en acción** de este capítulo.

¡Adelante! After completing your composition, review it carefully for organization, content, spelling, and grammar. Then take your composition to class, where you will work with a partner to edit it.

Sugerencias para usar la computadora

Cómo combinar oraciones Aquí tienes la oportunidad perfecta para practicar la combinación de oraciones. Antes de revisar tu composición, guarda tu versión original y saca una copia con la que puedas experimentar. Utiliza las funciones de copiar, cortar y pegar para determinar los efectos estéticos de una variedad de combinaciones.

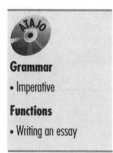

Grammar
• Imperative

Functions
• Writing an essay

Nos encantan las películas de terror.

Mi diario En la televisión, en la radio y en los artículos periodísticos se encuentran con frecuencia noticias de sucesos extraordinarios. Sobre las líneas siguientes, cuenta una situación «sensacionalista» que hayas leído o oído últimamente.

Mi diario

_____
_____
_____
_____
_____
_____
_____
_____
_____
_____
_____
_____
_____
_____
_____
_____
_____
_____
_____
_____
_____
_____
_____
_____

Capítulo 9

Fiestas y tradiciones

Baile folklórico de Sudamérica

Primera etapa: Preparación

Estudio de palabras: Los antónimos

Antonyms In the previous chapter you practiced expanding your vocabulary by learning synonyms. Using natural word associations such as antonyms (words with meanings that are opposites of each other) is another useful technique, for example, **caliente/frío, hablar/callar,** and **noche/día.** Learn these natural word groupings and place them in a personalized context so that when one word is mentioned, the other instantly comes to mind, for example, **Mi hermano es alto pero mi hermana es baja.**

D9-1 Contrastes Escribe un antónimo para cada una de las siguientes palabras. Después, usando cinco de estos antónimos, escribe oraciones originales.

1. triste _____
2. malo _____
3. viejo _____
4. casarse _____
5. arreglar _____

6. ampliar _____
7. grueso _____
8. urbano _____
9. bonito _____
10. oscuro _____

_____

_____

_____

_____

_____

D9-2 Oraciones Estudia las siguientes oraciones sobre una fiesta de cumpleaños. Después, escribe el antónimo correspondiente para cada palabra en cursiva.

Ejemplo: La fiesta va a *terminar* a las ocho.

       empezar

1. Yo *cerré* la puerta.

_____

2. Cuando entré al cuarto las luces estaban *encendidas*.

_____

3. Los demás invitados *se fueron* a las ocho.

_____

4. Esperamos terminar la fiesta antes *del mediodía*.

_____

5. Para mi cumpleaños yo *envié* muchas tarjetas.

_____

6. Las fiestas con mis amigos siempre son muy *aburridas*.

_____

7. La banda tocó canciones *tradicionales*.

_____

8. Bernardo bailó muy *mal*.

_____

9. El postre y el pastel estaban muy *amargos*.

_____

10. Nosotros *empezamos a* comer a la una de la mañana.

_____

D9-3 Al revés Una de las ilusiones visuales más famosas es este dibujo de las dos mujeres. Usando antónimos, escribe una breve descripción de las dos personas (una joven y la otra vieja) que ves en la ilustración.

_____

_____

_____

_____

_____

_____

_____

_____

_____

_____

Segunda etapa: Comprensión auditiva

Sugerencias para escuchar mejor

Cómo desarrollar conocimientos culturales (*Developing cultural understanding*)
You already know that having background knowledge of a particular culture can help you better understand what you read or hear. As you listen to the following commentaries about different types of celebrations, compare and contrast these behaviors and traditions with your own. You might also seek other visual information or written materials from a variety of sources. To understand a culture, simple travel guidebooks in your local bookstore or information from the embassy or tourist bureau of Spanish-speaking countries can provide a wealth of information about popular customs and traditions. You should also take advantage of opportunities outside the classroom to find out all you can about Spanish-speaking countries. For example, consider reading current newspapers on the Internet, watching films in Spanish, or becoming involved in your local Hispanic student association.

Audio 9-1: Carnaval de Santa Cruz de Tenerife

Track 2-11
¡Alto! Before working on **Audio 9-1,** review the **Repaso de gramática** on page 249 in your textbook, complete the accompanying exercises in the **Práctica de estructuras** of the *Diario de actividades,* pages PE-43–PE-44, and work on the in-class activities for **Función 9-1.**

El carnaval: Tradición y belleza Febrero es el mes del carnaval. Cada año las calles de Nueva Orleans se llenan de gente que celebra la fiesta del *Mardi Gras*. Durante tres días, la gente desfila en grupos, vestida de trajes llamativos, y baila al ritmo del jazz. ¿Pero sabías que también se celebra el carnaval en casi todos los países hispanos? Las fiestas de carnaval son de origen europeo. Fueron introducidas en las Américas por los españoles y portugueses. En muchos países hispanohablantes esta fiesta se celebra en otras fechas, pero los mejores carnavales del mundo tienen lugar exactamente cuarenta días antes de la Semana Santa. Ahora, vas a escuchar y leer comentarios sobre algunas de estas fiestas que se celebran en Santa Cruz de Tenerife, España.

El carnaval

Antes de escuchar

D9-4 En Estados Unidos ¿Qué tipo de desfiles hay en Estados Unidos? ¿Qué celebran? Completa el cuadro con información sobre tres o cuatro desfiles famosos.

Desfile	Ciudad	Fecha	Razón por la cual la celebración es importante

D9-5 Los desfiles A la mayoría de los niños le encantan los desfiles. Escribe un párrafo sobre un desfile en que participaste o que viste cuando eras niño/niña. Menciona dónde, cuándo y cómo era y con quién lo viste.

Ejemplo: *Cuando era niño/niña me encantaban los desfiles de Halloween. Siempre me vestía de príncipe/princesa porque...*

_____

_____

_____

_____

_____

_____

_____

Pequeño diccionario

Antes de escuchar unos comentarios sobre la historia del carnaval en Tenerife y antes de hacer las actividades, estudia el **Pequeño diccionario** y usa dos o tres palabras en oraciones originales en una hoja aparte.

acabar por ceder *v. intr.* Rendirse alguien, dejar de oponerse.
alcanzar *v. tr.* Llegar a igualarse con otro en alguna cosa.
amenazar *v. tr.* Dicho o hecho con que se da a entender con actos o palabras que se quiere hacer algún mal a otro.
aprobar (ue) *v. tr.* Dar por bueno o suficiente; asentir a doctrinas u opiniones.
brincar al son latino *v. intr.* Bailar con música latina.
bromas de máscaras Acción de poner en ridículo a personas o cosas.
clandestinamente Secretamente.
clandestino/clandestina Secreto, oculto.
congregar *v. tr.* Juntar, reunir múltiples cosas o personas en un lugar.
disfrazado/disfrazada De aspecto natural cambiado.

echarse a la calle *v. refl.* Salir a la calle.
multa Sanción económica que se impone por no cumplir la norma.
perseguido/perseguida Seguido por una persona con ánimo de alcanzarle.
santacrucero/santacrucera Santacruceño (de Santa Cruz de Tenerife); persona de Santa Cruz.
tinerfeño/tinerfeña De Tenerife o relativo a esta isla, que se encuentra en la comunidad autónoma de Canarias.
tolerar *v. tr.* Permitir o consentir algo sin aprobarlo expresamente.
transmitir (la tradición) *v. tr.* Transferir, comunicar.
vía pública Calle, plaza o lugar por donde transita el público.

A escuchar

D9-6 ¿Sí o no? Mientras escuches tu CD, indica si las oraciones son verdaderas (V) o falsas (F). Si son falsas, corrígelas.

_____ 1. El carnaval en Tenerife comenzó en el siglo XV.

_____ 2. El pueblo celebraba los carnavales en las vías públicas.

_____ 3. No hubo carnaval antes de la Guerra Civil española.

_____ 4. A partir de 1945 los tinerfeños comenzaron a celebrar el carnaval de forma clandestina.

_____ 5. El gobierno y la Iglesia católica autorizaron la celebración del carnaval antes de 1950.

_____ 6. Al principio de los sesenta, se nombró este festival «Fiestas de invierno».

_____ 7. En 1966 adoptaron el nombre «carnaval».

_____ 8. Hoy se considera como uno de los mejores carnavales del mundo.

Después de escuchar

D9-7 Consejos a un extranjero Escribe una lista de los consejos que le darías a un extranjero / una extranjera que esté en Estados Unidos por primera vez y que quisiera ir a un desfile como el del carnaval de Miami, el *Rose Bowl, Macy's, Mardi Gras* o el del día de San Patricio.

Antes de ir a _____, deberías...

_____

Durante el desfile hay que...

_____

Después del desfile también puedes visitar...

_____

D9-8 Trabajo de investigación Ahora, escribe un trabajo de investigación sobre otro festival de Carnaval en uno de los siguientes lugares del mundo hispanohablante. Usa Internet o una guía de turismo como punto de partida. Usa otra hoja de papel para escribir la información que encuentres en tu investigación. Incluye cuándo comenzó, el número de participantes, una descripción de las actividades, etcétera.

- El carnaval de Oruro (Oruro, Bolivia)
- El carnaval de Barranquilla (Barranquilla, Colombia)
- El carnaval de Campeche (Campeche, México)
- El carnaval de Cádiz (Cádiz, España)
- El carnaval de Mérida (Mérida, España)
- El carnaval de Mazatlán (México)
- Las llamadas (Montevideo, Uruguay)

Ejemplo: *Aunque la fiesta de carnaval fue introducida en México por los españoles en el siglo XVI, el carnaval en Mazatlán sólo tiene una tradición de cien años.*

Audio 9-2: La noche vieja

Track 2-12
¡Alto! Before working on **Audio 9-2,** review the **Repaso de gramática** on pages 249–250 in your textbook, complete the accompanying exercises in the **Práctica de estructuras** of the *Diario de actividades,* page PE-44, and work on the in-class activities for **Función 9-2.**

¿Cómo se celebra la noche vieja? Normalmente cuando pensamos en las fiestas de la noche vieja, tenemos recuerdos del champán, de los globos multicolores y los programas de televisión desde *Times Square.* En los países hispanohablantes hay una gran variedad de tradiciones que acompañan esta noche tan especial. Ahora, vas a oír hablar de las costumbres de España, Costa Rica y Puerto Rico.

El carnaval de Oruro, Bolivia

Antes de escuchar

D9-9 Símbolos de la noche vieja Cada país del mundo tiene sus costumbres particulares para celebrar la Noche Vieja. Mira algunas de las ilustraciones que frecuentemente aparecen en las tarjetas de felicitación y en los carteles que anuncian fiestas para el fin del año y escribe una breve descripción para los siguientes dibujos.

_____
_____
_____
_____
_____
_____

_____
_____
_____
_____
_____

_____
_____
_____
_____
_____

_____
_____
_____
_____
_____
_____

Nombre _____ Fecha _____

D9-10 Unos recuerdos ¿Cómo se celebra la noche vieja en tu familia? ¿Qué se hace tradicionalmente para esta fiesta? Escribe unos párrafos que incluyan la información siguiente.

- ¿Dónde se celebra la fiesta?
- ¿Cómo se prepara la fiesta?
- ¿Quiénes asisten?
- ¿Qué se bebe?
- ¿Qué se come?
- ¿Qué se hace a medianoche?
- ¿Qué hacen después de la medianoche?

_____

_____

_____

_____

_____

_____

_____

_____

_____

_____

_____

_____

Pequeño diccionario

Antes de escuchar las conversaciones sobre la noche vieja y antes de hacer las actividades, estudia el **Pequeño diccionario** y usa dos o tres palabras en oraciones originales en una hoja aparte.

almendra Nuez seca, ovalada.
budín *m.* Postre preparado con leche y fruta.
campanada Toque de la campana.
cubo Recipiente de metal o plástico de forma cilíndrica con mango, que se usa para la limpieza doméstica.
darse cuenta *v. refl.* Notar.

cubo

gandul *m.* Tipo de legumbre; guisante.
lanzar *v. tr.* Tirar.
me toca *v. tr.* Es mi turno.
montón de *m.* Mucho.
tembleque *m.* Tipo de flan con coco y canela.
uva Fruta redonda y jugosa, rica en vitamina C, de la cual se hace el vino.

uvas

A escuchar

D9-11 Entre amigos Estudia las siguientes preguntas. Después, mientras escuches la conversación entre Alicia, Ángel y Pepe, contesta las preguntas brevemente.

1. ¿Quién tiene fiesta en su casa?

   _____

2. ¿Qué fruta trajo Pepe?

   _____

3. ¿De dónde es Pepe? ¿Alicia? ¿Ángel?

   _____

4. ¿Adónde va la familia de Alicia para celebrar el fin del año?

   _____

5. En la casa de Ángel, ¿por qué escuchan la radio o ven la tele?

   _____

6. ¿A qué hora cenan en Puerto Rico?

   _____

D9-12 Unas costumbres interesantes Ahora, mientras escuches la conversación otra vez, completa la tabla para describir las costumbres.

País	Platos preparados	Bebidas
España		
Costa Rica		
Puerto Rico		

D9-13 ¿Cómo se celebra? ¿Puedes explicar cómo se celebra la noche vieja en los tres países? Escucha el CD de nuevo. Después, identifica el país y escribe una breve explicación.

Costumbre	País	Explicación
Cubo de agua		
Maleta		
Silla		
Uvas		

Después de escuchar

D9-14 Año nuevo, vida nueva Esta frase que se dice al iniciar el año, indica que uno se propone cambiar de vida. ¿Qué resoluciones haces normalmente al comienzo de cada año? Escribe cuatro oraciones, indicando lo que **no** vas a hacer para el año entrante.

Ejemplo: *Este año no voy a darle dinero a nadie.*

_____

_____

_____

_____

_____

_____

_____

D9-15 Te deseo buena suerte En las tarjetas de Navidad, muchas veces también se menciona el año nuevo. Estudia los siguientes ejemplos. Luego, escríbeles cuatro versos originales a unos parientes o amigos para desearles felices fiestas.

Un saludo para
desearles amor,
paz y felicidad en
Navidad y
el Año Nuevo.

Para desearte unas
alegres Navidades
Que todo tus
nobles anhelos
se cristalicen al llegar
el Año Nuevo

Pensando en ti
con cariño
En este tiempo
encantador,
Esperando que
el Año Nuevo
Te traiga lo
mejor.

Alegres Pascuas y
Año Nuevo
Sinceros deseos de
felicidad en las
presentes Pascuas y
dicha y prosperidad
para el Año Nuevo

Audio 9-3: La tomatina de Buñol

Track 2-13

¡Alto! Before working on **Audio 9-3,** review the **Repaso de gramática** on pages 251–252 in your textbook, complete the accompanying exercises in the **Práctica de estructuras** of the *Diario de actividades,* page PE-45, and work on the in-class activities for **Función 9-3.**

Una batalla de tomates Siempre en agosto mas de 30.000 personas se reúnen en la localidad valenciana de Buñol para una fiesta muy extraña. Esta peculiar fiesta consiste en una batalla donde los asistentes se lanzan tomates indiscriminadamente los unos contra los otros. Los antecedentes de esta «batalla» se remontan a 1944, cuando un grupo de jóvenes que almorzaban en un bar de Buñol recibieron varios tomatazos de un vecino. Ahora vas a escuchar y a leer unos comentarios sobre esta batalla.

La tomatina de Buñol

Antes de escuchar

D9-16 La tomatina Estudia los titulares de varios periódicos y contesta brevemente las siguientes preguntas.

1. ¿Dónde ocurre?

   _____

2. ¿Cuándo ocurre?

   _____

3. ¿Qué es la tomatina?

   _____

4. ¿Cuántas personas participan en la tomatina?

   _____

5. ¿Cuántos tomates tiran?

   _____

6. ¿Qué marca el inicio de la fiesta?

   _____

120.000 kilos de proyectiles naturales para la «tomatina»

Más de 35.000 personas asistieron ayer a la cada vez más internacional fiesta de «tomatina» de Buñol (Valencia). Hasta 120.000 kilos de tomates maduros cubrieron las calles del centro de la localidad para comenzar así la famosa batalla del tomate.

La imagen: La tomatina de Buñol congregó a más de 30.000 personas

Como cada año, la localidad valenciana de Buñol fue el foco de las miradas nacionales e internacionales al celebrar su tradicional tomatina, en la que se arrojaron 120 toneladas de tomates en una batalla cuyo inicio fue marcado por una carcasa de fuegos artificiales.

Buñol, lista para teñir sus calles de rojo en la fiesta más original

Como viene siendo habitual desde hace cientos de años, el último miércoles del mes de agosto, las principales calles de Buñol se vestirán de un intenso rojo debido a la tomatina, la batalla campal que ha dado a conocer esta localidad y a sus fiestas patronales a lo largo y ancho de todo el mundo.

Tomate a discreción

BUÑOL. Nadie puede escapar de un buen tomatazo si acude a la «batalla» más peculiar, y sin duda más natural, que existe en el mundo. Vestidos con sus peores galas, ataviados con gafas de buceo, un cubo a modo de casco e incluso con un jamón en ristre —quizá para acompañar al tomate— cerca de 40 mil personas.

D9-17 Otros festivales ¿Conoces algún festival, alguna feria o alguna reunión en que la gente celebre de una forma tan extraña? Usando las frases como guía, escribe unos párrafos que expliquen...

- un festival especial que hay en tu estado o tu ciudad.
- algunas actividades que sean raras o extrañas, como, por ejemplo, tirarle pasteles a la cara de alguien por dinero o intentar comer veinte hamburguesas en cinco minutos.
- por qué vale la pena ver o participar en este festival.

_____

_____

_____

_____

_____

_____

_____

_____

_____

_____

Pequeño diccionario

Antes de escuchar sobre la tomatina y antes de hacer las actividades, estudia el **Pequeño diccionario** y usa dos o tres palabras en oraciones originales en una hoja aparte.

acequia de riego Obra de conducción de aguas más pequeña que un canal.
acudir *v. intr.* Ir uno adonde lo llamen o tenga que estar.
carcasa Tipo de fuegos artificiales.
cesar *v. intr.* Acabar, finalizar, parar.
corear *v. tr.* Repetir en coro lo que otro dice o canta.
dispar Diferente, desigual, distinto.

fachada Parte exterior de un edificio.
festejar *v. tr.* Celebrar.
incruento/incruenta Sin sangre.
manguera Tubo flexible, largo y delgado que se usa para limpiar o para regar las plantas.
repartir *v. tr..* Distribuir.
teñir (i, i) *v. tr.* Manchar, colorear, tintar.

manguera

La patatina en Maine, EE.UU.

A escuchar

D9-18 Unos detalles Ahora, mientras escuches el CD, escoge la mejor respuesta para completar cada oración.

_____ 1. Kilos de tomates:

    a. 12.500   **b.** 125.000   **c.** 1.250.000

_____ 2. Nombre de la comunidad:

    a. Andalucía   **b.** Cataluña   **c.** Valencia

_____ 3. La frase que la gente gritaba por las calles:

    a. Tomate, salsa y más.

    b. Tomates, comemos tomates.

    c. Tomate, tomate, queremos tomate.

_____ 4. Número de camiones que repartieron los tomates:

    a. tres   **b.** cinco   **c.** ocho

_____ 5. El tiempo que duró la batalla:

    a. una hora   **b.** un día   **c.** una noche

_____ 6. Lo que hicieron los vecinos después de la fiesta:

    a. llamar a la policía

    b. limpiar las calles

    c. plantar las semillas

_____ 7. Los nombres de los novios que se casaron:

    a. Annabel y Tony

    b. Minerva y Tony

    c. Minerva y Gómez

_____ 8. La profesión del novio:

    a. arquitecto   **b.** camarero   **c.** taxista

_____ 9. Número de familiares y amigos que asistieron a la boda:

    a. 50   **b.** 60   **c.** 70

D9-19 Tomates, tomates y más tomates En la noticia de la tomatina hay muchas frases y palabras usadas para referirse a esta fruta o a la batalla. Mientras escuches el CD de nuevo, escribe algunas de estas palabras o frases.

    Ejemplo: _intensa lluvia de tomates_

_____ _____

_____ _____

_____ _____

_____ _____

Después de escuchar

D9-20 ¿Te gustaría participar? ¿Te gustaría participar en la tomatina? Escríbele una carta a alguien en que aceptas o rechazas su oferta para llevarte a la tomatina. Explícale por qué quieres o no quieres acompañarlo/acompañarla.

Querido/Querida _____:

_____

_____

_____

_____

_____

_____

_____

_____

_____

_____

_____

_____

_____

_____

D9-21 Bodas extrañas Annabel Mazzoti y Tony Jackson decidieron celebrar su boda entre tomates. En las noticias siempre se habla de personas que se han casado debajo del agua, que han saltado de un avión o que han escalado una montaña. ¿Conoces otros ejemplos de bodas extrañas? Contesta estas preguntas con información sobre una de estas bodas. Si no conoces otro ejemplo de una boda extraña, ¡usa la imaginación!

1. ¿Dónde ocurrió?

_____

2. ¿Quiénes participaron?

_____

3. ¿Cuándo ocurrió?

_____

4. ¿Por qué los novios escogieron este tipo de boda?

_____

5. ¿Cuáles son algunos detalles importantes sobre esta boda?

_____

D9-22 ¿Echar arroz en vez de tomates? ¿Desde cuándo se echa arroz en las bodas. Estudia el artículo sobre esta costumbre y subraya las frases que indican...

- cuándo empezó la costumbre.
- qué otras cosas se echaban antiguamente.
- dónde empezó.
- por qué se echa arroz.

¿Desde cuándo se echa arroz en las bodas?

La costumbre de echar arroz en las ceremonias nupciales es de tradición reciente en nuestro país. Antiguamente, solía ser normal que la persona que celebraba determinados eventos hiciera que los reunidos participaran activamente en ellos. Así nació la costumbre de tirar caramelos y confites en los bautizos y castañas, avellanas y bellotas en las romerías.

Todo lo que hacemos en las bodas de hoy viene del rito del arroz que es ordinariamente asiático. Por una parte, manifiesta un deseo de prosperidad para la pareja recién casada, lo cual queda reflejado en el sermón chino: «Que tengáis tanta prosperidad como para poder repartir arroz en todos los días de vuestra vida. Que os sobre para poder dárselos a los que no tienen». Por la otra, simboliza el anhelo de fertilidad: «Que poseáis tanto arroz como para tener un gran número de hijos». Recuérdese que en las sociedades asiáticas, de donde procede esta costumbre, se da un valor sin parangón a los hijos.

Remitida por Marcos-Fidel

Una «lluvia» de arroz

Tercera etapa: Redacción

¡Alto! Before beginning the **Tercera etapa**, study the **Repaso de gramática** on pages 253–254 of your textbook and complete the accompanying exercises.

Introducción a la escritura: La noticia

Cómo escribir una noticia Una noticia se entiende como algo nuevo y así llama la atención. Tiene dos características esenciales: es breve pero completa. Una noticia emplea sólo las palabras necesarias para que el lector se entere de los hechos ocurridos. Para ser completa, la noticia debe responder a las seis preguntas básicas:

- ¿Quién? el sujeto del informe
- ¿Qué? el hecho; lo que ha sucedido
- ¿Cómo? el método de producirse el hecho
- ¿Dónde? el sitio en que se produjo el acontecimiento
- ¿Cuándo? el tiempo
- ¿Por qué? la causa de lo que ha pasado

Otro factor importante con respecto a la noticia es el orden de la información. Debe seguir un orden que se determina por el factor de interés. Una noticia empieza siempre por lo más interesante del sujeto que observa y sigue un ritmo descendente. Hay noticias en que el elemento más interesante es la causa; en otras, es el tiempo, el sujeto o el lugar.

La noticia típicamente se divide en cinco partes, como se nota en el siguiente esquema:

- el titular
- el lugar
- la fecha (opcional; depende del periódico o noticiero)
- el reportero / la reportera
- el resumen inicial
- el detalle complementario

Pequeño diccionario

Estudia las siguientes palabras y frases para comprender mejor el ejemplo, un artículo de un periódico mexicano. Busca las palabras en el texto y usa dos o tres para escribir oraciones originales en una hoja aparte.

contingente Participante.
dirigencia Junta directiva de una asociación.
explanada Espacio de terreno allanado.
grito Exclamación patriótica, por ejemplo, «¡Viva México!»
plantel *m.* Establecimiento, lugar o reunión de gente en que se forman personas hábiles o capaces en algún ramo del saber, profesión, ejercicio, etcétera.
sindicato Asociación formada para la defensa de intereses comunes de todos los asociados.

Preguntas de orientación

1. ¿Dónde tienen lugar las festividades?
2. ¿Qué ceremonia ocurre a las diez y cuarenta y cinco?
3. ¿Cuáles son las actividades programadas?
4. ¿Cuál es la actividad principal del martes?
5. ¿Quiénes participarán en esta actividad?
6. ¿Qué departamentos o agencias se cierran el lunes? ¿el martes?
7. ¿Qué se prohíbe el 16 de septiembre?

D9-23 Ejemplo: Día de la independencia de México El siguiente modelo es un artículo que se trata de las festividades del día de la independencia de México y que conmemora el «Grito de Dolores», la llamada a la independencia proclamada por el padre Miguel Hidalgo y Costilla. Estudia el ejemplo, usando las preguntas de orientación como una guía a la comprensión.

¡A dar el grito!

Hoy a partir de las veinte horas, habrá un mariachi, ballet folklórico y baile popular en la explanada de la Presidencia.

A las diez y cuarenta y cinco horas de hoy, lunes, el alcalde Ramón Galindo Noriega reproducirá las palabras que pronunció el padre de la patria, don Miguel Hidalgo y Costilla, con las que dio inicio a la guerra de independencia.

Previo a la ceremonia del grito y a partir de las veinte horas se desarrollará en la explanada de la Presidencia municipal un programa artístico con la participación de cantantes locales, un ballet folklórico, un mariachi y la representación teatral de un pasaje de la independencia.

Posterior al rito de independencia, fue programado un baile popular a celebrarse de las veinticuatro horas de hoy lunes a las 2:00 de la madrugada del 16 de septiembre.

Los festejos conmemorativos del aniversario del inicio de la guerra de independencia culminarán mañana martes con la realización del desfile cívicomilitar, que se iniciará a partir de las once horas en las calles Honduras y 16 de septiembre y culminará en la Presidencia municipal.

En el desfile cívicomilitar participarán alrededor de sesenta contingentes conformados por el Ejército mexicano, planteles de educación secundaria, preparatoria y de educación superior, así como por dependencias municipales y clubes sociales.

El jefe de Prensa del gobierno municipal, Jaime Torres Valadez, señaló que hoy 15 de septiembre todas las dependencias laborarán de manera normal. «El martes descansará la mayoría del personal con excepción de los elementos de la Dirección general de policía y de los departamentos de emergencia», expresó.

En cuanto al Departamento de limpieza, dijo que la Dirección de recursos humanos se reunirá con la dirigencia del Sindicato único de trabajadores municipales para determinar si esta dependencia labora o no y en caso de hacerlo, acordar el pago de tiempo extra o el traslado del día de descanso a otra fecha.

Torres Valadez indicó que por instrucciones de la oficina de Gobernación se prohíbe la venta de bebidas alcohólicas el martes 16 de septiembre de las nueve horas a las quince horas.

Juan Manuel Cruz
Diario de Juárez

D9-24 Organización Revisa el artículo «¡A dar el grito!» y completa el siguiente esquema.

Titular

_____

Fecha

_____

Lugar

_____

Reportero

_____

Resumen inicial (subrayar una vez)

Detalle complementario (subrayar dos veces)

Antes de redactar

D9-25 Escoger el tema Piensa en una celebración patriótica, religiosa o secular que tenga lugar en tu comunidad y que sea de interés general para la población. Identifica a un/una oficial que se asocie con esa celebración. Escribe la información básica que incluirías en una noticia sobre la celebración.

Tema

_____

Oficial

_____

Información básica

_____

_____

_____

D9-26 Bosquejo Prepara un bosquejo para tu noticia, basado en las ideas que acabas de estudiar en esta sección.

Titular

_____

Fecha

_____

Lugar

_____

Reportero

_____

Resumen inicial

_____

_____

_____

Detalle complementario

_____

_____

_____

_____

_____

A redactar

¡Adelante! After completing your composition, review it carefully for organization, content, spelling, and grammar. Then take your composition to class, where you will work with a partner to edit it.

Grammar
• Verbs

Functions
• Writing a news item

En una hoja aparte, escribe una noticia basada en el tema que hayas elegido. Intenta incluir algunas de las estructuras que estudiaste en el **Repaso de gramática** en las páginas 249–254 de tu libro de texto.

Sugerencias para usar la computadora

Cómo usar columnas Muchos programas incluyen una función para dividir el texto en dos o tres columnas. Además, es posible fijar los márgenes a la derecha y a la izquierda para que las líneas queden iguales en extensión. Practica el uso de estas funciones para que tu artículo parezca como si hubiera salido en un periódico.

El día de Puerto Rico en Nueva York

Mi diario Cada celebración tiene sus partidarios y sus oponentes. Piensa en una celebración que te guste, pero que a otras personas no les guste para nada. Escribe los factores en pro y en contra, que están asociados con la celebración.

Mi diario

_____
_____
_____
_____
_____
_____
_____
_____
_____
_____
_____
_____
_____
_____
_____
_____
_____
_____
_____
_____
_____
_____
_____
_____
_____
_____
_____

Capítulo 10

Las artes y la creatividad

«El buen pastor niño» por Bartolomé Esteban Murillo

Primera etapa: Preparación

Estudio de palabras

En el diccionario In the **Estudio de palabras** you have learned to use both Spanish-Spanish and bilingual dictionaries to find out the meanings of words. However, to use them exclusively for this purpose is to ignore the many other kinds of information that they provide. This **Estudio de palabras** will help you review the content and arrangement of both bilingual and Spanish-Spanish dictionaries. You will also learn how to select the most appropriate definition from a group of entries.

- **Part of speech and/or gender** Both Spanish-Spanish and bilingual dictionaries will give you various kinds of information. For each entry, a dictionary usually indicates the part of speech and/or the gender by means of an abbreviation at the beginning of the definition. The abbreviations used for the parts of speech, together with all other abbreviations, are explained in the front part of the dictionary. When a word can be used as more than one part of speech, the meanings are usually grouped together by using numbers (1, 2, 3, etc.), letters (a, b, c, etc.), spaces, or bars (‖). In the following examples, notice the information that is provided in Spanish-Spanish and bilingual dictionaries for the word **artesano.**

> **artesano/a** *adj.* Perteneciente o relativo a la artesanía. **2.** *m. y f.* Persona que ejercita un arte u oficio meramente mecánico.
> **artesano -na**, *m./f. (m.)* craftsman, artisan; *(f.)* craftswoman, artisan.

- **Derivation or etymology** Spanish-Spanish dictionaries typically show derivations or word etymologies, the language(s) from which a word is derived, and may include its original meaning (usually Greek or Latin). The first entry below indicates that **artefacto** is of Latin origin and means "made with or by art." The bilingual entry gives only the various English equivalents.

> **artefacto** (Del lat. *arte factus*, hecho con arte) *m.* Obra mecánica hecha según arte. ‖ **2.** Máquina, aparato ‖...
> **artefacto** *m. (instrumento)* artifact; *(diapositivo)* device; **~s de baño** (CS) bathroom fixtures *(pl.)*...

- **Restrictive labels** Restrictive labels may be grouped into three general categories and are found in both dictionaries:
  - **Subject labels** specify that a word has a particular meaning in a certain field: *Lit. (Literatura), Mar. (Marina), Med. (Medicina), Zool. (Zoología)*, etc.
  - **Geographical labels** indicate the area or country in which a particular word or meaning is used: *Arg. (Argentina), Col. (Colombia), P. Rico (Puerto Rico).*
  - **Usage labels** classify a word as to its level of usage: *arc. (arcaico/arcaica), irón. (irónico/irónica), vulg. (vulgar).*

> **cuadro, -da.** (Del lat. *quadrus*) *adj.* **cuadrado** Formado como una superficie plana cerrada de cuatro rectas iguales que forman cuatro ángulos rectos. ‖ **2.** *Mar.* V. vela cuadra. ‖...
> **cuadro** *m.* **1. (a)** (Art) *(pintura)* painting; *(grabado, reproducción)* picture **(b)** *(Teatr.)* scene **(c)** *(gráfico)* table, chart **2. (a)** *(cuadrado)* square, check;...

- **Phrases or idiomatic expressions** that contain the key word, in this case **arte,** are also listed as part of a dictionary entry. Notice that the bilingual dictionary classifies one expression as humorous *(hum.)* and that the dictionaries list different idiomatic expressions. No additional information is provided in the Spanish-Spanish entry.

> **arte...** ‖ *plásticas.* Tradicionalmente, arquitectura, escultura y pintura. ‖ **no tener *a.* ni parte.** No participar en una cosa, o no beneficiarse de ella. ‖ **por *a.* de magia.** Inexplicablemente...
> **arte...** **1.** (Art) art; **el ~ por el ~** for art's sake; **no trabajo por amor al ~** (hum.) I'm not working for the good of my health; ***(como)* por ~ de magia** as if by magic...

- **Encyclopedic entries** In addition to information about words, your Spanish-Spanish dictionary gives many facts about people and places. Such information may appear as an entry in the body of the dictionary or it may be located in a special section. Since a bilingual dictionary is primarily a resource for language equivalents, encyclopedic entries are not commonly included.

> **musa** (Del lat. *musam,* y este del gr.) *f.* Cada una de las deidades que, según la fábula, habitaban, presididas por Apolo, en el Parnaso o en el Helicón y protegían las ciencias y las artes liberales, especialmente la poesía. Su número varía en la mitología, pero ordinariamente se creyó que eran nueve...
> **musa** *f.* *(Mit.)* Muse; *(inspiración)* muse.

D10-1 ¿Qué significa... ? Busca **lienzo** en un diccionario español-español y en un diccionario bilingüe. Escribe las definiciones que están relacionadas con el arte. Después, usa **lienzo** en una oración que tenga un contexto artístico.

Definiciones en un diccionario español-español

lienzo

_____

_____

_____

_____

_____

_____

_____

_____

_____

lienzo

_____

_____

_____

_____

Definiciones en un diccionario bilingüe

lienzo

_____

_____

_____

_____

_____

_____

_____

_____

_____

D10-2 Palabras relacionadas Busca la palabra **pincel** en un diccionario español-español. Escribe las definiciones de esta palabra y después, escribe una lista de palabras que están relacionadas, por ejemplo, pincelación.

Definiciones

_____

_____

_____

_____

_____

_____

_____

_____

_____

Palabras relacionadas

_____

_____

_____

_____

_____

_____

_____

_____

_____

D10-3 Expresiones Ahora, usa un diccionario bilingüe para buscar la forma correcta de expresar las siguientes palabras y frases.

Ejemplo: to brush one's teeth
lavarse los dientes

1. to brush up on

_____

2. to brush against (touch lightly)

_____

3. to have a brush with the law

_____

4. scrub brush (plant)

_____

5. scrub brush (cleaning tool)

_____

6. hairbrush

_____

7. toothbrush

_____

8. to brush the crumbs off the table

_____

9. to brush off advances and/or suggestions

_____

D10-4 Dos escuelas de pintura En tu diccionario español-español, busca las definiciones de **cubismo** y **surrealismo**.

cubismo

_____

_____

_____

_____

_____

_____

surrealismo

_____

_____

_____

_____

_____

_____

Segunda etapa: Comprensión auditiva

Sugerencias para escuchar mejor

Cómo escuchar: Un repaso By now, you have probably invested over 150 hours in Spanish classes working on your language skills. You should continue to develop your language proficiency in order not to lose the language skills that you have acquired. Is that possible if you choose not to enroll in additional language, literature, or culture classes? Of course! But where can you find Spanish materials to listen to? First of all, check the university or public library for stories, plays, songs, or speeches in Spanish. Perhaps the Public Broadcasting Channel on your local radio station dedicates a few hours a week to language programs or music from Spanish-speaking countries. The Internet also offers exciting opportunities to listen to the news, music, and even interviews.

Another good alternative is the foreign film section of a video store. If you have access to a satellite dish or to the all-Spanish networks like Telemundo, Galavisión, and Univisión, tape a few Spanish soap operas or variety shows to watch when you have spare time. Listening to authentic materials in Spanish can also help you develop your communication skills with people in face-to-face situations and will help you retain the skills you have worked so hard to gain!

In this last chapter, you will listen to a recording about different museums in Mexico, a report on the Museo del Barrio in New York, and comments about Frida Kahlo, one of Mexico's most famous artists. As you listen to your student CD, remember the listening strategies from previous chapters that you have practiced and use those that are appropriate for each activity.

Audio 10-1: Vamos al museo

Track 2-14
¡Alto! Before working on **Audio 10-1,** review the **Repaso de gramática** on page 275 in your textbook, complete the accompanying exercises in the **Práctica de estructuras** of the *Diario de actividades,* pages PE-46–PE-47, and work on the in-class activities for **Función 10-1.**

Exposiciones y más En la Ciudad de México, hay más de cien museos y galerías de arte de todos tipos con obras representativas de las diferentes épocas de la historia, desde la prehispánica hasta el arte del ciberespacio. En estas exposiciones, se pueden encontrar obras de artistas nacionales y extranjeros no sólo de pintura y escultura sino también de litografías, estampas, grabados, fotografías, cinematografía mundial, textiles, muebles y artesanía.

El Museo de Antropología, Jalapa, México

Antes de escuchar

D10-5 Museos y salas de exposición Piensa en algunos sitios en tu ciudad o en tu estado que ofrezcan exposiciones de arte. Escribe el nombre de cada lugar y de algunos artistas que se puedan ver. Menciona si la exposición es temporal o permanente.

Lugar	Artista(s)	Temporal o permanente

If you are not familiar with these painters, check the Internet for examples of their art.

D10-6 Para entender una obra A mucha gente no le gustan las obras surrealistas y cubistas porque dicen que son difíciles de entender o interpretar. Piensa en algún pintor o escultor surrealista (como Dalí o Miró) o cubista (como Picasso). ¿Te gustan sus obras? Explica tu respuesta.

_____

_____

_____

_____

_____

_____

_____

_____

_____

EL PRIMER CUADRO NO TE DIRÁ NADA; HASTA QUE NO VEAS TRES O CUATRO NO ENTENDERÁS MI OBRA.

D10-7 El arte hispano en el mundo Estudia «Itinerarios», una sección del periódico *ABC* de Madrid, España, que anuncia diferentes exposiciones de arte y conciertos. Completa la tabla con las bellas artes que se están ofreciendo y los nombres de los artistas.

Itinerarios

Buenos Aires

Centro Cultural Borges (Viamonte esquina San Marín). Exposición de grabados de Goya. Hasta el 30 de marzo.

México

Museo de Arte Moderno (Paseo de la Reforma). Bajo el título «Tendencias Cruzadas», se acoge una exposición que agrupa las obras de 35 artistas basadas en el arte popular. Hasta el 11 de mayo.

Nueva York

Anthology Film Archives (Second Avenue y Second St.). Retrospectiva de Luis Buñuel en la que se proyectarán las 37 películas dirigidas o producidas por el cineasta o en las que intervino como ayudante de dirección o como actor. Hasta el 15 de abril.

Roma

Instituto Cervantes (Vil de Villa Alabani, 14). Exposición en torno a la obra del arquitecto español Julio Cano Lasso. Hasta el 2 de abril.

París

Salle Gaveau (45, Rue La Poésie). Recital de la soprano española Mareia Bayo. Día 24 de marzo a las 20:30 horas.

Instituto Cervantes (7, Quentín Bauchart). Concierto de la arpista Rosa Calvo Manzano, en el que interpretará obras de Magenti, Granados, Albéniz y del siglo XVI. Día 24 de marzo.

Lugar	Las artes	Los artistas
Buenos Aires		
México		
Nueva York		
Roma		
París		

Pequeño diccionario

Antes de escuchar las descripciones de algunos de los museos en la Ciudad de México y antes de hacer las actividades, estudia el **Pequeño diccionario** y usa dos o tres palabras en oraciones originales en una hoja aparte.

aportación *f.* Contribución.
arraigado/arraigada Establecido en un lugar.
iconografía Colección de imágenes o retratos de una persona o tema.
mobiliario Muebles.
muestra Exposición.
rebozo Manto o mantilla cuadrangular que usan las mujeres, especialmente en los pueblos.

rebozo

retablo Grupo de figuras, pintadas o talladas, que representan diversas escenas de la vida de un personaje o que están relacionadas entre ellas.
sarape *m.* Manta de colores muy vivos que tradicionalmente llevan los hombres.
tapiz *m.* Obra de arte tejida con finos hilos de lana, seda, oro o plata, que sirve para adornar paredes.

sarape

tapiz

A escuchar

D10-8 En los museos Mientras escuches las descripciones de los tres museos en tu CD identifica la direccíon y describe brevemente las exposiciones en cada uno. Después, escribe el horario y demás informacíon, según las indicaciones.

1. **Museo Franz Mayer**

   Dirección: Avenida Hidalgo 45,

   _____

   _____

   Exposición temporal:

   _____

   _____

   _____

   Exposición permanente:

   _____

   _____

   _____

   _____

   _____

   _____

   _____

   Abierto: de martes a domingo de _____ a _____

2. **Museo Nacional de Arte**

Dirección: Tacuba 8, _____

_____

Exposición temporal: _____

_____

_____

Exposición permanente:

_____

_____

_____

_____

_____

_____

_____

_____

Abierto: de martes a domingo de _____ a _____

Visitas guiadas: _____

Entrada libre: _____

Número de teléfono: _____

3. **Museo Frida Kahlo**

Dirección: _____, esquina Allende, Coyoacán.

Exposición permanente:

_____

_____

_____

_____

_____

_____

_____

_____

Abierto: de martes a domingo de _____ a _____ y de _____ a _____

Entrada: _____

Después de escuchar

D10-9 Un anuncio Piensa en una sala de exposiciones o en un museo en tu ciudad o estado. Basándote en los modelos de la comprensión auditiva, escribe un anuncio, mencionando...

- el nombre del lugar.
- la dirección.
- las exposiciones temporales y permanentes.
- una descripción de las exposiciones más destacadas.
- el horario.
- otros servicios y el precio de la admisión.

_____

_____

_____

_____

_____

_____

_____

_____

_____

_____

_____

_____

_____

_____

_____

_____

_____

_____

_____

D10-10 Una visita al museo El Museo Franz Mayer, el Museo Nacional de Arte y el Museo Frida Kahlo tienen páginas en Internet que describen con más detalle las exposiciones. «Visita» uno de estos museos virtuales y escríbele un correo electrónico a tu instructor/instructora explicándole lo que has visto y la exposición que más te gustó.

_____

_____

_____

_____

_____

_____

_____

_____

_____

_____

_____

_____

_____

_____

Audio 10-2: Museo del Barrio

Track 2-15
¡Alto! Before working on **Audio 10-2,** review the **Repaso de gramática** on pages 275–280 in your textbook, complete the accompanying exercises in the **Práctica de estructuras** of the *Diario de actividades,* pages PE-47–PE-48, and work on the in-class activities for **Función 10-2.**

En Nueva York Este museo dedicado al arte latinoamericano y en particular al de Puerto Rico no podía tener otra ubicación. «El Barrio» es como se conoce *East Harlem,* donde se concentra la mayor comunidad hispanohablante de la ciudad. Este museo, único en el país, fue fundado en 1969 y cuenta con una colección permanente de objetos precolombinos así como exposiciones temporales de pintura, escultura y fotografía de artistas latinos.

El Museo del Barrio, Nueva York

Antes de escuchar

D10-11 Mis artistas favoritos ¿Quiénes son tus artistas favoritos? ¿Cuáles son algunos de los artistas, escultores o fotógrafos que te gustaría ver en una exposición? Escribe una lista de cinco artistas e incluye una breve descripción de la primera vez que viste sus obras.

Ejemplo: *Me encantan los cuadros de Picasso. Hace unos años que vi sus obras en el museo de arte en Washington, D.C. y me impresionó su uso de colores y figuras.*

_____
_____
_____
_____
_____
_____
_____

D10-12 Cuadros y más En muchas exposiciones se puede ver no solamente cuadros sino también esculturas, cerámica, mobiliario, tapices, bordados o alfombras. Piensa en tu última visita a un museo y describe algunos de los objetos que te llamaron la atención.

Ejemplo: *Cuando fui a Nuevo México, vi algunos platos de cerámica preciosos. Eran muy sencillos con dibujos de figuras primitivas de animales.*

_____
_____
_____
_____
_____
_____
_____

Pequeño diccionario

Antes de escuchar la entrevista sobre el Museo del Barrio de Nueva York y antes de hacer las actividades, estudia el **Pequeño diccionario** y usa dos o tres palabras en oraciones originales en una hoja aparte.

curador/curadora Persona que tiene cuidado de alguna cosa.
estrella Cualquier cosa que se destaca de entre las de su clase.
taíno/taína De los pueblos amerindios de lengua arahuaca que habitaban las Antillas o relativo a ellos; los taínos desaparecieron tras la colonización española.
ventanal *m.* Ventana de gran tamaño.
vigencia Referido especialmente a las leyes y costumbres, en vigor, en uso.

A escuchar

D10-13 Oraciones incompletas Mientras escuches la entrevista en tu CD, completa las siguientes oraciones.

1. El Museo del Barrio está en _____.

2. El museo fue fundado _____.

3. En la colección permanente hay _____.

4. Los objetos más importantes son _____.

5. En el museo también exhiben _____.

6. El museo empezó en _____.

7. La dirección es _____.

8. El número de teléfono es _____.

D10-14 Comprensión Escucha de nuevo los comentarios sobre el museo y contesta las siguientes preguntas brevemente en español.

1. ¿Cuáles son algunas de las nacionalidades que se reúnen en *Harlem*?

   _____

   _____

   _____

2. ¿Qué son los palos santos?

   _____

   _____

   _____

3. ¿Cuántas salas de exposición tiene y qué presentan allí?

   _____

   _____

   _____

4. ¿Quiénes comenzaron el proyecto del museo?

   _____

   _____

   _____

5. ¿Cuál es la misión del museo?

   _____

   _____

   _____

Después de escuchar

D10-15 Mi propia colección En los países hispanos la artesanía es rica y variada. Muchas de las obras hechas a mano son ejemplos de la herencia cultural y de las tradiciones de ciertas regiones, y aunque parecen simples objetos de cerámica, metal o vidrio, en 200 años más, a lo mejor se convertirán en objetos de un museo. Escribe una lista de cinco objetos que tienes que creas que podrán estar en un museo dentro de 200 años. Escribe una breve descripción de cada cosa.

Ejemplo: *Compré mi muñeca indígena hace diez años en Ecuador. Está hecha de harina y agua y está pintada con colores vivos.*

_____

_____

_____

_____

_____

_____

D10-16 Un anuncio Busca información adicional en Internet sobre el Museo del Barrio. Después, escribe un anuncio breve, que incluya: información sobre las exposiciones, las fechas, la dirección y un comentario breve sobre la importancia del museo para la identidad cultural de los hispanohablantes.

_____

_____

_____

_____

_____

_____

_____

Audio 10-3: Frida Kahlo

Track 2-16
¡Alto! Before working on **Audio 10-3,** you should review the **Repaso de gramática** on pages 280–281 in your textbook, complete the accompanying exercises in the **Práctica de estructuras** of the *Diario de actividades,* page PE-49, and work on the in-class activities for **Función 10-3.**

Frida La mujer, la artista, la revolucionaria, la amante, la madre frustrada... todas son personalidades que se funden en la obra colorida, alegre, atormentada, realista y surrealista de la mundialmente conocida pintora mexicana, Frida Kahlo. Ahora vas a escuchar comentarios sobre algunos de sus cuadros famosos.

Frida Kahlo

Antes de escuchar

D10-17 Artista soy yo Si fueras artista, ¿qué pintarías? Escribe sobre cuatro cosas significantes en tu vida que te gustaría representar en un cuadro.

> **Ejemplo:** *Me gustaría pintar una playa que vi cuando fui de vacaciones a Acapulco. El atardecer con el sol, el mar con algunos barcos pequeños...*

_____

_____

_____

_____

D10-18 ¿Quién era Frida? El 31 de mayo del 2000, la subasta de arte latinoamericano en Sotheby's estableció un récord al vender un raro autorretrato de Frida Kahlo por 5.065.750 dólares, el precio más alto jamás pagado en una subasta por una obra de arte de una mujer. Se dice que también un cuadro de ella fue la primera obra de una mujer comprada por el Museo de Louvre de París. ¿Quién era esa mujer? Escribe diez detalles de su vida. Si nunca has oído hablar de ella, busca la información en Internet o en la biblioteca.

_____

_____

_____

_____

_____

_____

_____

_____

_____

_____

Pequeño diccionario

Antes de escuchar los comentarios sobre los cuadros de Frida y antes de hacer las actividades, estudia el **Pequeño diccionario** y usa dos o tres palabras en oraciones originales en una hoja aparte.

cabello Cada uno de los pelos que nacen en la cabeza de una persona.

desangrarse *v. refl.* Perder gran cantidad de sangre o perderla toda.

despreciado/despreciada Dicho de alguien o algo que se tiene en poca estima. Desdeñado, considerado indigno.

fresco/fresca Descansado, que no da muestras de fatiga.

llevar puesto *v. tr.* Vestirse, tener puesto.

pelona Sin pelo.

perico Ave trepadora, como el papagayo, de unos veinticinco centímetros de altura, con pico róseo, ojos encarnados de contorno blanco y plumaje multicolor, indígena de Cuba y de América Meridional que vive en los bosques y en las tierras cultivadas; se llama a menudo periquito.

perico

recogido/recogida Con el pelo estrechado, ceñido.

retrato Pintura, dibujo, fotografía, etcétera, que representa alguna persona o cosa.

retrato

seguridad Calidad de lo que es o está libre de todo peligro o daño.

tijeras Instrumento para cortar, compuesto de dos hojas de acero de un solo filo que pueden girar alrededor de un eje que las traba.

trenza Peinado que se realiza entretejiendo mechones de cabello.

trenza

A escuchar

D10-19 Identificación Escucha las descripciones de los cuadros de Frida Kahlo en tu CD. Después, elige el cuadro que corresponda con cada narración y escribe su título y fecha.

_____

_____

_____

_____

_____

_____

_____

_____

_____

_____

D10-20 Unos detalles Mientras escuches los comentarios sobre los cuadro en tu CD, escribe unos detalles más sobre la vida de Frida.

_____

_____

_____

_____

_____

_____

_____

_____

Después de escuchar

D10-21 El cuadro preferido Ahora, escoge el cuadro que más te guste y explica por qué es tu preferido.

_____

_____

_____

_____

_____

_____

_____

_____

_____

_____

_____

_____

_____

_____

_____

_____

_____

Preguntas de
orientación

1. ¿Cuánto tiempo ha
   estado enferma?
2. ¿Quién la salvó?
3. ¿Dónde tiene que
   sentarse?
4. ¿Qué le ayuda
   sentirse mejor?
5. ¿Qué tiene ganas
   de hacer?
6. ¿Para quién es
   el cuadrito que
   está pintando?
7. ¿Por qué está
   inquieta?
8. ¿Qué ha pintado
   hasta ahora?

D10-22 El diario de Frida Esta artista pintó no sólo en lienzos, sino también en su diario, donde escribió sobre su vida y también sobre sus deseos. Estudia el comentario de 1950 sobre su inquietud de transformar sus cuadros en algo útil. Después, piensa en algo que te gustaría cambiar y cómo representarías ese cambio por medio del arte (de un cuadro, una escultura, un poema, etc.).

1950-51

He estado enferma un año. Siete operaciones en la columna vertebral. El doctor Farill me salvó. Me volvió a dar alegría de vivir. Todavía estoy en la silla de ruedas, y no sé si pronto volveré a andar. Tengo el corset de yeso que a pesar de ser una lata pavorosa, me ayuda a sentirme mejor de la espina. No tengo dolores. Solamente un cansancio tenaz y como es natural muchas veces desesperación. Una desesperación que ninguna palabra puede describir. Sin embargo, tengo ganas de vivir. Ya comencé a pintar. El cuadrito que voy a regalarle al Dr. Farill y que estoy haciendo con todo mi cariño para él. Tengo mucha inquietud en el asunto de mi pintura. Sobre todo por transformarla para que sea algo útil al movimiento revolucionario comunista, pues hasta ahora no he pintado sino la expresión honrada de mí misma, pero alejada absolutamente de lo que mi pintura pueda servir al partido. Debo luchar con todas mis fuerzas para que lo poco de positivo que mi salud me deje hacer sea en dirección a ayudar a la revolución.

_____

_____

_____

_____

_____

D10-23 En la pantalla de cine Salma Hayek trabajó seis años en el proyecto de la película «Frida» e interpretó a Frida Kahlo en la pantalla de cine. Piensa en otro personaje artístico que conozcas (artista, escultor/escultora, fotógrafo, cantante, músico, etc.) que te gustaría ver en la pantalla de cine. Explica por qué crees que esta persona tenía (o tiene) una vida interesante y menciona algunos de los actores que pondrías en los papeles principales.

Salma Hayek en el estreno de «Frida»

Tercera etapa: Redacción

¡Alto! Before beginning the **Tercera etapa,** study the **Repaso de gramática** on pages 281–282 of your textbook and complete the accompanying exercises.

Introducción a la escritura: La poesía

La estructura de la poesía Hoy en día, la poesía sigue siendo una forma literaria tan popular como lo fue en el pasado. La poesía es una expresión artística que se basa en el uso de la palabra, la rima y la cadencia del verso. Dentro de este género hay tres subgéneros principales.

- **La épica:** Expresión en forma bella de lo que el poeta ve o de lo que le rodea. El ejemplo siguiente es de *La Araucana,* escrito en 1569 por Alonso de Ercilla y Zúñiga (1533–1594). *La Araucana* narra la guerra entre los indígenas araucanos de Chile y los españoles.

  > No las damas, amor, no gentilezas
  > de caballeros canto enamorados,
  > ni las muestras, regalos y ternezas
  > de amorosos afectos y cuidados;
  > más el valor, los hechos, las proezas
  > de aquellos españoles esforzados,
  > que a la cerviz de Arauco no domada
  > pusieron duro yugo por la espada.

- **La lírica:** Expresión en forma bella del sentimiento del poeta. El siguiente fragmento viene de *Canción del pirata,* por José de Espronceda (1808–1842). La poesía de Espronceda refleja su rebeldía y su amor por la libertad.

  > ...Que es mi barco mi tesoro,
  > que es mi Dios la libertad,
  > mi ley la fuerza y el viento,
  > mi única patria la mar...

- **La dramática:** Expresión sensible de la belleza por medio de la representación de una acción humana y del discurso de los personajes que intervienen en ella. El dramaturgo español, Félix Lope de Vega y Carpio (1562–1635), escribió estos versos al principio de su tragicomedia *El caballero de Olmedo.*

  > Amor, no te llame amor
  > el que no te corresponde,
  > pues que no hay materia adonde
  > no imprima forma el favor;
  > naturaleza, en rigor,
  > conservó tantas edades
  > correspondiendo amistades;
  > que no hay animal perfeto
  > si no asiste a su conceto
  > la unión de dos voluntades.

It is important to note that there is also an ample body of poetry without rhyme and even poetry without verse (in prose).

Pequeño diccionario

Estudia las siguientes palabras y frases para comprender mejor el ejemplo, un quinteto. Busca las palabras en el texto y usa dos o tres para escribir oraciones originales en una hoja aparte.

hacer caso *v. tr.* Prestarle la atención que merece. **imperioso/imperiosa** Que manda o se comporta con autoritarismo ostensible.	**imperturbable** Que no siente o no manifesta alteración de ánimo.

In Spanish and Spanish-American literature, there are many other types of **quinteto.** The example used here was selected because of its simplicity.

D10-24 Ejemplo: El quinteto Aunque muchas personas creen que es difícil escribir poemas, el quinteto (poema de cinco versos) se puede escribir dentro de un esquema sencillo.

- primera línea: declaración del tema (un sustantivo)
- segunda línea: descripción del tema en dos palabras (dos adjetivos o un sustantivo + un adjetivo)
- tercera línea: descripción de una acción del tema en tres palabras (tres infinitivos o una frase de tres palabras)
- cuarta línea: expresión de una emoción sobre el tema en cuatro palabras
- quinta línea: resumen del tema en una palabra (un sustantivo)

Ahora, estudia el siguiente quinteto. Observa la organización y las categorías de las palabras.

> Rey
> imperioso, imperturbable
> manda, domina, impone.
> No me hace caso.
> Gato

D10-25 Organización Estudia el ejemplo de nuevo e identifica cada línea, según las partes de la oración, como adjetivo, adverbio, sustantivo o verbo, o como una frase.

Línea   **Parte(s) de la oración**

primera

_____

segunda

_____

tercera

_____

cuarta

_____

quinta

_____

Antes de redactar

D10-26 Escoger el tema Escoge un tema aplicable a la poesía, tal vez uno de los temas de este capítulo, de un capítulo anterior o un tema tradicional (el amor, la naturaleza, etc.).

Tema:

_____

D10-27 Generar ideas En una hoja aparte, dibuja una telaraña de ideas asociadas con el tema que escogiste. Después, escribe una lista de las palabras y las frases.

_____ _____

_____ _____

_____ _____

_____ _____

D10-28 Bosquejo Usa las siguientes líneas para escribir tus ideas para un poema de cinco versos sobre el tema que escogiste en **D10-26.**

título	
declaración: un sustantivo	
descripción: dos adjetivos (o un sustantivo + un adjetivo)	
acción: tres infinitivos (o una frase de tres palabras)	
emoción: frase de cuatro palabras	
resumen: un sustantivo	

¡Adelante! After completing your composition, review it carefully for organization, content, spelling, and grammar. Then take your composition to class, where you will work with a partner to edit it.

Grammar

- Verbs: infinitive
- Adverbs

Functions

- Describing objects
- Describing people

A redactar

En una hoja aparte, escribe un poema de cinco líneas, basado en el tema que hayas escogido. No te olvides de seguir el esquema de la página 231. Vas a usar tu poema en la sección **Cultura en acción** de este capítulo.

Sugerencias para usar la computadora

Cómo usar fotos y dibujos Para ilustrar tu poema podrías usar una colección de fotos o dibujos en forma de CD-ROM o floppy. A veces este tipo de material viene instalado en la computadora.

Mi diario Sobre las siguientes líneas, escribe tus opiniones sobre la poesía.

Mi diario

Práctica de estructuras

Capítulo 1

Estructura 1-1a: Present indicative of regular verbs

PE1-1 Piratería de la música latina Completa las siguientes oraciones con las formas adecuadas de los verbos entre paréntesis.

    Ejemplo: La piratería _afecta_ (afectar) mucho la industria de la música.

1. Como tiburones atraídos por la sangre, los piratas de la música se _____ (lanzar) sobre las melodías populares.

2. El mercado de la música latina _____ (crecer) al doble del mercado de la música en general.

3. La piratería de esta música _____ (afectar) predominante-mente los casetes.

4. Así, la Asociación americana de la industria de grabación _____ (dedicar) el 70 por ciento de sus esfuerzos de investi-gación a la piratería de la música latina.

5. «Nosotros le _____ (servir) a la industria de la música latina de Estados Unidos por medio de los esfuerzos de nuestra oficina en Miami», comenta el presidente de la asociación.

6. Los minoristas _____ (combatir) la piratería por medio de programas de educación en Los Ángeles y Nueva York.

7. Los oficiales de la asociación _____ (creer) que estas medidas son necesarias para el bien de la industria.

PE1-2 Diferentes tipos de música Completa las siguientes oraciones con las formas adecuadas de los verbos entre paréntesis.

    Ejemplo: Los dominicanos _escuchan_ (escuchar) mucho merengue.

1. En México los mariachis _____ (cantar) rancheras.

2. En el Caribe los músicos _____ (tocar) tambores de acero.

3. La música de los Andes se _____ (caracterizar) por las flautas.

4. Mis amigos y yo _____ (escuchar) mucho el merengue.

5. Yo _____ (aprender) a tocar la guitarra.

6. Mi amiga _____ (creer) que el flamenco es muy bonito.

7. Algún día ella y yo _____ (deber) ir a España para ver un tablao flamenco.

8. En nuestra ciudad se _____ (vender) muchos discos compactos de música latina.

9. Nosotros _____ (vivir) cerca de un club que tiene la «Noche latina» una vez a la semana.

10. Yo _____ (asistir) a las lecciones de baile que ofrecen.

Estructura 1-1b: Present indicative of stem-changing verbs

PE1-3 Costumbres Contesta las siguientes preguntas con oraciones completas en español.

> **Ejemplo:** ¿Encuentras discos compactos en español en tu ciudad?
> *Sí, encuentro muchos discos compactos en español en mi ciudad.*

1. ¿Cuántos discos compactos tienes?

   _____

2. ¿Qué tipo de música escoges con más frecuencia?

   _____

3. ¿Cuánto cuesta un disco compacto de música popular?

   _____

4. ¿Entiendes siempre la letra de una canción en español?

   _____

5. ¿Recuerdas la letra de un disco en español?

   _____

6. ¿Les recomiendas escuchar música latina a tus amigos?

   _____

7. ¿Piensas que la música latina va a ser popular en el futuro?

   _____

PE1-4 Más música Forma oraciones completas con los siguientes fragmentos.

> **Ejemplo:** mis amigos / pedir prestado / discos compactos en español
> *Mis amigos piden prestados discos compactos en español.*

1. yo / poder / comprar / discos compactos en español en muchas tiendas

   _____

2. mis amigos / querer / aprender a bailar salsa

   _____

3. ellos / pensar / ir a la «Noche latina» para tomar lecciones

   _____

4. ¡no / reírse de mí / ustedes / por mi falta de coordinación!

   _____

5. ¿tú / preferir / bailar salsa o merengue?

   _____

Estructura 1-1c: Present indicative of frequently used irregular verbs

PE1-5 ¿Qué se ve? Cambia la siguiente oración según las indicaciones.

Ejemplo: Ver muchos espectáculos de música. Usted.
Usted ve muchos espectáculos de música.

1. él

_____

2. yo

_____

3. nosotros

_____

4. tú

_____

5. los profesores

_____

6. vosotros

_____

PE1-6 ¿Qué haces tú? Contesta las siguientes preguntas con oraciones completas en español.

Ejemplo: ¿Qué te pones para bailar salsa?
Me pongo los zapatos de tacón alto.

1. ¿Con qué frecuencia sales a bailar?

_____

2. ¿Traes tus discos compactos en español a las fiestas?

_____

3. ¿Sabes tocar un instrumento musical?

_____

4. ¿Eres aficionado/aficionada a la música latina?

_____

5. ¿Vienes a la «Noche latina» todas las semanas?

_____

6. ¿Estás contento/contenta cuando bailas?

_____

Estructura 1-1d: *Haber...* , a unique verb

PE1-7 Preguntas familiares Contesta las siguientes preguntas con oraciones completas en español.

1. ¿Qué hay que hacer para bailar bien?

   _____

2. ¿Qué hay de nuevo?

   _____

3. ¿Cuántas personas hay en tu familia?

   _____

Estructura 1-1e: Personal pronouns

PE1-8 Pronombres Completa las siguientes oraciones con los pronombres adecuados. En algunos casos es posible usar más de un pronombre.

   Ejemplo: *Nosotros* bailamos salsa todos los martes.

1. ¿_____ deseas ir al club conmigo?
2. _____ escuchamos música en vivo.
3. _____ espero llegar temprano.
4. _____ cobran cinco dólares para entrar.
5. ¿Habla _____ español con los otros aficionados?

Estructura 1-2a: Present progressive

PE1-9 Los músicos famosos Escribe los equivalentes de las siguientes oraciones en español.

1. Marc Anthony is singing in New York.

   _____

2. Jennifer López is dancing to Latin rhythms.

   _____

3. Luis Miguel is recording a music video.

   _____

4. The Gypsy Kings are playing flamenco music.

   _____

5. I am listening to Latin music in my room.

   _____

PE1-10 Música, música Pregunta y contesta acerca de lo que están haciendo las siguientes personas. Usa una variedad de verbos en tus oraciones, por ejemplo: **escuchar, comprar, tocar, cantar, componer, ver,** etcétera.

Ejemplo: director de la banda

¿Qué está escuchando el director de la banda?
El director de la banda está escuchando un disco compacto
de John Phillip Sousa.

1. amigo/amiga

_____

_____

2. profesor de _____

_____

_____

3. adultos

_____

_____

4. estudiantes de preparatoria

_____

_____

5. niños

_____

_____

6. tú

_____

_____

7. artista preferido/preferida

_____

_____

Estructura 1-2b: Present participles of *–ir* stem-changing verbs

PE1-11 ¿Qué estás haciendo? Completa las siguientes oraciones con la forma adecuada del participio en español.

Ejemplo: Estoy *repitiendo* (repetir) la fiesta del año pasado.

1. Estoy _____ (describir) el baile de máscaras.

2. Estoy _____ (elegir) un regalo para mi abuela.

3. Estoy _____ (dormir) después de trasnocharme.

4. Les estoy _____ (pedir) un favor a mis amigos.

5. Me estoy _____ (morir) de hambre.

Estructura 1-2c: Present participles of *-er* and *-ir* verbs whose stems end in a vowel

PE1-12 Gerundios, gerundios Completa las siguientes oraciones con los equivalentes en español de los verbos entre paréntesis.

   Ejemplo: ¿Usted me está _sustituyendo_ (*substituting*)?

1. Estoy _____ (*reading*) todo sobre la música latina.

2. Él continúa _____ (*falling*) por las escaleras.

3. Ellos están _____ (*believing*) todo lo que digo.

4. Nosotros estamos _____ (*building*) una casa nueva.

5. ¿Estás _____ (*hearing*) esa música horrible?

6. Los ratones están _____ (*gnawing*) la instalación eléctrica.

7. Mis amigos me están _____ (*bringing*) sus discos.

8. Estoy _____ (*influencing*) sobre ellos más que nunca.

9. Nuestras opciones están _____ (*diminishing*) mucho.

10. Los niños están _____ (*fleeing*) de miedo.

Estructura 1-3: *Gustar* and similar verbs

PE1-13 ¿A quiénes les gusta la música? Completa las siguientes oraciones con el pronombre adecuado.

1. ¿Qué tipo de música _____ gusta más a ti?

2. A mí _____ encanta escuchar grupos nuevos.

3. ¿_____ fascinan a tus amigos los bailes latinos?

4. A nosotros _____ falta tiempo para ir a los clubes.

5. A los estudiantes _____ importan mucho los precios de los discos compactos.

6. A mi profesor _____ parece bueno enseñar la pronunciación con música.

7. A nosotros _____ disgusta que no haya más oportunidades para escuchar música en vivo.

PE1-14 Tus gustos y preferencias Contesta las siguientes preguntas con oraciones completas en español.

Ejemplo: ¿Qué tipo de música te gusta más?
Me gusta más la música tejana.

1. ¿Quiénes son los artistas que te fascinan?

   _____

2. ¿Te encanta escuchar música o tocarla?

   _____

3. ¿Qué tipos de música te molestan más?

   _____

4. ¿Qué categorías de música te faltan en tu colección?

   _____

5. ¿Te caen bien los artistas latinos?

   _____

6. ¿Te gusta más bailar u observar?

   _____

Capítulo 2

Estructura 2-1: Nouns

PE2-1 Los mayas de hoy Completa el siguiente párrafo con los artículos adecuados.

_____ lacandones son indígenas de _____ selva lacandona en Chiapas, México.
   1   2

Ellos se nombran a sí mismos como _____ *hach winik,* lo que en su propia lengua
                                     3

quiere decir «Gente Verdadera». Su cultura es inseparable de _____ selva lacan-
                                                               4

dona, donde han vivido desde hace cientos de años. A veces se reivindica su des-

cendencia directa de _____ civilizaciones clásicas de Palenque, Yaxchilán y
                       5

Bonampak. Es más probable que sus ancestros vinieran del sureste de Chiapas,

para escapar de _____ dominación colonial española durante _____ siglos XVII y
                  6   7

XVIII. Su origen exacto no está claro, y hay diferencias culturales y lingüísticas

entre _____ grupos del norte y los del sur. Históricamente, _____ lacandones
        8   9

vivían en pequeños clanes independientes dispersos a lo largo y ancho

de _____ vasta y deshabitada jungla. De este modo, pudieron sobrevivir
     10

evitando _____ contacto con enfermedades no propias de _____ zona.
           11   12

_____ *hach winik* permanecieron unidos gracias a _____ matrimonios entre
  13   14

miembros de _____ comunidad, _____ tradiciones y creencias religiosas compar-
              15   16

tidas por todos, y _____ lenguaje común. Hasta principios de este siglo, _____
                     17   18

mayoría de ellos vivían recluidos en _____ selva, desarrollando una cultura única
                                       19

adaptada a su entorno. Hasta _____ década de _____ años cuarenta, _____ cultura
                               20   21   22

lacandona permanece aun bajo _____ influencia de _____ misioneros cristianos.
                               23   24

Hoy en día, en _____ pueblo de Najá, _____ lacandones más ancianos continúan ins-
                 25   26

pirando a _____ comunidad con historias mitológicas únicas, interpretaciones de
            27

sueños, rituales y principios de agricultura que son puramente mayas. Aunque hoy

en día su número asciende a no más de 500, han tenido que hacer frente a cambios

sin precedentes en _____ despertar de _____ colonización fronteriza masiva y _____
                     28   29   30

deforestación desde _____ década de _____ cincuenta.
                      31   32

PE2-2 Género/Plural de sustantivos Escribe la forma plural de los siguientes sustantivos.

Ejemplo: estado
estados

1. civilización _____

2. ceremonia _____

3. astrónomo _____

4. matiz _____

5. panal _____

6. rivalidad _____

7. dios _____

8. cacique _____

Estructura 2-2: *Acabar de*

PE2-3 El pasado reciente Contesta las siguientes preguntas con oraciones completas en español.

Ejemplo: ¿Qué acabas de leer?
Acabo de leer una novela policíaca.

1. ¿Qué acabas de comprar?

_____

2. ¿Qué acabas de decir a tu mejor amigo/amiga?

_____

3. ¿Qué acaban de hacer tus compañeros de clase?

_____

4. ¿Qué acaba de explicar tu instructor/instructora?

_____

5. ¿Qué acaban de ver tú y tus amigos?

_____

Estructura 2-3a: Imperfect indicative

PE2-4 Los indígenas Escribe oraciones completas con los siguientes fragmentos en el imperfecto de indicativo.

> **Ejemplo:** Cuando llegaron los europeos a las Américas, las civilizaciones indígenas ya...
>
> cultivar el maíz, el tomate y el frijol
> *cultivaban el maíz, el tomate y el frijol.*

1. comerciar entre civilizaciones

   _____

2. crear objetos de cerámica y metal

   _____

3. hacer tratados con otras civilizaciones

   _____

4. construir edificios y monumentos

   _____

5. escribir sus libros sagrados

   _____

6. vivir en ciudades y pueblos

   _____

PE2-5 Las vacaciones ¿Qué hacías durante las vacaciones de verano cuando eras pequeño/pequeña? Escribe oraciones completas en español. Escoge verbos de la siguiente lista. No repitas los verbos.

estudiar, esquiar, estar, jugar, ir, leer, nadar, navegar, pasear, patinar, pescar, practicar, ser, viajar, visitar

> **Ejemplo:** *Nadaba por el lago con mis primos.*

1. _____
2. _____
3. _____
4. _____
5. _____
6. _____
7. _____
8. _____

Estructura 2-3b: Preterite indicative

PE2-6 Logros de los mayas En el apogeo de su civilización, ¿qué hacían los mayas? Completa las siguientes oraciones con la forma adecuada de los verbos entre paréntesis.

> **Ejemplo:** (adorar) a los dioses del sol, la luna, la lluvia y el maíz
> *Adoraron a los dioses del sol, la luna, la lluvia y el maíz.*

1. (realizar) arquitectura monumental en los centros urbanos y ceremoniales

   _____

2. (controlar) un imperio por una red de ciudades

   _____

3. (organizar) un sistema de clases sociales

   _____

4. (crear) códices o libros de papel de corteza y un calendario

   _____

5. (desarrollar) las artes y ciencias como la medicina

   _____

6. (fundar) una sociedad agraria basada en el cultivo del maíz

   _____

7. (extender) rutas comerciales al mundo maya del norte, al centro de México y al sur, llegando incluso a Panamá

   _____

8. (establecer) un sistema religioso centrado en el cosmos y la naturaleza

   _____

9. (escribir) jeroglíficos en las estelas

   _____

10. (definir) ocupaciones y oficios

   _____

Estructura 2-3c: Preterite of stem-changing verbs

PE2-7 Tus actividades de ayer Usando verbos de la siguiente lista, escribe cinco oraciones completas sobre tus actividades de ayer. No repitas los verbos.

conseguir, despedirse, divertirse, dormir, escoger, mentir, pedir, repetir, servir, vestirse

Ejemplo: medir

Medí mi apartamento porque voy a comprar una alfrombra.

_____

_____

_____

_____

_____

Estructura 2-3d: Preterite of *-ar* verbs with spelling changes

PE2-8 Lo que yo hice Escribe los equivalentes en español de los verbos en cursiva.

Ejemplo: Yo *(began)* a estudiar las culturas indígenas.

empecé

_____ 1. Yo *(touched)* los artefactos de cerámica.

_____ 2. Me *(approached)* a los antropólogos.

_____ 3. Estoy segura de que yo *(turned off)* las luces.

_____ 4. Desafortunadamente yo *(arrived)* tarde a la conferencia.

_____ 5. Yo *(analyzed)* los códices con cuidado.

_____ 6. Yo *(began)* a leer las lecturas sobre las mayas.

PE2-9 ¿Qué hiciste la semana pasada? Contesta las siguientes preguntas sobre tus actividades de la semana pasada con oraciones completas en español.

Durante la semana pasada...

Ejemplo: ¿qué le explicaste a tu amigo?

Le expliqué una fórmula de matemáticas.

1. ¿qué libros sacaste de la biblioteca?

_____

2. ¿con quiénes te comunicaste por email?

_____

3. ¿a qué jugaste?

_____

4. ¿qué cargaste a tu tarjeta de crédito?

_____

5. ¿qué cosa comenzaste a aprender?

_____

6. ¿de qué actividad gozaste más?

_____

Estructura 2-3e: Preterite of *-er* and *-ir* verbs with spelling changes

PE2-10 En la clase de español Escribe los equivalentes de las siguientes oraciones en español.

Ejemplo: The professor fell down the stairs.
> *La profesora / El profesor se cayó por la escalera.*

1. The students read the article.

_____

2. The instructor distributed the reports.

_____

3. The students fled when they saw the thief.

_____

4. The chairperson substituted for the professor.

_____

5. The professors heard that theory.

_____

6. The student destroyed his homework.

_____

7. Two students built a model of a Mayan pyramid.

_____

Estructura 2-3f: Verbs that follow a special pattern in the preterite

PE2-11 Historia breve Completa la siguiente historia con las formas adecuadas de los verbos entre paréntesis.

En 1511, el fraile Jerónimo de Aguilar y el marino Gonzalo Guerrero

_____ (venir) a la costa de Quintana Roo después del naufragio de
         1

su embarcación. Los mayas no los mataron, sino que los _____
                                                                    2

(hacer) esclavos. Guerrero se casó con una nativa, _____ (tener)
                                                              3

una familia y se _____ (hacer) miembro de la comunidad maya.
                        4

Así, cuando Aguilar le _____ (proponer) escapar con él, Guerrero
                                5

no _____ (querer). El fraile no _____ (poder)
    6   7

convencerlo y se marchó a la isla de Cozumel para encontrarse con Hernán Cortés

en 1519. Más tarde, Gonzalo Guerrero _____ (intervenir) cuando
                                           8

los españoles amenazaron a los mayas, un pueblo que él había aprendido a querer

y respetar. Los mayas _____ (oponer) fiera resistencia a los es-
                          9

pañoles pero al final los conquistadores _____ (obtener) terreno en
                                            10

Yucatán.

Estructura 2-3g: Preterite of irregular verbs

PE2-12 Verbos irregulares Completa la siguiente tabla con las formas adecuadas de los verbos, según las indicaciones.

	dar	haber	ir/ser	ver
yo				
tú				
usted/él/ella				
nosotros/nosotras				
vosotros/vosotras				
ustedes/ellos/ellas				

PE2-13 Tus vacaciones Contesta las siguientes preguntas con oraciones completas en español.

1. ¿Adónde fuiste de vacaciones?

   _____

2. ¿Cómo fueron las vacaciones?

   _____

3. ¿Qué cosas interesantes viste?

   _____

4. ¿Hubo algo sorprendente? ¿Qué?

   _____

5. ¿Le diste un recuerdo a alquien? ¿Qué?

   _____

Estructura 2-3h: Imperfect and preterite contrasted

PE2-14 Aventura de una mariachi Estudia la siguiente historia completándola con las formas adecuadas del pasado de los verbos indicados.

Antes Graciela _____ (cantar) de vez en cuando con el grupo Maria-
1

chi Maravilla. Una noche los mariachis _____ (salir) a la plaza y
2

Gabriela _____ (irse) con ellos. _____ (Ser) las
3   4

nueve de la noche y _____ (hacer) mucho frío. Todos los músicos
5

_____ (apretarse) unos contra otros para calentarse. De repente el
6

viento _____ (soplar) racheado y _____ (llevarse) el
7   8

sombrero de Gabriela. Mientras los otros músicos _____ (reírse) a
9

carcajadas, la pobre de Gabriela _____ (perseguir) el sombrero a lo
10

largo de la calle. A causa de la aventura, sus colegas _____ (nom-
11

brar) el sombrero de Gabriela «lo que el viento _____ (llevarse)» y
12

le _____ (poner) a Gabriela el nombre de «Scarlett O'Hara».
13

PE2-15 ¿Cómo se dice? Escribe los equivalentes de las siguientes oraciones en español.

1. Did you (**tú**) buy a compact disc last night?

   _____

2. What time was it when you went to the store?

   _____

3. Were there many recordings by Latino artists?

   _____

4. What video were you watching when I telephoned?

   _____

5. I used to like that group until they began singing in English.

   _____

6. I bought a compact disc yesterday and played it all day.

   _____

Capítulo 3

Estructura 3-1: Indirect object pronouns

PE3-1 Muestra tu creatividad Usando elementos de cada lista, crea algunas oraciones originales, según el ejemplo. Sé creativo/creativa.

Ejemplo: Eloisa / vender / a mí

Eloisa me vendió su computadora portátil.

1. viajeros / comprar / nosotros/nosotras

_____

2. yo / dar / recepcionista

_____

3. ustedes / leer / hombres/mujeres de negocios

_____

4. mis amigos / pedir / taxistas

_____

5. tú / regalar / aduanero

_____

6. oficiales / exigir *(demand)* / ellos/ellas

_____

7. nosotros/nosotras / revisar / agente de viajes

_____

PE3-2 Al llegar a la universidad Contesta las siguientes preguntas con oraciones completas en español usando pronombres de complemento indirecto.

Ejemplo: ¿Quién te alquiló tu apartamento?

La oficina de bienes raíces me alquiló el apartamento.

1. ¿Quién les mostró los sitios de interés a los estudiantes?

_____

2. ¿Quiénes nos trajeron los anuncios de los eventos sociales a nosotros?

_____

3. ¿Quiénes les prepararon los informes a ustedes?

_____

4. ¿A quién les pidieron ustedes los expedientes?

_____

5. ¿A quiénes les hiciste llamadas?

_____

6. ¿Quién te instaló los programas de computadora?

_____

7. ¿Quiénes le enviaron el fax al decano?

_____

Estructura 3-2a: Direct object pronouns

PE3-3 Sustitución Vuelve a escribir las siguientes oraciones, usando pronombres de complemento directo.

Ejemplo: Busqué la oficina de personal.
   La busqué.

1. ¿Buscaste a los señores Leguizamo?

_____

2. Mis padres recibieron los papeles ayer.

_____

3. Andrés leyó el menú.

_____

4. Carolina compró las entradas.

_____

5. Felipe y Julia llamaron a Eliana.

_____

6. Marcos y yo hicimos los carteles.

_____

PE3-4 ¿Marcar o no marcar? Escribe la **a** personal en las siguientes oraciones cuando sea necesaria según el contexto.

Ejemplo: Liliana me recomendó la agente de viajes.
   Liliana me recomendó a la agente de viajes.

1. Alejandra vio su cantante favorito en concierto.

_____

2. El gato se comió la carne.

_____

3. Nosotros saludamos la jefa de la empresa.

_____

4. ¿Quién llamó un taxi anoche a las once y media?

_____

5. ¿Te envió una tarjeta postal tu familia?

_____

Estructura 3-2b: Double object pronouns

PE3-5 Transformaciones Transforma las siguientes oraciones, usando dos pronombres.

Ejemplo: Anamaría le recomendó el vídeo a su prima.
Anamaría se lo recomendó.

1. Benito le dio la revista a Ángela.

_____

2. Mar y Arantxa les pidieron los libros a sus amigos.

_____

3. Fernando les explicó el problema a los estudiantes.

_____

4. Antonio le escribió la carta a sus abuelos.

_____

5. Los estudiantes le presentaron las demandas al decano.

_____

PE3-6 Encuesta Contesta las preguntas siguientes acerca de los viajes, con oraciones completas. Usa dos pronombres cuando sea adecuado.

Ejemplo: ¿Quienes te dan las mejores ideas para viajar?
Me las dan mis amigos.

1. Antes de viajar, ¿a quién le pides la información necesaria?

_____

2. Cuando llegas a tu destino, ¿te revisan los documentos los oficiales?

_____

3. ¿Les sugieres a tus amigos los mejores sitios para vacaciones?

_____

4. ¿Te prestan tus amigos cosas para los viajes?

_____

5. ¿Usan transporte público tus amigos?

_____

Estructura 3-3: Comparisons of superiority and inferiority

PE3-7 El español en las profesiones Estudia la siguiente información y compara las tres profesiones. Escribe dos oraciones completas en español (una comparación con **más**, una con **menos**) para cada característica.

Ejemplo: *La mujer policía no gana más que el locutor de radio.*

La mujer policía	El locutor de radio	La doctora
23 años	45 años	32 años
3.000 dólares al mes	4.000 dólares al mes	5.000 dólares al mes
una hija	tres hijas	dos hijas
un Ford	un Porsche	un Cadillac
Maneja muy bien.	Maneja muy mal.	Maneja regular.
Se levanta a las cinco.	Se levanta a las seis.	Se levanta a las siete.

Edad

_____

_____

Ingresos

_____

_____

Familia

_____

_____

Coche

_____

_____

Manejar

_____

_____

Hora

_____

_____

PE3-8 Más comparaciones Refuta la siguiente información con comparaciones adecuadas.

Ejemplo: La peluquera corre seis kilómetros al día.

La peluquera corre menos de seis kilómetros al día.

La peluquera	La maestra	El actor
25 años	30 años	50 años
1.500 dólares al mes	2.500 dólares al mes	4.500 al mes
Corre cinco kilómetros.	Corre un kilómetro.	No corre.
un sedán que cuesta 3.500 dólares	un auto deportivo que cuesta 35.000 dólares	una motocicleta que cuesta 6.000 dólares

1. La peluquera tiene 20 años.

_____

2. La maestra tiene 50 años.

_____

3. La peluquera es mayor que el actor.

_____

4. El actor gana 6.000 dólares al mes.

_____

5. La peluquera gana 900 dólares al mes.

_____

6. La maestra gana menos que la peluquera.

_____

7. La peluquera corre tres kilómetros al día.

_____

8. El actor corre más que nadie.

_____

9. La motocicleta del actor cuesta 5.000 dólares.

_____

10. El auto de la peluquera es el vehículo más caro.

_____

Capítulo 4

Estructura 4-1: Commands

PE4-1 Mandatos formales Escribe las formas singulares y plurales y los mandatos negativos de los siguientes verbos.

  Ejemplo: decir
       diga, no diga, digan, no digan

1. escuchar _____ _____ _____ _____

2. leer   _____ _____ _____ _____

3. vivir   _____ _____ _____ _____

4. tener   _____ _____ _____ _____

5. ir   _____ _____ _____ _____

6. poner   _____ _____ _____ _____

7. dormir   _____ _____ _____ _____

8. perder   _____ _____ _____ _____

PE4-2 Primeros auxilios Cambia los infinitivos en las siguientes instrucciones del club de deportes por mandatos formales singulares.

  Ejemplo: Buscar urgentemente asistencia médica.
       busque

1. No mover a la víctima. _____

2. Si el accidentado lleva casco, no quitárselo._____

3. Si la víctima no respira, limpiar las vías respiratorias._____

4. Si hay pulso, practicar la respiración artificial._____

5. Si hay que dar respiración boca a boca, colocar a la víctima boca arriba._____

6. Aflojar las prendas que rodeen el cuello._____

7. Girar la cabeza a un lado y con los dedos eliminar cualquier obstáculo de la cavidad bucal._____

8. Inclinarle la cabeza hacia atrás y poner su mano debajo del cuello de la víctima. _____

9. Cerrar con los dedos la nariz y abrirle la boca._____

10. Hacer una inspiración profunda y colocar su boca sobre la de la víctima._____

11. Insuflar el contenido de sus pulmones en los del accidentado._____

12. Repetir la secuencia cada cinco segundos._____

Estructura 4-2: Subordinate clauses

PE4-3 Cláusulas subordinadas Subraya las cláusulas subordinadas en las siguientes oraciones.

1. Dudamos que el restaurante sirva comida mexicana.

2. Es bueno que el menú esté en español.

3. No creo que el menú sea muy completo.

4. Conocemos un restaurante que sirve excelentes mariscos.

5. Llegamos al restaurante tan pronto como pudimos.

PE4-4 Una cena divertida Subraya e identifica la cláusula subordinada en las siguientes oraciones. Puede ser nominal, adjetival o adverbial.

> **Ejemplo:** No conocemos ningún restaurante *que sirva mole poblano*.
> *adjetival*

_____ 1. Anoche Raúl y yo visitamos a Alejandra, una amiga que sabe cocinar muy bien a la mexicana.

_____ 2. El teléfono sonó cuando yo salía de la casa. Era Alejandra.

_____ 3. Ella me dijo que necesitaba unos dientes de ajo.

_____ 4. Sabe que yo siempre tengo ajo en casa.

_____ 5. Me gusta cocinar con ajo porque creo que es muy bueno para la salud.

_____ 6. Yo no sabía que fuera a preparar el mole poblano de pollo.

_____ 7. Espero que Alejandra no vaya a preparar una receta que usa tres tipos de chiles. Es muy, pero muy, picante.

_____ 8. El pobre de Raúl no está acostumbrado a la comida picante. Se bebió un vaso entero de agua tan pronto como comió el primer bocado.

_____ 9. Era obvio que no le gustaba nada el mole.

_____ 10. Es interesante que Raúl pidiera la receta antes de irse.

Estructura 4-3a: Present subjunctive of regular verbs

PE4-5 Alejandra y el mole poblano Escribe oraciones completas, basándote en las siguientes indicaciones.

> **Ejemplo:** yo / alegrarse de que a ustedes / gustar cocinar
> *Me alegro de que a ustedes les guste cocinar.*

1. Alejandra / querer / ustedes / aprender a / cocinar / plato típico mexicano

_____

2. yo / no estar segura / ustedes / gustar / el mole poblano

_____

3. una leyenda / decir / un grupo de monjas / inventar / el plato

_____

4. yo / recomendar / ustedes / comprar los ingredientes / en una tienda mexicana

_____

5. yo / sugerir / ustedes / no prepararlo / demasiado picante

_____

6. es obvio / ustedes / deber / servir un vaso de agua fría / con el plato

_____

7. ojalá / ustedes / comer / ese plato pronto

_____

PE4-6 La Noche Vieja Completa de una manera original las siguientes oraciones sobre una fiesta de Noche Vieja. Usa la siguiente lista, u otros verbos regulares, pero no repitas verbos.

bailar, beber, celebrar, comer, comportarse bien, faltar, invitar, organizar una fiesta, pasarlo bien, quedarse en casa, reunirse

Ejemplo: No quiero...

No quiero que invites a Tomás.

1. Quiero que...

_____

2. Sé que mis amigos y yo...

_____

3. Es importante que...

_____

4. Estoy seguro/segura de que...

_____

5. Mis amigos temen que yo...

_____

6. Ellos prefieren...

_____

7. Yo dudo que mis amigos...

_____

8. Es cierto que...

_____

9. Es lástima que...

_____

10. Ojalá que...

_____

Estructura 4-3b: Present subjunctive of stem-changing verbs

PE4-7 En el gimnasio Completa las siguientes oraciones con las formas adecuadas de los verbos entre paréntesis.

Ejemplo: Es importante que usted _____*piense*_____ (pensar) en un programa de ejercicios.

1. Es importante que usted _____ (comenzar) un programa de ejercicios con cuidado.

2. Consulta con un fisiólogo para que _____ (recomendar) los ejercicios más beneficiosos.

3. Es necesario que usted _____ (querer) mantenerse en un buen estado de salud.

4. Para mejores resultados, no se recomienda que usted _____ (perder) su rutina.

5. Es mejor que ustedes _____ (seguir) el programa todos los días.

6. Es bueno que los niños, los adultos y los ancianos _____ (poder) hacer ejercicio.

PE4-8 Consejos para los aficionados ¿Qué aconsejarías a los aficionados de los pasatiempos indicados? Escribe una recomendación lógica para cada caso, usando verbos de la siguiente lista. No repitas verbos.

almorzar, cerrar, comenzar/empezar, conseguir, contar, decir, dormir, elegir, encontrar, entender, jugar, mentir, mostrar, pedir, pensar, perder, poder, querer, recordar, reír, repetir, seguir, volver

Ejemplo: el escalar / Es importante que...
   Es importante que no pierdas el equilibrio.

1. los parques de atracciones / Es importante que...

   _____

2. el billar / Recomiendo que...

   _____

3. el golf / Es necesario que...

   _____

4. el piragüismo / Sugiero que...

   _____

5. una colección / Espero que...

   _____

6. la cocina / Es bueno que...

   _____

Estructura 4-3c: Present subjunctive of verbs with spelling changes

PE4-9 Ir al cine Escribe las formas adecuadas de los verbos entre paréntesis.

Ejemplo: Es probable que la película _____*empiece*_____ (empezar) a las ocho.

1. Es posible que ustedes _____ (pagar) las entradas con tarjeta de crédito.

2. Me alegro de que las películas _____ (comenzar) a diferentes horas.

3. Es importante que nos _____ (comunicar) con los otros antes de escoger una película.

4. Es necesario que alguien me _____ (explicar) la trama de la película.

5. Es bueno que Norberto siempre _____ (analizar) las películas.

6. Es malo que nosotros siempre _____ (llegar) tarde.

7. Es molestia que Andrea siempre _____ (criticar) a mis actores favoritos.

8. Es lástima que Roberto y Carlos _____ (negarse) ir con nosotros.

PE4-10 Un día en el río Escribe recomendaciones para un día de ocio, según las indicaciones.

Ejemplo: Es importante que... analizar el ambiente antes de pescar
   analices

(No) Es importante que...

1. almorzar temprano_____

2. aparcar lejos del río_____

3. pescar con equipo caro_____

4. los peces no oírte_____

5. no destruir el hábitat_____

6. no caerte en el río_____

7. gozar de la experiencia _____

Estructura 4-3d: Irregular present subjunctive verbs

PE4-11 ¿Qué quieres? Es tu cumpleaños. Escribe oraciones completas en español, según las indicaciones.

   Ejemplo: nadie / saber

   No quiero que nadie sepa que es mi cumpleaños.

1. mis amigos / darme

   _____

2. mis amigos y yo / ir

   _____

3. el día / ser

   _____

4. mi mejor amigo/amiga / estar

   _____

5. todo el mundo / saber

   _____

PE4-12 Un regalo para mi hija Escribe los equivalentes en español de las siguientes oraciones.

1. My daughter wants me to give her a car.

   _____

2. I hope that she is responsible.

   _____

3. I want her to go to driving school (**autoescuela**).

   _____

4. She thinks that I don't know anything.

   _____

5. She doesn't want me to be so nervous.

   _____

Capítulo 5

Estructura 5-1a: Conditional of regular verbs

PE5-1 Compañeros Completa la siguiente conversación acerca de una excursión ecológica con las formas adecuadas de los verbos entre paréntesis.

Eduardo: Me 1. _____ (gustar) invitar a Ramón.

Julia: Pero él 2. _____ (dormir) casi todo el día.

Eduardo: Es cierto. Bueno, Héctor y Marta 3. _____ (ir) con nosotros.

Julia: Sí, 4. _____ (ser) muy divertido ir con ellos.

Eduardo: Irene 5. _____ (encontrar) los mejores precios.

Julia: Sí, pero no le 6. _____ (interesar) nada una excursión ecológica.

Eduardo: Estoy de acuerdo. Ella 7. _____ (quejarse) de todo.

Julia: Yo 8. _____ (preferir) a Isolda.

Eduardo: Claro, y su novio Manuel la 9. _____ (acompañar).

Julia: Estoy segura de que Manuel 10. _____ (comportarse) bien.

Eduardo: Aunque nosotros nunca lo 11. _____ (ver) porque siempre 12. _____ (estar) sacando fotos.

Julia: Pues, bien. Nosotros 13. _____ (deber) invitar a Héctor, a Marta, a Isolda y a Manuel.

Eduardo: De acuerdo.

PE5-2 Cómo salvar el planeta Escribe oraciones completas en español basándote en los siguientes fragmentos.

Ejemplo: nosotros / plantar / árboles
Nosotros plantaríamos árboles.

Para salvar el planeta...

1. yo / usar / detergentes biodegradables

_____

2. mis amigos / votar / por los candidatos «verdes»

_____

3. la gente / reciclar / aluminio, papel y vidrio

_____

4. tú y yo / no comer / productos alterados genéticamente

_____

5. todos / insistir en / mantener limpias / las vías fluviales

_____

6. las industrias / cumplir / con las leyes contra la contaminación

_____

7. los científicos / descubrir / combustibles eficientes y limpios

_____

Función 5-1b: Verbs with irregular stems in the conditional

PE5-3 Un futuro «verde» Completa las siguientes oraciones con las formas adecuadas de los verbos entre paréntesis.

1. _____ (Haber) zonas verdes en todas las ciudades.

2. Nosotros _____ (poder) manejar vehículos de combustibles limpios.

3. Todo el mundo _____ (ponerse) prendas fabricadas con procesos «verdes».

4. Yo _____ (hacer) excursiones ecológicas con mis amigos.

5. Mi familia y yo _____ (tener) una casa biológica.

6. Los científicos _____ (venir) a nuestro país para estudiar ecología.

7. Los productos reciclados _____ (valer) más que los nuevos.

8. Tú y yo _____ (salir) sin miedo de la contaminación del aire.

PE5-4 Excursiones ecológicas Escribe los equivalentes de las siguientes preguntas que le harías a un agente de viajes, respecto a las excursiones ecológicas.

Ejemplo: Would you take a trip through the tropical forest?
¿Haría usted un viaje por el bosque tropical?

1. Would you tell us the itinerary?

_____

2. Could we go at any time of the year?

_____

3. Would you put us on a waiting list?

_____

4. At what time would we leave?

_____

5. Would we have to take special equipment?

_____

6. Would a guide come with us?

_____

7. How much would the excursion cost (be worth)?

_____

Estructura 5-2: Imperfect subjunctive

PE5-5 El Club de ecología Completa la siguiente conversación sobre lo que pasó en la reunión del Club de ecología, según las indicaciones.

Miguel: Fue interesante que el Sr. Tellez 1. _____ (hacer) un ecotour en Costa Rica el verano pasado.

Alejandro: Sí. Recomendó que todos los miembros del club 2. _____ (ir) allí. ¿Crees que él 3. _____ (hablar) en serio cuando lo mencionó?

Miguel: Claro que sí. Era obvio que él 4. _____ (hablar) muy en serio porque insistió en que nosotros 5. _____ (planear) algunas actividades para recolectar fondos.

Alejandro: Algunos de los miembros no creían que nosotros 6. _____ (poder) hacerlo.

Miguel: Es verdad. Pero son las mismas personas que dudaron que nosotros 7. _____ (construir) un centro de reciclaje en la universidad.

Alejandro: ¡Hombre! Hace un año que este proyecto está en marcha. Pues, no perdamos tiempo. El consejero quería que nosotros 8. _____ (empezar). ¡Manos a la obra!

PE5-6 Noble campaña Los socios del Club de ecología planearon una campaña de ecología en la universidad. Escribe oraciones completas, basándote en los siguientes fragmentos.

Ejemplo: La presidenta les pidió a los socios / que... imprimir carteles
imprimieran

La presidenta les pidió a los socios que...

1. no comer productos alterados genéticamente_____

2. reciclar todo lo posible_____

3. andar o tomar transporte público_____

4. no destruir la capa del ozono con aerosoles_____

5. proteger las especies en vías de extinción_____

6. hacer una campaña ecológica_____

7. producir folletos sobre la ecología_____

8. tener buena información para repartir_____

Función 5-3: *Si* clauses

PE5-7 ¿Qué harías tú? Completa las siguientes oraciones con las formas adecuadas de los verbos entre paréntesis.

Ejemplo: Todos reciclarían más si _____*fuera*_____ (ser) más fácil.

1. Mis amigos no usarían jeans si _____ (entender) lo contaminante el proceso.

2. Mi esposo usaría detergentes biodegradables si el supermercado los _____ (vender).

3. Yo no manejaría tanto si _____ (haber) transporte público conveniente.

4. Los estudiantes no comerían tanta comida instantánea si _____ (saber) los ingredientes que contiene.

5. Los profesores organizarían una campaña de ecología si _____ (tener) más tiempo.

6. ¿Tú comprarías más productos orgánicos si no _____ (costar) tanto?

7. Nosotros plantaríamos más árboles si _____ (poder).

PE5-8 En un simposio de la ecología Completa las siguientes oraciones de una manera lógica. No repitas verbos.

Ejemplo: El moderador gritó como si...
los participantes no lo oyeran.

1. Los políticos hablaron como si...

_____

2. Los consumidores se quejaron como si...

_____

3. Los fabricantes insistieron como si...

_____

4. El moderador presidió como si...

_____

5. Los reporteros escribieron como si...

_____

6. Los videntes pusieron atención como si...

_____

Capítulo 6

Estructura 6-1: Infinitives

PE6-1 El ejercicio físico Completa cada una de las siguientes sugerencias para el ejercicio físico con un infinitivo adecuado escogido de la lista. No repitas verbos.

causar, crear, evitar, hacer, mantener, ser, tener, tomarse

> **Ejemplo:** El ejercicio físico es una manera excelente para _____*gastar*_____ las calorías.

1. Se recomienda _____ el pulso después de hacer ejercicio.

2. Para _____ la sobrecarga de los músculos, varía los movimientos y haz descansos.

3. Las personas mayores de sesenta y cinco años deben _____ una revisión médica antes de comenzar un programa de ejercicios.

4. Los antiguos griegos consideraban la gimnasia un método de _____ la armonía y la belleza del cuerpo.

5. Es importante _____ la constancia con respecto al ejercicio físico.

6. El verano es la época del año más propicia para _____ ejercicio físico.

7. El ejercicio no debe _____ agotador. Recuerda que no todo el ejercicio es beneficioso.

8. El ejercicio demasiado intenso puede _____ calambres y molestias musculares.

PE6-2 Aprender los primeros auxilios Escribe los equivalentes en español de los siguientes primeros auxilios.

CLÍNICA GONZÁLEZ OFRECE CLASES DE PRIMEROS AUXILIOS

Aprenda cómo...

1. _____ (*give*) respiración boca a boca

2. _____ (*bandage*) mordeduras de animales

3. _____ (*stabilize*) fracturas

4. _____ (*stop*) hemorragias nasales

5. _____ (*recognize*) plantas venenosas

6. _____ (*alleviate*) picaduras de insectos

7. _____ (*avoid*) sobredosis de drogas

8. _____ (treat) shock eléctrico

Estructura 6-2: Reflexive verbs

PE6-3 La gripe afecta la rutina Contesta las siguientes preguntas con oraciones completas en español. Menciona la rutina normal y la rutina cuando tienes la gripe.

> **Ejemplo:** ¿A qué hora te levantas?
>
> *Normalmente me levanto a las seis y media, pero cuando tengo la gripe me levanto a las diez.*

1. ¿A qué hora te acuestas?

   _____

2. ¿Con qué frecuencia te bañas?

   _____

3. ¿Cómo te vistes?

   _____

4. ¿Te duermes mucho?

   _____

5. ¿Con qué frecuencia te afeitas?

   _____

PE6-4 ¿Cuándo te sientes así? Escribe oraciones completas en las que expreses tus emociones.

> **Ejemplo:** sentirse feliz
>
> *Me siento feliz cuando saco una «A» en un examen.*

1. quejarse

   _____

2. enojarse

   _____

3. divertirse

   _____

4. sentirse triste

   _____

5. preocuparse

   _____

6. alegrarse

   _____

PE6-5 La familia Martínez Completa las siguientes oraciones, según las indicaciones.

Ejemplo: Raúl y yo / despertar *(each other)*
Raúl y yo nos despertamos.

1. Antonio y yo / llamar *(each other)*

_____

2. Gabriel y Ramón / criticar *(each other)* demasiado

_____

3. Cristina y Marta / visitar *(each other)* todos los veranos

_____

4. Luisa, María y Ana / escribir *(each other)* muy a menudo

_____

5. Rafael y Leticia / querer *(each other)* mucho

_____

6. Jorge, Samuel y Manolo / ayudar *(each other)* siempre

_____

Estructura 6-3a: Future tense of regular verbs

PE6-6 Un mensaje electrónico Escribe las formas adecuadas del tiempo futuro de los verbos entre paréntesis.

Ejemplo: Yo _viajaré_ (viajar) mañana.

Querida Matilde:

¿Qué tal? ¿Cómo van tus estudios en medicina? Creo que el puesto en la ciudad de

México _____ (ser) una gran oportunidad para ti. ¿Cuándo _____
    1   2

(ir) allí para la entrevista? Estoy segura de que todo _____ (resultar)
                                                              3

muy bien. Me preguntas lo que yo _____ (hacer). Pues, me imagino
                                        4

que primero yo _____ (buscar) un trabajo bien pagado y
                     5

_____ (tratar) de ahorrar dinero para hacer un viaje a Europa. Algún
      6

día mi novio Gerardo y yo _____ (casarse). Mis padres _____
                                7   8

(estar) muy contentos porque Gerardo les cae muy bien a ellos. Nosotros

_____ (comprar) una casa pequeña y tú nos _____
₉ ... ₁₀

(visitar) con frecuencia. ¿Me _____ (llamar) inmediatamente des-
₁₁

pués de la entrevista, ¿no es cierto? ¡Buena suerte!

Abrazos,

Alicia

PE6-7 La buena salud Escribe en español las siguientes resoluciones para la buena salud.

1. I will lose ten pounds.

   _____

2. I will drink eight glasses of water every day.

   _____

3. I will practice yoga three times per week.

   _____

4. I will reduce the stress in my life.

   _____

5. I will eat only organic foods.

   _____

6. I will sleep seven hours every night.

   _____

7. I will buy an aquarium and goldfish.

   _____

8. I will spend more time with my family.

   _____

Estructura 6-3b: Future tense of irregular verbs

PE6-8 Si gano la lotería Completa el siguiente párrafo con las formas adecuadas de los verbos entre paréntesis.

Yo te _____ (decir) lo que _____ (hacer) si gano la
₁ ... ₂

lotería. Yo _____ (tener) tiempo para hacer las cosas que real-
₃

mente me interesan. Mi esposo y yo _____ (hacer) un viaje a
₄

Sudamérica. Después de volver, nuestros vecinos _____ (hacer)
₅

una fiesta para nosotros. Ellos _____ (querer) ver las fotos de
₆

nuestro viaje. Todos nuestros amigos _____ (venir) a la fiesta y

sabemos que _____ (haber) mucha diversión. Nosotros _____
                    8   9

(poder) revivir las vacaciones y nuestros amigos _____ (salir)
                                                             10

hartos de nuestras anécdotas. Ni modo... nosotros _____ (poner)
                                                              11

las fotos en un álbum porque las _____ (querer) mirar con
                                            12

frecuencia.

PE6-9 Las uñas enterradas Completa las siguientes oraciones con las formas adecuadas de los verbos entre paréntesis.

Como todo el mundo, padezco de uñas enterradas de vez en cuando. Para evitar esta condición dolorosa en el futuro, voy a seguir los siguientes consejos médicos.

1. Yo _____ (prevenir) problemas en el pie.

2. Yo _____ (hacer) el esfuerzo de revisarme los pies frecuentemente.

3. Yo _____ (mantener) limpios y secos los pies.

4. No me _____ (poner) calzado puntiagudo porque tortura los pies.

5. Yo no _____ (salir) con zapatos de tenis todos los días. La suela es muy suave para usarlo como calzado diario.

6. La uña no _____ (caber) si las orillas quedan más largas que la uña. Así me cortaré las uñas con cuidado.

7. Yo _____ (tener) una consulta con mi dermatólogo.

8. El esmalte también provoca las uñas enterradas. Yo me _____ (poder) pintar las uñas, pero sólo para alguna ocasión especial.

Capítulo 7

Estructura 7-1a: Present perfect indicative of verbs with regular participles

PE7-1 En las noticias Completa estas oraciones acerca de Jorge Ramos, reconocido periodista de Noticiero Univisión, con las formas adecuadas de los siguientes verbos en el presente perfecto de indicativo.

afirmar, entrevistar, escribir, publicar, recibir, reportar, ser

1. Jorge Ramos _____ presentador de Noticiero Univisión desde 1986.

2. Ramos _____ eventos importantes como la explosión terrorista de Oklahoma City, los disturbios civiles de Los Ángeles, la guerra del Medio Oriente y la caída del muro de Berlín.

3. Ramos _____ a figuras internacionales como los presidentes de Estados Unidos, George Bush y Bill Clinton, el líder comunista cubano, Fidel Castro, el mexicano Carlos Salinas de Gortari, el colombiano Ernesto Samper y el escritor peruano Mario Vargas Llosa.

4. El presentador _____ numerosos reconocimientos a través de su carrera.

5. Además, _____ varios libros, entre ellos *Detrás de la máscara,* en el que _____ entrevistas a varios líderes mundiales.

6. El periodista _____ también la credibilidad y confianza de la gente que «nos lee, ve y escucha»; es el único recurso que tenemos.

PE7-2 Los niños latinos Completa las siguientes oraciones con las formas adecuadas de los verbos entre parentesis.

　　Ejemplo: El número de niños latinos ___*ha aumentado*___ (aumentar) mucho.

1. Se _____ (estimar) que los niños latinos constituyen más del 12 por ciento de los niños estadounidenses y el 21,3 por ciento de todos los niños que viven debajo del nivel de pobreza.

2. La proporción de latinos que no _____ (cursar) estudios más allá del quinto grado es catorce veces mayor que la de los blancos.

3. Durante décadas, los latinos _____ (luchar) por establecer su identidad y por afirmar su existencia.

4. La comunidad latina _____ (convertirse) en un grupo importante en la arena política.

5. Sin embargo, pocas organizaciones _____ (adquirir) la experiencia o competencia requerida para responder a las inquietudes de los latinos.

6. El Consejo Nacional de Dirigentes Latinos (CLE), por otra parte, _____ (desarrollar) fuentes de información sobre temas relativos al bienestar de los niños latinos.

7. El Departamento de Salud y Servicios Humanos de Estados Unidos _____ (solicitar) al CLE información con respecto a leyes y programas de reformas sociales pendientes.

8. El CLE también _____ (organizar) y _____ (participar) en reuniones con el Comité de Miembros Hispanos del Congreso.

9. El CLE _____ (reunirse) con dignatarios elegidos para ayudar a crear los cambios necesarios en las políticas federales que mejorarán la calidad de vida de los latinos, de todos los niños y de sus familias.

Estructura 7-1b: Present perfect indicative of verbs with irregular participles

PE7-3 ¿Qué has hecho hoy? Contesta las siguientes preguntas con oraciones completas en español.

1. ¿Qué has escrito?

   _____

2. ¿A quién has hecho una llamada telefónica?

   _____

3. ¿Qué cosa interesante has visto?

   _____

4. ¿Has dicho una mentira piadosa (a white lie)? ¿Qué?

   _____

5. ¿Qué te has puesto?

   _____

6. ¿A qué hora has vuelto a casa?

   _____

7. ¿Qué cosa interesante has oído?

   _____

8. ¿Qué cosa interesante has leído?

   _____

PE7-4 Lo que he hecho hoy Completa las siguientes oraciones con las formas adecuadas de los verbos entre paréntesis.

Ejemplo: _____*he abierto*_____ (abrir) las ventanas.

Hoy, yo...

1. _____ (hacer) muchas cosas hoy.

2. _____ (escribir) un informe para mi clase de español.

3. _____ (leer) un capítulo de mi libro de historia.

4. _____ (devolver) un libro a la biblioteca.

5. _____ (ver) un programa popular de televisión.

6. _____ (oír) un rumor interesante.

7. No _____ (romper) ningún plato.

Estructura 7-2: Present perfect subjunctive

PE7-5 Los latinos en Estados Unidos Completa las siguientes oraciones con las formas adecuadas de los verbos entre paréntesis en el presente perfecto de subjuntivo.

Ejemplo: Es bueno que los latinos _hayan contribuido_ (contribuir) mucho a la cultura de Estados Unidos.

1. ¿Crees que los latinos _____ (tener) mucha influencia en el suroeste de este país?

2. Es interesante que Tucsón, Los Ángeles y Miami _____ (reflejar) las tradiciones latinas.

3. Dudo que tú _____ (comer) la auténtica comida cubana o la puertorriqueña.

4. Es malo que los latinos no _____ (recibir) el reconocimiento que _____ (merecer).

5. Es probable que muchas familias latinas _____ (vivir) en Estados Unidos por siglos.

Estructura 7-3: Future perfect indicative

PE7-6 Para las próximas elecciones Completa las siguientes oraciones con las formas adecuadas de los verbos entre paréntesis.

1. Los políticos _____ (tomarse) en cuenta los votos latinos.

2. Los votantes _____ (hacer) demandas respecto a la instrucción y los empleos.

3. Todo el país _____ (ver) un aumento tremendo de la población latina.

4. En nuestra comunidad se _____ (abrir) muchas tiendas latinas.

5. Nosotros _____ (oír) español por todas partes de la comunidad.

6. Los periódicos _____ (publicar) más noticias positivas acerca de los latinos.

7. Muchos niños latinos _____ (aprender) a leer y escribir en dos idiomas.

8. Yo _____ (ir) a los barrios latinos de San Antonio, Chicago, Miami y Nueva York.

PE7-7 Cambios en tu universidad Para el año 2025, ¿cómo habrá cambiado tu universidad? Escribe un párrafo, usando verbos en el futuro perfecto de indicativo.

Ejemplo: *Para el año 2025 mi universidad habrá cambiado mucho.*

_____

_____

_____

_____

_____

_____

_____

_____

_____

_____

Capítulo 8

Estructura 8-1: Past perfect indicative

PE8-1 Antes de ser famosos Completa las siguientes oraciones con las formas adecuadas de los verbos entre paréntesis usando el pluscuamperfecto de indicativo.

1. Antes de ser estrella de la telenovela «All My Children», Mark Consuelos _____ (recibir) su diploma en economía de la Universidad de Notre Dame.

2. El jugador de béisbol, Sammy Sosa, _____ (apoyar) a su familia como limpiabotas en República Dominicana.

3. Cristina Saralegui, la «Oprah latina», _____ (escribir) artículos para la revista *Latin Cosmopolitan*.

4. Óscar de la Hoya _____ (ganar) una medalla de oro en la Olimpiada de Barcelona de 1992.

5. Antes de comenzar su carrera de actor, Antonio Banderas _____ (querer) una carrera como jugador de fútbol.

6. Jennifer López _____ (bailar) en muchos espectáculos y vídeos de música.

PE8-2 Mi historia Completa las siguientes oraciones de una manera lógica, usando el pluscuamperfecto de indicativo.

  Ejemplo: Hasta el año pasado...
      Hasta el año pasado, todavía no había manejado un auto.

1. Hasta el año pasado, todavía no...

   _____

2. Antes de cumplir los dieciséis años, ya...

   _____

3. Hasta el semestre/trimestre pasado, todavía no...

   _____

4. Cuando llegué a clase hoy, ya...

   _____

5. Cuando empecé a estudiar en la universidad, ya...

   _____

6. Al graduarme de la escuela preparatoria, ya...

   _____

7. El año pasado, aún no...

   _____

8. Cuando era niño/niña, no...

   _____

Estructura 8-2: Past perfect subjunctive

PE8-3 Cosas increíbles Completa las siguientes oraciones con las formas adecuadas de los verbos entre paréntesis.

Ejemplo: Mis amigos no creían que yo _hubiera vivido_ (vivir) en esta ciudad.

1. Carlota no creía que yo _____ (ver) una película extranjera.

2. Andrés y Andrea dudaban que nosotros _____ (comer) en un restaurante italiano.

3. Fue imposible que tú _____ (conocer) a una persona de otro país.

4. Ellos temían que yo _____ (estudiar) toda la noche.

5. Me alegraba de que ellos _____ (ir) a un país de habla española.

6. No creían que tú _____ (vivir) lejos de tu familia.

PE8-4 Una casa embrujada Escribe los equivalentes en español de las siguientes frases.

Ejemplo: Los estudiantes dicen que vieron una casa embrujada. Era probable que *(they had scared each other)*.
se hubieran espantado mutuamente

1. they had dreamed it

_____

2. someone had lied to them

_____

3. they had listened to many horror stories

_____

4. they had watched a lot of violent movies

_____

5. they had heard only a mouse

_____

Estructura 8-3: Conditional perfect

PE8-5 ¿Qué habríamos hecho? Escribe oraciones completas en español basándote en los siguientes elementos.

Ejemplo: yo / terminar / tener más tiempo
Yo había terminado si hubiera tenido tiempo.

1. él / quedarse / no estar apresurado

_____

2. ellos / dormir / no tomar demasiado café

_____

3. nosotros / ir a esa película / no ser tan violenta

_____

4. yo / leer más novelas / no tener tanto trabajo

_____

5. tú / hacer algo / no tener miedo

_____

PE8-6 Si hubiéramos sabido Escribe lo que mis amigos y yo habríamos hecho si lo hubiéramos sabido de antemano.

1. Yo todavía _____ (ir) al cine contigo.

2. Paula y Elisa no _____ (ver) esa película de terror.

3. Todos _____ (comer) menos palomitas.

4. Nosotros _____ (debatir) la conclusión de la película.

5. ¿Tú _____ (sufrir) terrores nocturnos?

6. Josue _____ (gritar) fuerte y frecuentemente.

Capítulo 9

Estructura 9-1: True passive

PE9-1 ¡Vamos a festejar! Las siguientes oraciones tratan de una fiesta. Transfórmalas a la voz pasiva.

Ejemplo: ¿Quién limpió la casa? (Felipe)
La casa fue limpiada por Felipe.

1. ¿Quiénes enviaron las invitaciones? (Carmen y Marcos)

   _____

2. ¿Quién pidió las flores? (Elena)

   _____

3. ¿Quiénes pusieron la mesa? (Martín y yo)

   _____

4. ¿Quién sirvió los refrescos? (tú)

   _____

5. ¿Quién preparó el postre? (yo)

   _____

6. ¿Quiénes trajeron el nuevo disco compacto? (Ana María y Alejandro)

   _____

7. ¿Quiénes prepararon las pizzas? (nosotros)

   _____

PE9-2 Una cena Escribe oraciones completas acerca de una cena, según el ejemplo.

Ejemplo: las bebidas / servir / Vina
Las bebidas fueron servidas por Vina.

1. el plato principal / cocinar / Blanca

   _____

2. los postres / preparar / Ricardo y David

   _____

3. las decoraciones / confeccionar / Gilberto

   _____

4. la música / escoger / Cristina

   _____

5. las invitaciones / escribir / Maripaz

   _____

6. el ruido / oír / los vecinos

_____

7. la cena / dar / los Márquez

_____

Estructura 9-2: Negative transformations

PE9-3 Desacuerdo Laurita y Rosa son las anfitrionas de una cena, pero no pueden ponerse de acuerdo. Estudia los comentarios de Laurita y escribe lo que respondería Rosa.

Ejemplo: Laurita: Siempre servimos dos postres.

Rosa: *No servimos dos postres nunca.*

1. Laurita: Antonio y Carmen acomodan los muebles.

   Rosa: _____

2. Laurita: Lalo y Gilberto siempre ponen la mesa.

   Rosa: _____

3. Laurita: Diana los ayuda también.

   Rosa: _____

4. Laurita: Todo está bien planeado.

   Rosa: _____

5. Laurita: Todos los invitados se divierten mucho.

   Rosa: _____

PE9-4 El negativisimo Usando cinco de las siguientes expresiones, escribe un párrafo muy negativo sobre el tema «Una tradición que no me gusta nada».

nada, nadie, ni, ni... ni, ninguno/ninguna/ningún, nunca/jamás, tampoco

_____

_____

_____

_____

_____

_____

_____

_____

_____

_____

Estructura 9-3: Relative clauses

PE9-5 Fiesta de año nuevo Combina las siguientes oraciones, usando una cláusula relativa adecuada.

Ejemplo: Éste es el maestro de ceremonias. Vimos al maestro de ceremonias ayer en el club de deportes.

*Éste es el maestro de ceremonias **que** vimos ayer en el club de deportes.*

1. Esa chica se llama Angelita. Angelita está al lado de Isabel.

   _____

   _____

2. Angelita es mi amiga. Sus padres hacen una fiesta para el año nuevo.

   _____

   _____

3. Su hermano confecciona las decoraciones. Él es un estudiante de arquitectura en la universidad.

   _____

   _____

4. El Pato Azul es bodega. El champán viene del Pato Azul.

   _____

   _____

5. Los invitados asisten a la fiesta. Los invitados dicen que es una ocasión fabulosa.

   _____

   _____

PE9-6 La mejor celebración de mi vida Completa las siguientes oraciones acerca de la mejor celebración de tu vida con cláusulas relativas adecuadas.

Ejemplo: La mejor celebración de mi vida fue...

la que hizo mi cuñada el año pasado.

1. La mejor celebración de mi vida fue...

   _____

2. Tuvo lugar en...

   _____

3. Sirvieron unos platos...

   _____

4. Fue una celebración...

   _____

5. Los anfitriones...

   _____

6. ...me sorprendió mucho.

   _____

Capítulo 10

Estructura 10-1a: *Para*

PE10-1 ¿Adónde van? Escribe los equivalentes de las siguientes oraciones en español.

1. Carlos and Andrea are going to *don* Felipe's recital because they work for him.

   _____

2. My mother is going to the opera. I brought these opera glasses (**gemelos**) for her.

   _____

3. Is everyone going to the lecture? Cecilia sent her tape recorder for you all.

   _____

4. Our friends are going to the ballet. According to them, it is the best of all.

   _____

5. You and I are going to the theater, right? We need the tickets for Friday.

   _____

PE10-2 ¿Qué piensas? Completa de una manera lógica las siguientes oraciones sobre el arte.

   Ejemplo: Llegaré para...
   Llegaré para el fin de semana.

1. Para entender el arte moderno...

   _____.

2. Para mí el arte...

   _____.

3. El arte es para...

   _____.

4. Para el año 2020...

   _____.

5. Estudio para...

   _____.

Estructura 10-1b: *Por*

PE10-3 En Madrid Escribe los equivalentes de las siguientes oraciones en español.

1. Manuel and Antonia will arrive in Madrid around the first week in May.

   _____

2. They left Paris by car and plan to drive through northern Spain.

   _____

3. This postcard was written by Manuel. It arrived late because of the strike.

   _____

4. He writes that they intend to walk along the Paseo del Prado on account of the architecture.

   _____

5. They miss us a lot. Therefore, Antonia is taking a lot of photos.

   _____

PE10-4 Las artes Completa los espacios del siguiente pasaje con **para** o **por**.

Muchas personas aprecian las artes _____ sus valores estéticos,

1

pero hay muchos beneficios más _____ los que practican las

2

artes. _____ ejemplo, el baile, como cualquier otro ejercicio

3

aeróbico, tiene la capacidad de bajar la tensión aterial. _____

4

llevar los beneficios al máximo, hay que bailar tres veces _____

5

semana. _____ otra parte, la pintura y la escultura pueden re-

6

ducir el estrés. _____ pasarlo bien, se recomienda la fotografía,

7

un pasatiempo útil y divertido. Los aficionados a la computadora pueden usar

programas gráficos _____ diseñar tarjetas, carteles y páginas de

8

Internet. _____ iniciar un programa personal en las artes,

9

muchos colegios, universidades y centros de la comunidad ofrecen cursillos de

fotografía, cerámica y otras artes. _____ todas partes del mundo

10

se respetan las artes y los artistas.

Estructura 10-2: Time expressions with *hacer*

PE10-5 Mi historia personal ¿Qué hiciste hace tiempo? Completa las siguientes oraciones de una manera original. No repitas información.

> **Ejemplo:** Hace una semana...
> *Hace una semana fui a Nashville, Tennessee.*

1. Hace un año...

   _____.

2. Hace cinco años...

   _____.

3. Hace diez años...

   _____.

4. Hace dos meses...

   _____.

5. Hace tres días...

   _____.

PE10-6 Mi formación en las artes Completa las siguientes oraciones de una manera lógica. No repitas información.

> **Ejemplo:** Desde hace ocho años...
> *Desde hace ocho años estudio violín.*

1. Desde hace mucho tiempo...

   _____.

2. Desde hace la niñez...

   _____.

3. Desde hace un año...

   _____.

4. Desde hace tres meses..

   _____.

5. Desde hace la semana pasada...

   _____.

PE10-7 Una exposición de arte Escribe los equivalentes de las siguientes oraciones en español.

1. The students had been preparing the exhibition for a year.

   _____

2. Ángela had been creating innovative ceramics for two months.

   _____

3. Lorenzo had been painting an enormous canvas for six weeks.

   _____

4. Alma had been designing the poster for ten days.

   _____

5. We had been selling tickets to our friends for a month.

   _____

Estructura 10-3: Nominalization

PE10-8 Transformaciones Nominaliza las siguientes frases sobre el arte y úsalas en oraciones completas, según el ejemplo.

Ejemplo: los años 60
   El arte pop fue muy importante en los 60.

1. los cubistas españoles

   _____

2. la colección personal del artista

   _____

3. los elementos característicos

   _____

4. la fotografía moderna

   _____

5. el mayor logro

   _____

6. el ámbito artístico

   _____

7. las artes plásticas

   _____

PE10-9 En otras palabras Nominaliza los adjetivos en las siguientes oraciones.

Ejemplo: Los fabulosos retratos se parecen a fotos.
Los fabulosos se parecen a fotos.

1. El artista captura hasta los mínimos detalles.

   _____

2. Admiramos los muy delicados trazos.

   _____

3. Estos dibujos que compré son fenomenales.

   _____

4. No tiene ninguna preparación formal.

   _____

5. Dibuja las estrellas del cine.

   _____

6. Sus obras aparecen en las revistas principales.

   _____

7. Es uno de los artistas más premiados.

   _____

Práctica de estructuras

Capítulo 1

PE1-1 Piratería de la música latina
1. lanzan 2. crece 3. afecta 4. dedica
5. servimos 6. combaten 7. creen

PE1-2 Diferentes tipos de música
1. cantan 2. tocan 3. caracteriza 4. escuchamos
5. aprendo 6. cree 7. debemos 8. venden
9. vivimos 10. asisto

PE1-3 Costumbres 1. tengo 2. escojo
3. cuesta 4. entiendo 5. recuerdo 6. recomiendo 7. pienso

PE1-4 Más música 1. Yo puedo comprar discos compactos en español en muchas tiendas.
2. Mis amigos quieren aprender a bailar salsa.
3. Ellos piensan ir a noche latina para tomar lecciones. 4. ¡No se rían ustedes de mí por mi falta de coordinación! 5. ¿Prefieres tú bailar salsa o merengue?

PE1-5 ¿Qué se ve? 1. Él ve muchos espectáculos de música. 2. veo 3. vemos 4. ves
5. ven 6. veis

PE1-6 ¿Qué haces tú? 1. salgo 2. traigo
3. sé 4. soy 5. vengo 6. estoy

PE1-7 Preguntas familiares *Answers will vary.*

PE1-8 Pronombres 1. Tú 2. Nosotros/Nosotras 3. Yo 4. Ellos/Ellas/Ustedes 5. él/ ella/ usted

PE1-9 Los músicos famosos 1. Marc Anthony está cantando en Nueva York. 2. Jennifer López está bailando a ritmos latinos. 3. Luis Miguel está grabando un vídeo de música.
4. Los Gypsy Kings están tocando música flamenca. 5. Estoy escuchando música latina en mi cuarto.

PE1-10 Música, música *Answers will vary.*

PE1-11 ¿Qué estás haciendo? 1. describiendo 2. eligiendo 3. durmiendo
4. pidiendo 5. muriendo

PE1-12 Gerundios, gerundios 1. leyendo
2. cayéndose 3. creyendo 4. construyendo
5. oyendo 6. royendo 7. trayendo 8. influyendo 9. disminuyendo 10. huyendo

PE1-13 ¿A quiénes les gusta la música?
1. te 2. me 3. Les 4. nos 5. les 6. le 7. nos

PE1-14 Tus gustos y preferencias 1. me fascinan 2. me encanta 3. me molestan 4. me faltan 5. me caen bien 6. me gusta

Capítulo 2

PE2-1 Los mayas de hoy 1. Los 2. la 3. los
4. la 5. las 6. la 7. los 8. los 9. los 10. la
11. el 12. la 13. Los 14. los 15. la 16. las
17. el 18. la 19. la 20. la 21. los 22. la 23. la
24. los 25. el 26. los 27. la 28. el 29. la 30. la
31. la 32. los

PE2-2 Género/Plural de sustantivos
1. civilizaciones 2. ceremonias 3. astrónomos
4. matices 5. panales 6. rivalidades 7. dioses
8. caciques

PE2-3 El pasado reciente *Answers will vary.*

PE2-4 Los indígenas 1. comerciaban 2. creaban 3. hacían 4. construían 5. escribían
6. vivían

PE2-5 Las vacaciones *Answers will vary.*

PE2-6 Logros de los mayas 1. realizaron
2. controlaron 3. organizaron 4. crearon
5. desarrollaron 6. fundaron 7. extendieron
8. establecieron 9. escribieron 10. definieron

PE2-7 Tus actividades de ayer *Answers will vary. Sample answer:* Me vestí de blue jeans.

PE2-8 Lo que yo hice 1. toqué 2. acerqué 3. apagué 4. llegué 5. analicé 6. empecé/comencé

PE2-9 ¿Qué hiciste la semana pasada? 1. saqué 2. me comuniqué 3. jugué 4. cargué 5. comencé 6. gocé

PE2-10 En la clase de español 1. Los estudiantes leyeron el artículo. 2. El instructor / La instructora distribuyó los informes. 3. Los estudiantes huyeron del aula / de la sala de clase. 4. El jefe / La jefa sustituyó al profesor / a la profesora. 5. Los profesores oyeron esa teoría. 6. El / La estudiante destruyó su tarea. 7. Dos estudiantes construyeron un modelo de una pirámide maya.

PE2-11 Historia breve 1. vinieron 2. hicieron 3. tuvo 4. hizo 5. propuso 6. quiso 7. pudo 8. intervino 9. opusieron 10. obtuvieron

PE2-12 Verbos irregulares
di hube fui vi
diste hubiste fuiste viste
dio hubo fue vio
dimos hubimos fuimos vimos
disteis hubisteis fuisteis visteis
dieron hubieron fueron vieron

PE2-13 Tus vacaciones 1. fui 2. fueron 3. vi 4. hubo 5. di 6. *Answers will vary.*

PE2-14 Aventura de una mariachi
1. cantaba 2. salieron 3. se fue 4. Eran 5. hacía 6. se apretaron 7. sopló 8. se llevó 9. se reían 10. perseguía 11. nombraron 12. se llevó 13. pusieron

PE2-15 ¿Cómo se dice? 1. ¿Compraste un disco compacto anoche? 2. ¿Qué hora era cuando fuiste a la tienda? 3. ¿Había muchas grabaciones por artistas latinos? 4. ¿Qué vídeo veías cuando te llamé por teléfono / telefoneé? 5. Me gustaba ese grupo hasta que comenzaron a cantar en inglés. 6. Ayer compré un disco compacto y lo toqué todo el día.

Capítulo 3

PE3-1 Muestra tu creatividad *Answers will vary.*

PE3-2 Al llegar a la universidad *Answers will vary.*

PE3-3 Sustitución 1. ¿Los buscaste? 2. Mis padres los recibieron ayer. 3. Andrés lo leyó. 4. Carolina las compró. 5. Felipe y Julia la llamaron. 6. Marcos y yo los hicimos.

PE3-4 ¿Marcar o no marcar? 1. a su cantante favorito 3. a la jefa 5. a tu familia

PE3-5 Transformaciones 1. Benito se la dio. 2. Mar y Arantxa se los pidieron. 3. Fernando se lo explicó. 4. Antonio se la escribió. 5. Los estudiantes se las presentaron.

PE3-6 Encuesta *Answers will vary.*

PE3-7 El español en las profesiones *Answers will vary. Sample answers:* La doctora es más joven que el locutor de radio. La mujer policía se levanta más temprano que la doctora.

PE3-8 Más comparaciones 1. La peluquera tiene más de 20 años. 2. La maestra tiene menos de 50 años. 3. La peluquera es menor que el actor. 4. El actor gana menos de 6.000 dólares al mes. 5. La peluquera gana más de 900 dólares al mes. 6. La maestra gana más que la peluquera. 7. La peluquera corre más de tres kilómetros al día. 8. El actor corre menos que nadie. 9. La motocicleta cuesta más de 5.000 dólares. 10. El auto de la peluquera es el vehículo menos caro/más barato.

Capítulo 4

PE4-1 Mandatos formales 1. escuche/no escuche/escuchen/no escuchen 2. lea/no lea/lean/no lean 3. viva/no viva/vivan/no vivan 4. tenga/no tenga/tengan/no tengan 5. vaya/no vaya/vayan/no vayan 6. ponga/no ponga/pongan/no pongan 7. duerma/no duerma/duerman/no duerman 8. pierda/no pierda/pierdan/no pierdan

PE4-2 Primeros auxilios 1. no mueva 2. no se lo quite 3. limpie 4. practique 5. coloque 6. afloje 7. gire, elimine 8. incline, ponga 9. cierre, ábrale 10. haga, coloque 11. insufle 12. repita

PE4-3 Cláusulas subordinadas 1. que el restaurante sirva comida mexicana 2. que el menú esté en español 3. que el menú sea muy

completo 4. que sirve excelentes mariscos
5. tan pronto como pudimos

PE4-4 Una cena divertida 1. que sabe
cocinar muy bien a la mexicana/adjetival
2. cuando yo salía de la casa/adverbial 3. que
necesitaba unos dientes de ajo/nominal 4. que
yo siempre tengo ajo en casa/nominal 5. que
es muy bueno para la salud/nominal 6. que
fuera a preparar el mole poblano de pollo/no-
minal 7. que no vaya a preparar/nominal; que
usa tres tipos de chiles/adjetival 8. tan pronto
como se comió el primer bocado/adverbial
9. que no le gustaba nada el mole/nominal
10. que Raúl pidiera la receta antes de
irse/nominal

PE4-5 Alejandra y el mole poblano
1. Alejandra quiere que ustedes aprendan a
cocinar un plato típico mexicano. 2. Yo no
estoy segura de que a ustedes les guste el mole
poblano. 3. Una leyenda dice que un grupo de
monjas inventó el plato. 4. Yo recomiendo que
ustedes compren los ingredientes en una tienda
mexicana. 5. Yo sugiero que no lo preparen demasiado picante. 6. Es obvio que ustedes
deben servir un vaso de agua fría con el plato.
7. Ojalá que ustedes coman ese plato pronto.

PE4-6 La noche vieja *Answers will vary.*

PE4-7 En el gimnasio 1. comience 2. re-
comiende 3. quiera 4. pierda 5. sigan 6. puedan

PE4-8 Consejos para los aficionados
Answers will vary.

PE4-9 Ir al cine 1. paguen 2. comiencen
3. comuniquemos 4. explique 5. analice
6. lleguemos 7. critique 8. se nieguen

PE4-10 Un día en el río 1. almuerces
2. aparques 3. pesques 4. te oigan 5. destruyas
6. te caigas 7. goces

PE4-11 ¿Qué quieres? 1. mis amigos me den
2. mis amigos y yo vayamos 3. el día sea
4. mi mejor amigo/amiga esté 5. todo el
mundo sepa

PE4-12 Un regalo para mi hija 1. Mi hija
quiere que le dé un auto. 2. Espero que ella sea
responsable. 3. Quiero que vaya a una autoescuela. 4. Ella piensa que no sepa nada. 5. No
quiere que esté tan nervioso(a).

Capítulo 5

PE5-1 Compañeros 1. gustaría 2. dormiría
3. irían 4. sería 5. encontraría 6. interesaría 7. se
quejaría 8. preferiría 9. acompañaría 10. se com-
portaría 11. veríamos 12. estaría 13. deberíamos

PE5-2 Cómo salvar el planeta 1. Yo usaría
detergentes biodegradables. 2. Mis amigos
votarían por los candidatos «verdes». 3. La
gente reciclaría aluminio, papel y vidrio.
4. Tú y yo no comeríamos productos alterados
genéticamente. 5. Todos insistirían en mantener limpias las vías fluviales. 6. Las industrias
cumplirían con las leyes contra la contaminación. 7. Los científicos descubrirían combustibles eficientes y limpios.

PE5-3 Un futuro «verde» 1. Habría 2. podríamos 3. se pondría 4. haría 5. tendríamos
6. vendrían 7. valdrían 8. saldríamos

PE5-4 Excursiones ecológicas 1. ¿Nos diría
el itinerario? 2. ¿Podríamos ir en cualquier
época del año? 3. ¿Nos pondría en una lista
de espera? 4. ¿A qué hora saldríamos? 5. ¿Tendríamos que llevar equipo especial? 6. ¿Nos
acompañaría un guía? 7. ¿Cuánto valdría la
excursión?

PE5-5 El Club de Ecología 1. hiciera
2. fueran 3. hablara 4. hablaba 5. plane-
áramos 6. pudiéramos 7. construyéramos
8. empezáramos

PE5-6 Noble campaña 1. comieran 2. reci-
claran 3. anduvieran, tomaran 4. destruyeran
5. protegieran 6. hicieran 7. produjeran 8. tuvieran

PE5-7 ¿Qué harías tú? 1. entendieran
2. vendiera 3. hubiera 4. supieran 5. tuvieran
6. costaran 7. pudiéramos

PE5-8 En un simposio de la ecología
Answers will vary.

Capítulo 6

PE6-1 El ejercicio físico 1. tomarse 2. evitar
3. tener 4. crear 5. mantener 6. hacer
7. ser 8. causar

PE6-2 Aprender los primeros auxilios
1. dar 2. vendar 3. estabilizar 4. detener
5. reconocer 6. aliviar 7. evitar 8. tratar

PE6-3 La gripe afecta la rutina 1. me
acuesto 2. me baño 3. me visto 4. me duermo
5. me afeito

PE6-4 ¿Cuándo te sientes así? *Answers will vary.*

PE6-5 La familia Martínez 1. nos llamamos
2. se critican 3. se visitan 4. se escriben 5. se
quieren 6. se ayudan

PE6-6 Un mensaje electrónico 1. será
2. irás 3. resultará 4. haré 5. buscaré 6. trataré
7. nos casaremos 8. estarán 9. compraremos
10. visitarás 11. llamarás

PE6-7 La buena salud 1. Bajaré diez libras.
2. Beberé/Tomaré ocho vasos de agua todos los
días. 3. Practicaré el yoga tres veces a la semana.
4. Reduciré el estrés en la vida. 5. Comeré sólo
comestibles orgánicos. 6. Dormiré siete horas
todas las noches. 7. Compraré un acuario y peces
dorados. 8. Pasaré más tiempo con mi familia.

PE6-8 Si gano la lotería 1. diré 2. haré
3. tendré 4. haremos 5. harán 6. querrán
7. vendrán 8. habrá 9. podremos 10. saldrán
11. pondremos 12. querremos

PE6-9 Las uñas enterradas 1. prevendré
2. haré 3. mantendré 4. pondré 5. saldré
6. cabrá 7. tendré 8. podré

Capítulo 7

PE7-1 En las noticias 1. ha sido 2. ha repor-
tado 3. ha entrevistado 4. ha recibido 5. ha escrito, ha publicado 6. ha afirmado

PE7-2 Los niños latinos 1. ha estimado
2. ha cursado 3. han luchado 4. se ha convertido 5. han adquirido 6. ha desarrollado 7. ha
solicitado 8. ha organizado, ha participado
9. se ha reunido

PE7-3 ¿Qué has hecho hoy? *Answers will
vary. Sample answer:* He escrito una carta.

PE7-4 Lo que he hecho hoy 1. he hecho
2. he escrito 3. he leído 4. he devuelto 5. he
visto 6. he oído 7. he roto

PE7-5 Los latinos en Estados Unidos
1. hayan tenido 2. hayan reflejado 3. hayas
comido 4. hayan recibido, hayan merecido
5. hayan vivido

PE7-6 Para las próximas elecciones
1. se habrán tomado 2. habrán hecho 3. habrá
visto 4. habrán abierto 5. habremos oído
6. habrán publicado 7. habrán aprendido
8. habré ido

PE7-7 Cambios en tu universidad *Answers
will vary.*

Capítulo 8

PE8-1 Antes de ser famosos 1. había
recibido 2. había apoyado 3. había escrito
4. había ganado 5. había querido 6. había
bailado

PE8-2 Mi historia *Answers will vary.*

PE8-3 Cosas increíbles 1. hubiera visto
2. hubiéramos comido 3. hubieras conocido
4. hubiera estudiado 5. hubieran ido 6. hubieras vivido

PE8-4 Una casa embrujada 1. lo hubieran
soñado 2. alguien les hubiera mentido 3. hubieran escuchado muchos cuentos de terror
4. hubieran visto muchas películas violentas
5. hubieran oído sólo un ratón

PE8-5 ¿Qué habríamos hecho? 1. Él se
habría quedado si no hubiera estado
apresurado. 2. Ellos habrían dormido si no hubieran tomado demasiado café. 3. Nosotros
habríamos ido a esa película si no hubiera sido
tan violenta. 4. Yo habría leído más novelas si
no hubiera tenido tanto trabajo. 5. Tú habrías
hecho algo si no hubieras tenido miedo.

PE8-6 Si hubiéramos sabido 1. habría
ido 2. habrían visto 3. habrían comido
4. habríamos debatido 5. habrías sufrido
6. habría gritado

Capítulo 9

PE9-1 ¡Vamos a festejar! 1. Las invitaciones fueron enviadas por Carmen y Marcos. 2. Las flores fueron pedidas por Elena. 3. La mesa fue puesta por Martín y yo. 4. Los refrescos fueron servidos por ti. 5. El postre fue preparado por mí. 6. El nuevo disco compacto fue traído por Ana María y Alejandro. 7. Las pizzas fueron preparadas por nosotros.

PE9-2 Una cena 1. El plato principal fue cocinado por Blanca. 2. Los postres fueron preparados por Ricardo y David. 3. Las decoraciones fueron confeccionadas por Gilberto. 4. La música fue escogida por Cristina. 5. Las invitaciones fueron escritas por Maripaz. 6. El ruido fue oído por los vecinos. 7. La cena fue dada por los Márquez.

PE9-3 Desacuerdo 1. Ni Antonio ni Carmen acomodan los muebles. 2. Ni Lalo ni Gilberto ponen la mesa nunca. 3. Diana no los ayuda tampoco. 4. Nada está planeado. 5. Nadie se divierte nada.

PE9-4 El negativisimo *Answers will vary. Sample answer:* No me gusta nada el día de San Valentín. Nadie me manda «corazones» nunca...

PE9-5 Fiesta de Año Nuevo 1. Esa chica que está al lado de Isabel se llama Angelita. 2. Angelita, cuyos padres hacen una fiesta para el año nuevo, es mi amiga. 3. Su hermano, quien es un estudiante de arquitectura en la universidad, confecciona las decoraciones. 4. El champán viene del Pato Azul, que es bodega. 5. Los invitados asisten a la fiesta, que es una ocasión fabulosa.

PE9-6 La mejor celebración de mi vida *Answers will vary.*

Capítulo 10

PE10-1 ¿Adónde van? 1. Carlos y Andrea van para el recital de don Felipe porque trabajan para él. 2. Mi madre va para la ópera. Traje estos gemelos para ella. 3. ¿Van todos para la conferencia? Cecilia mandó su grabadora para ustedes. 4. Nuestros amigos van para el ballet. Según ellos, es el mejor de todos. 5. Tú y yo vamos para el teatro, ¿verdad? Necesitamos las entradas para el viernes.

PE10-2 ¿Qué piensas? *Answers will vary. Sample answers:* 1. hay que visitar muchos museos 2. es alimento para el espíritu 3. todo el mundo 4. inventarán nuevas formas de arte 5. saber más sobre el arte

PE10-3 En Madrid 1. Manuel y Antonia llegarán a Madrid por la primera semana de mayo. 2. Salieron de París por auto y planean manejar por el norte de España. 3. Esta postal fue escrita por Manuel. Llegó tarde por la huelga. 4. Escribe que piensan caminar por el paseo del Prado por la arquitectura. 5. Nos extrañan mucho. Por eso Antonio saca muchas fotos.

PE10-4 Las artes 1. por 2. para 3. Por 4. Para 5. por 6. Por 7. Para 8. para 9. Para 10. Por

PE10-5 Mi historia personal *Answers will vary. Sample answers:* 1. fuimos al museo del Prado 2. vi los murales de Diego Rivera en Detroit 3. fui al ballet por primera vez 4. comencé a tomar lecciones de cerámica 5. leí un artículo sobre teatro

PE10-6 Mi formación en las artes *Answers will vary. Sample answers:* 1. colecciono carteles del cine 2. voy al ballet 3. estudio historia de arte 4. tomo lecciones de guitarra 5. bailo merengue

PE10-7 Una exposición de arte 1. Los estudiantes preparaban la exposición desde hacía un año. / Hacía un año que los estudiantes preparaban la exposición. 2. Ángela creaba cerámicas innovadoras desde hacía dos meses. / Hacía dos meses que Ángela creaba cerámicas innovadoras. 3. Lorenzo pintaba un lienzo enorme desde hacía seis semanas. / Hacía seis semanas que Lorenzo pintaba un lienzo enorme. 4. Alma diseñaba el cartel desde hacía diez días. / Hacía diez días que Alma diseñaba el cartel. 5. Nosotros les vendíamos los billetes a nuestros amigos desde hacía un mes. / Hacía un mes que nosotros les vendíamos los billetes a nuestros amigos.

PE10-8 Transformaciones *Answers will vary.*

PE10-9 En otras palabras 1. El artista captura hasta los mínimos. 2. Admiramos los muy delicados. 3. Éstos que compré son fenomenales. 4. No tiene ninguna formal. 5. Dibuja las del cine. 6. Sus obras aparecen en las principales. 7. Es uno de los más premiados.

Appendices

Appendix A

Grammar Glossary

Adjective *(Adjetivo)*

Word that describes, delimits, or specifies a noun. Must agree with the noun it modifies in gender (masculine/feminine) and number (singular/plural).

- **demonstrative:** Adjective that indicates specific people or objects.
    Este libro es interesante.
    Esa mesa es barata.

- **descriptive:** Adjective that modifies nouns.
    *El hombre es **alto**.*
    *Las mujeres son **altas**.*

- **possessive:** Adjective that shows possession or ownership of a noun.
    ***Mi** auto está en el garaje.*
    ***Tus** libros están en el auto.*

Adverb *(Adverbio)*

Word that typically expresses notion of time, place, manner, degree, means, cause, result, exception, etc. Modifies verbs, adjectives, and other adverbs.

    *El alumno habla **rápidamente**.*
    *La clase es **muy** interesante.*

Agreement *(Concordancia)*

Grammatical correspondence between noun and adjective in number (singular/plural) and gender (masculine/feminine), or between subject and verb in person (first/second/third) and number (singular/plural).

    Ángela es generosa. (noun–adjective)
    Nosotros tenemos mucho trabajo. (subject–verb; adjective–noun)

Article *(Artículo)*

Word that identifies nouns and indicates definiteness or indefiniteness.

- **definite:** el/la, los/las
    ***El** perro anda por **los** jardines.*

- **indefinite:** un/una, unos/unas
    *Hay **un** gato en mi jardín.*

Clause *(Cláusula)*

Construction containing a subject and a predicate. Forms part of a sentence, but cannot always stand alone.

    subj. pred.   subj.   pred.
    [Yo quiero] [que ustedes reciclen los periódicos.]
    clause 1   clause 2

- **complex sentence:** Sentence containing a main clause and a subordinate clause.
    main   subordinate
    [Es importante] [que compremos la gasolina sin plomo.]

- **dependent clause:** Clause that represents an incomplete thought; must be attached to an independent (main) clause.

    ... cuando tengamos suficientes botes de aluminio.

- **independent clause:** Clause that makes sense on its own; functions like a simple sentence.

    Siempre reciclamos...

- **main clause:** Synonym for independent clause.

- **relative clause:** Subordinate clause that functions like an adjective or an adverb.

    *Los alumnos **que estudian con el profesor Sánchez...***

    *Llámame por teléfono **cuando quieras ir al cine.***

- **subordinate clause:** Synonym for dependent clause.

Conjugation *(Conjugación)*

The listing of all the finite forms of a verb in a given tense.

> **present tense:** *quiero, quieres, quiere, queremos, queréis, quieren*

Conjunction *(Conjunción)*

Word used as a connector between words, phrases, and clauses, e.g., *pero, aunque, o,* etc.

> *Los trabajadores **y** los dirigentes se reunieron.*
>
> *Vamos **tan pronto como** lleguen los boletos.*

Gender *(Género)*

Masculine or feminine form. Articles, nouns, pronouns, and adjectives reflect gender in Spanish.

> ***el** profesor mexicano*
>
> ***la** profesora mexicana*

Inflection *(Inflexión)*

Altered form, such as a noun with a plural ending, or a conjugated verb. Usually not found in the dictionary, so you must know the basic, uninflected form.

> *Me gus**tan** los girasoles.*

Interjection *(Interjección)*

Word or phrase that expresses emotion.

> *¡Dios mío!*
>
> *¡Cuidado!*
>
> *¡Bravo!*

Modify *(Modificar)*

To describe, limit, or particularize a word, phrase, or clause. Adjectives and adverbs are modifiers.

> ***Las** Cruces es **una** ciudad **pequeña** pero **bonita.***
>
> *Los alumnos entienden **perfectamente bien.***

Mood *(Modo)*

Attitude of speaker toward his/her statement. Reflected by verb inflection. Spanish has several moods: indicative, subjunctive, and imperative.

- **conditional:**

    ***Llevaría** un paraguas si lloviera.*

    ***Habríamos caminado** a la universidad hoy si hubiéramos tenido el tiempo.*

- **imperative:** Gives a command.

    Haz la tarea antes de salir.

    No se vayan todavía.

- **indicative:** Expresses facts.

    El verano pasado fuimos a México.

    La capital de Ecuador es Quito.

- **subjunctive:** Expresses cause and effect, nonspecific entities and events, and emotional reactions and value judgments.

    Es bueno que Germán prepare una torta de chocolate.

Noun *(Sustantivo)*

Word that refers to persons, places, things, animals, states, and qualities. Can be used as the subject or object of a verb.

> *Columbus es una ciudad de Ohio.*
>
> *El jugador lanzó la pelota.*

Number *(Número)*

Referring to one person or thing (singular) or more than one (plural). Nouns, pronouns, adjectives, and verbs reflect number in Spanish.

> *Nosotros asistimos a la universidad.*

Object *(Complemento)*

Noun or pronoun that acts as goal or recipient of verb action or preposition.

- **direct:** Answers the questions **who(m)?** or **what?**

    Mis primos compraron un disco compacto.

- **indirect:** Answers the questions **to (for) whom?**

    Mi hermano me escribió una carta.

- **of preposition:** Completes the prepositional phrase.

    No puedo ir sin dinero.

Phrase *(Frase)*

Sequence of two or more words without a finite verb used as a grammatical chunk. Phrases may take the form of nouns, adverbs, prepositions, adjectives, or non-finite verbs.

> *En esa época vivíamos en Nuevo México.*
>
> *Los hermanos de Miros viven en Brownsville.*

Predicate *(Predicado)*

One of two main parts of a sentence consisting of the verb and accompanying words that relate to it.

> *Las fallas de San José tienen lugar en Valencia.*

Preposition *(Preposición)*

Word used typically before a noun or pronoun to form a phrase. Often expresses time, space, or other relationship, e.g., *a, con, sin, sobre,* etc.

> *Por la tarde la alumna trabaja en una oficina.*

Pronoun (*Pronombre*)

Word that substitutes or replaces a noun. Refers to persons, places, or things.

- **subject:** Pronoun that is used in place of a noun that acts as the subject of the sentence.

  Ellos entienden bien el plan.

- **demonstrative:** Pronoun that is used in place of a demonstrative adjective, e.g., *éste, ése, aquél.*

  ¿Qué tapas quieres, éstas o ésas?

- **reflexive:** Pronoun that expresses reciprocal action between verb and subject.

  Cuando estoy sola, me hablo frecuentemente.

- **relative:** Pronoun that combines two clauses into a single sentence, e.g., *que, quien, el que, el cual.*

  Los artículos que leímos eran muy interesantes.

Subject (*Sujeto*)

One of two main parts of sentence consisting of the noun (or pronoun) and accompanying words that relate to it.

  Mis amigos llegarán mañana.

Verb (*Verbo*)

Word that expresses an action, a state, or a relationship. Verbs are inflected for tense, aspect, voice, mood, and agreement with the subject.

  Los profesores se reúnen en el auditorio.

- **auxiliary:** Verb that helps another verb that does not reflect person, mood, number, tense, etc., for example: infinitive, present participle, or past participle.

  Ellos no pueden ir al centro hoy.

  Hace años que viene diciendo lo mismo.

  Hoy he ido al supermercado.

- **finite:** Verb form inflected for person, number, and tense.

  Nos divertíamos en las fiestas.

- **infinitive:** Basic verb form with no inflections.

  hablar, entender, vivir

- **intransitive:** Refers to a verb that cannot take an object.

  La alumna se sienta en el banco.

- **past participle:** Verb form used with auxiliary verb to indicate perfect tenses. Also may be used as an adjective.

  Espero que los alumnos hayan estudiado para el examen.

  El vaso roto es de mi hermana

- **present participle:** Verb form ending in -*ando* or -*iendo*. Suggests an act in progress. Called *gerundio* in Spanish.

  Caminando por el parque, encontré unas flores bonitas.

- **tense:** Refers to time of action expressed by verb inflection, e.g. past, present, future, etc.

- **transitive:** Refers to a verb that can take an object.

  Estudiamos la lección.

Voice (*Voz*)

Relationship between a verb and its subject.

- **active:** Action performed by subject.

  El secretario envió la carta.

- **passive:** Subject undergoes action expressed by verb.

  La carta fue enviada por el secretario.

Appendix B

Syllabification

Syllabification refers to the rules for dividing words into their basic units. In Spanish, a syllable consists of at least one vowel *[(a), (e), (i), (o), (u)]* and, usually, one or two consonants (the remaining letters of the alphabet).

> li • ber • tad   i • gual • dad   e • lec • ción

When dividing Spanish words into syllables, it is helpful to think of sounds rather than letters. Spanish has one silent consonant *(h)* and some two-letter combinations that represent a single sound *(gu, qu)*. The Spanish language also has sounds known as diphthongs, a combination of *(i)* or *(u)*, known as weak vowels, with a strong vowel *(a, e, o)*. Diphthongs are pronounced as a single sound and, when combined with a consonant, form a single syllable.

> vo • lei • bol   ju • gáis   fue • ra

However, when a weak vowel is accented, the diphthong is broken and forms two separate syllables.

> le • í • mos   re • í • a • mos   dú • o   Ra • úl

Tripthongs unite three vowels in a single syllable, a strong vowel *(a, e, o)* surrounded by two weak vowels *(i, u)*.

> en • viéis   pro • nun • ciáis   a • ve • ri • guáis

Word division

When dividing words into syllables, there are a few basic rules to remember.

- Every syllable has at least one vowel
  > pla • cer

- When a consonant occurs between vowels, it forms a syllable with the vowel that follows it.
  > a • mi • gos

- When most combinations of two consonants occur together, they are divided. (See the bulleted exceptions below.)
  > a • par • ta • men • to   man • za • na   se • lec • ción

- However, *(ch)*, *(ll)*, and *(rr)* are considered single consonants and are never separated.
  > fe • rro • ca • rril   ta • lla

- Certain other consonant clusters with *(l)* are not separated: *(bl)*, *(cl)*, *(fl)*, *(gl)*, and *(pl)*.
  > ta • bla   te • cla

- Other consonant clusters with *(r)* are not separated: *(br)*, *(cr)*, *(dr)*, *(fr)*, *(gr)*, *(pr)*, and *(tr)*.
  > de • pri • mir   re • tra • to

Appendix C

Accent Marks

In Spanish, the use of **written accent marks** is closely related to the rules of syllabification. All Spanish words are classified into four categories, based on which syllable is stressed.

- **llanas:** Words stressed on the next-to-the last syllable. *Llanas* have a written accent when the word ends in a consonant other than (n) or (s).

  li • *bro*   **ca** • *sas*   **fá** • *cil*

- **agudas:** Words stressed on the last syllable. *Agudas* have a written accent when the word ends in a vowel, *(n)*, or *(s)*.

  ver • **dad**   *au* • **daz**   *can* • **ción**

- **esdrújulas:** Words stressed on the third-to-the-last syllable. *Esdrújulas* always have a written accent.

  ár • *bo* • *les*

- **sobresdrújulas:** Words stressed on the fourth-to-the-last syllable. *Sobresdrújulas* always have a written accent.

  trái • *ga* • *me* • *lo*

Some words have a written accent to differentiate their **grammatical use**, such as:

- *de* (preposition)
  dé (verb)

- *el* (article)
  él (pronoun)

- *mi* (adjective)
  mí (pronoun)

- *se* (pronoun)
- *sé* (verb)

- *si* (conjunction)
- *sí* (adverb)

- *tu* (adjective)
- *tú* (pronoun)

Interrogative words always have a written accent.

¿Cómo?
¿Cuál?/¿Cuáles?
¿Cuándo?
¿Cuánto?/¿Cuánta?, ¿Cuántos?/¿Cuántas?
¿Dónde?
¿Por qué?
¿Qué?
¿Quién?/¿Quiénes?

Appendix D

Punctuation

Spanish uses most of the same punctuation marks as English. However, there are a few important differences.

- **question:** A question begins with an upside-down question mark and ends with a right-side-up question mark.

    ¿Cómo está usted?

    ¿Vienen ustedes mañana?

    Tag questions are set off by question marks.

    No vamos al centro hoy, ¿verdad?

    Tu nueva falda es azul, ¿no?

- **exclamation:** An exclamation begins with an upside-down exclamation mark and ends with a right-side-up exclamation mark.

    ¡No me digas!

    Salieron sin pagar. ¡Qué barbaridad!

    Exclamations used as tag commentaries are set off by exclamation marks.

    Pero, ¡qué horrible!

- **citations and quotes:** In Spanish, short citations and quotes are sometimes set off with special quotation marks called "guillemets." The final guillemet goes inside the final punctuation mark.

    ¿Leíste el cuento «La muerte»?

- **dialogue (conversation):** Dialogue in Spanish is set off by dashes. The final dash attaches to any narrative that follows the end of the dialogue.

    —¡Ándale, pues, mi hijo! —dijo mi abuelita.

    —No te asustes —le dijo el hombre al niño.

    —Es muy extraño —comentó el doctor—. Nunca he visto un caso así.